陈应松散文随笔集

U1068675

滇中纪闻

陈应松 著

江苏凤凰文艺出版社
JIANGSU PHOENIX LITERATURE AND ART PUBLISHING

目　录

云雨梦乡

夏天，是云南的雨季，我在这片大地上行走。这里空气凉爽，云雨翻腾，鲜花盛开，植物绿得像是抹过油、上过釉，连我每天吃的蔬菜也像染过色一样，绿得有点虚假。我记不清这是第几次在云南行走，但行走的感觉总是与天地接触时才产生的。天空有高耸的云，带着突兀膨胀的重量，层次分明，体积庞大，飞腾和拥挤在这片美丽大地的上空。有一阵儿一阵儿的大云，有无数的群山在云下聚首，仿佛远古滇人的列阵，也像是众神在此。云彩有如此气象，在这个世界上是罕见的。沈从文可能没有了其他言辞来形容云南的云，他写道："见过云南的云，便觉天下无云。"他还说："云南的云似乎是用西藏高山的冰雪，和南海长年的热浪，两种原料经过一种神奇的手续完成的。色调出奇的单纯。唯其单纯反而见出伟大。尤以天时晴明的黄昏前后，光景异常动人。"这光景真的动人。他还说到云南傍晚黑云压城的景象，说这样的云不会有暴雨。

我也多次见到这层层黑云，而不是晚霞，这也是云南云气所积的独特天象，好像地底和山腹间突然冲出的大群野象。没有舒卷的云，没有懒洋洋的云。云如冲天凤羽，云如沸腾鼎锅。

想起"滇"这个字的发音，清脆，飞扬，轻巧，神秘。当云南的朋友说到滇东、滇西北、滇西南、滇东南、滇中的时候，我感到这些方位的大地与山水，有被云彩推拥渐渐幻化成凤羽和沸水蒸腾的感觉。大地腾跃起来，云南的所有植物和动物都随之腾跃，就像云南河流中奔腾的水。云南，这个巨型的亚洲水塔，正蓄满了上苍所积蓄的水乳，向那些等待滋养的土地、天空和人民，输送去他们生命的必需，并且塑造着亚洲的体魄、气质和灵魂。

但彩云之南的云，因为常与那些高大的雪山相伴，比如，梅里雪山、白马雪山、哈巴雪山、玉龙雪山，它们也染上了雪山的气质。有一次，我从外地采访回昆明，看到了那拥挤的、冲腾的、浩荡的云彩，在更深邃更高远的地方，我看到的是一座座雪山样的云，凝滞不动，雪山耸立，高大庄严，这样的云就是活脱脱神话中的宫殿和城堡。这让人幻想莫测的云，是属于云南的，是云南人独享的天空幻境，精神大餐。

在去滇西的路上，我这样感叹："往滇西之路天色放晴，太阳恍出，光影相送，云如跑马，山势森严，雾气相激似蒸锅，雨后青山如绢拭，柔碧袭人，缱绻万端，不可名状。"云与山如此庄严大气，天空如此开阔高远。她来自西南暖湿气流（也叫孟加拉湾暖湿气流），和中国另一支降水水源太平洋暖湿气流，两支气流在此盘桓流连，潴积相亲，缠绵难舍，终于形成了亚洲的水塔。

当我第一次听到"亚洲的水塔"这个词时，我正在雨季扰人的雨水中，每天看着那24小时不间断的雨，是怎样拼命地浇灌和洗濯这块土地，也折磨着我这个湖北人的神经。没有看到过如此漫长的雨，没有看到过这么汹涌澎湃的雨，就像老话儿形容的：天上挖开了个大口子；天河决堤。比如，在保山的五六天里，雨没有一刻停下。腾冲的朋友告诉我，在他们那里，有时会连续下一个月的雨。

想想那会是一种什么样的无奈心情？

但充沛的雨水将大地滋养得碧绿蓊翠，葳蕤蓬松，整座整座的山峰、整条整条的山脉都像是因为人工浇灌而树木繁茂，高大的树们和植物像是堆砌的，大地的空间太少，而植物太多，它们只好像春节火车站前的乘客，推拥着、吵嚷着、堆叠着生长，仿佛不要土地也能在山岭上树立1000年。在西双版纳，一个朋友说，他们那儿有个故事：一个人去赶街，要挑担子，随便折了一根竹子当扁担，下了山，将折断的竹子插到地上，过了几天，这根断竹又长成了竹子。还有一种说法：在云南，你就是插根筷子它也能发芽。

在这里，平均1500—2700毫米的年降雨量，有的地方可能会是3000毫米。我想到有一年去新疆，在吐鲁番，下了几分钟的稀落小雨，迎接我们的朋友说：“你们是我们的福星。”我们问为什么？他们说：“因为你们带来了阴天，还下起了雨。”难道因为天阴了就是我们给他们带来了好运？正是。因为那个地方年降雨量只有不到 50 毫米，几乎整年不下雨，连阴天都是极少的，没有人家备雨伞；不像云南这地方，出门必带雨伞，而且总会碰到雨。

上苍垂青云南，这个中国的云雨梦乡。

云与水，云与雨，云与山，是结伴相生的。云南的多水，云南的四季春色，云南的花香满地，云南的古树满山，云南的烟与茶，云南的中草药，都是上天赐予和奖赏给她的人民的珍宝。

雨暮·长联

昆明温泉花园国际大酒店，这里紧傍滇池海埂公园，西山在窗外。

晚餐后游滇池，西山睡美人躺在浩大滇池眠床之上。云气鼓荡，山势诡谲，烟水迷茫。远处烟火似城，雨村如梦，山色荡虹影，灯火入荒烟，滇池真如海，神在云水间。

这是云南雨季到来的雨，密集迅猛，植物疯长。特别是巨大的热带植物，张扬着它们奇怪的枝叶。但又似乎有江南的雨韵，不过那种暮色到来的凉寂却又是高原特有的。

我被草海大坝的壮观和宽阔镇住了，这相当于一个 2.4 公里的广场，石板铺路，路灯像莲花瓣，也像海鸥的翅膀，想起每年冬季到来的 10 万只红嘴鸥，它们遮天蔽日的倩影像是 3 月密集的活纸鸢，昆明滇池的冬季也有早春丽日的景象。这美丽的春城，因红嘴鸥的聚集，给昆明人送来了一个翅膀上的春天，一个美丽如童话的冬天。那些漂亮的海鸥，不是它们选择越冬的地方，而是上苍送给昆明的。

此刻，草海和滇池外海在暮色中的雨雾里，呈现出它的浩大寂静，这种浩大的寂静傍在西山脚下，真仿佛是西山睡美人宽畅的眠床，一湖烟水做了纱帐。云雾在洗得如翡翠的西山散漫蒸腾，就像是烟浪溅上山巅，又被风吹散。西山有更浓烈的云团从崖后喷涌而出，一直拖曳至湖上，像是那个睡美人扬起的浓密鬓鬟。滇池就是大海，是甜蜜清澈的大海，一座昆明人蓝色液体荡漾的心灵教堂，乡愁教堂。

我们行走在草海大坝的暮雨中，五月底的天气有着湖边特有的潮湿凉意，或者离愁，或者别绪，或者物喜，或者己悲，或者家国情怀，或者个人情仇，高原之湖，不致如此浅浅而生，这一池大水，盛着高原的魂灵，是我们能够祈祷、敬畏、寄托，也能够遥望、洗濯和啜饮的地方。

在雨中，范稳兄给我翻看他拍摄的滇池晚霞的照片，被黛色西山隔开的天空与湖面，在现实和幻觉中交替飞翔。天空的云彩相激躁跃，飞如凤翥，而波光粼粼的湖面似乎提前进入了冥想。布满天空的云霞把遥远的山岫推向梦境的边缘，而滇池那细碎波纹布置出的金黄仿佛是天上遗落的麦浪。如此中庸厚道与柔和的傍晚，滇池的名分怎么拔高都不为过。这就是500里滇池形成之初的景色和宗教吗？它的确是一种宗教，那么浩荡无边的碧水，一定是一切宗教之母，是我们所有心灵的浴场与储藏之所。

夜半闯入梦境的滇池，只能似梦似幻。一旦晴天丽日，便是万千气象。

海埂公园，早晨的滇池已经开始了不知疲倦的动荡，水从很远的地方赶来，不停拍击着石岸。天晴了，云彩厚重沉浓，天空高远，使得滇池更加辽阔，风带来浪的寒意，所有的路都被它粗暴地溅湿了，仿佛它对陆地怀着敌意。但滇池有让人眺望的心境和空间，滇池属于远古的哲学和意境，它所有的声音都属于那些眺望者沉默的语言。

水不太清澈，有些蓝藻。有些老者在这儿钓鱼，他们将钓竿儿放进水里，几秒钟就会咬钩，是一种很小的白鱼。不一会儿，一个老者就钓起了数十条，可以做上一碗鱼肴，来几口小酒了。滇池鱼很多。

早餐后昆明市作协主席、著名作家张庆国非得要亲自陪我去大观楼，我也很想再看一下那个有名的长联。多年前来过，印象已经淡漠。去时才知道这淡漠的原因。虽然大观楼公园里荷花盛开，但登楼之后，确实看不到“五百里滇池”。这里是大观河入滇池的河口，有许多人在钓鱼，荷池并不壮阔，原因都是滇池缩小的结果？作为土生土长的昆明人，庆国告诉我，这里曾是草海的一部分，就是城中的翠湖公园，过去也是可以坐船直通滇池的，昆明在历史上是一座水城。过去的大观河水运兴盛，滇池周边产一种香稻，就是靠大观河运出去的。

运粮河有两条，一条由翠湖经菱角塘、红联、积善、明波流入滇池，全长 12 公里。明末清初，滇池沿岸供应昆明的粮食就是经这条河运入昆明的。在元朝初期，滇池与翠湖相连，滇池水位约 1892 米，但由于疏挖海口河后水位下降，明朝驻守云南的右副将军沐英不得不疏挖沼泽地，形成经过菱角塘的运粮河，后来随着滇池水位继续下降，这条运粮河变得不能通航。到清朝康熙年间，吴三桂于 1673 年又开挖了第三条运粮河，即现在的大观河，并在小西门外、现今的仓储里修建篆塘建盖粮仓，叫作小西仓。资料记载，元初赛典赤治理滇池，曾大力疏浚入滇河道，此后才有了关于篆塘河的记载。经过几个朝代的治理修缮，篆塘河逐渐变宽，并且在清代达到了它的巅峰，自元代开凿以后就承担着昆明运粮河的作用。清康熙年间，云南巡抚王继文在近华浦建楼二层，题名“大观楼”，从篆塘码头入草海一段河道遂改称为大观河。

在篆塘河怀旧的文章中，这里被描述为千帆林立的河市，是明清时繁荣异常的粮食交易码头，从晋宁、昆阳等地驶来的运粮船经过滇池和大观楼，运往各地。

篆塘河消失于 20 世纪 90 年代，因为它成了臭水河，最简单的办法一封了之，让它在地下臭去。2016 年，觉醒的人们才知道河流在城市中间流过是一种绝美的景观，于是借助地铁 1 号线西北延长线的建设，这条河“出土”了，又现身成了一条美丽的明河。

滇池的“滇”，一个省的简称以一个湖泊为名，可见这个湖泊在这个省的分量。“滇”究竟是什么意思呢？晋人常璩《华阳国志·南中志》这样说：“滇池县，郡治，故滇国也；有泽，水周围 200 里，所出深广，下流浅狭，如倒流，故曰滇池。”那么就是颠倒之意。另一种说法是谐音：“滇，颠也，言最高之顶。”就是高原高地之水。还有的认为是彝族 die（甸）谐音，即大坝子。还有一种是从民族称谓来考察，《史记·西南夷列传》中有记载：“滇”，在古代是这一地区最大的部落名称，也叫“滇棘”，楚将庄蹻入滇后，变服随俗称滇王，建滇国，才有了滇池之名。

滇池是云南九大高原湖泊之首，湖面海拔 1886 米，面积 330 平方公里，平均水深 5 米，最深 8 米。有 35 条河流注入，以盘龙江为最大。湖水在西南海口被狠狠泄出，称螳螂川，为金沙江支流普渡河上源。

早时滇池湖面之辽阔，之广大，古人谓之巨浸、巨津、巨流。唐代有史料记载，在昆明的螺山，挖掘发现，遍地是螺蛤之壳。在贝丘遗址，螺壳堆积厚达 9 米，而贝丘遗址现距滇池 10 多公里，这个遗址距今约 4260 年。也就是说，滇池在 4000 多年中，退了 10 多公里。

关于滇池历史上的富饶，不是传说与想象，有《后汉书·西南夷传》为证：“滇池周围土地平敞，多见鹦鹉、孔雀，有盐池田渔之饶，金银畜产之富，习尚豪奢，居官者皆富及累世。”

滇池因为水位甚高，昆明人深受其害，夏季洪水暴涨，侵入城内，人畜不安。元代时的行省长官赛典赤·瞻思丁想办点儿事为昆明人解水患之苦，他以盘龙江为重点，在上游筑松华坝，下游建南坝闸，雨季关闸闭水，缺则放水浇灌。并沟通金汁河与盘龙江，减少盘龙江涨水的压力。又沿金汁河建戴金箔、大小韩冕等八闸，疏浚上游其他河流。这三年的治理，滇池不再泛滥，还获地 1 万余顷，却对滇池造成了最初的伤害，滇池坝成为行省屯田的重点。明代，沐英镇守云南垦田到 100 万余亩，其中一部分在滇池坝。滇池周围当时真是鱼米之乡，产鱼量甚大，鲜美的金线鲃和肥白的发鱼，还有长达数寸的大虾。“滇池多巨螺，渔人剔螺取肉，挑担叫卖于市，滇人以为味美天下所无。”

昆明是水城，如果把滇池比作昆明的心脏，有许多粗壮的血管布满身体：金汁河、银棱河、玉带河、宝象河、采莲河、永畅河、西坝河，这些河流穿城而过，又有数不尽的石桥卧在河上，得胜桥、双龙桥、霖雨桥、桂林桥、鸡鸣桥、吴溪桥、玉带桥、宝象桥……让昆明浸泡在碧波云水中。

五百里滇池，奔来眼底，披襟岸帻，喜茫茫空阔无边。看东骧神骏，西翥灵仪，北走蜿蜒，南翔缟素。高人韵士何妨选胜登临。趁蟹屿螺洲，梳裹就风鬟雾鬓；更苹天苇地，点缀些翠羽丹霞，莫辜负四围香稻，万顷晴沙，九夏芙蓉，三春杨柳。数千年往事，注到心头，把酒凌虚，叹滚滚英雄谁在？想汉习楼船，唐标铁柱，宋挥玉斧，元跨革囊。伟烈丰功费尽移山心力。尽珠帘画栋，卷不及暮雨朝云；便断碣残碑，都付与苍烟落照。只赢得：几杵疏钟，半江渔火，两行秋雁，一枕清霜。

这天下第一长联作者孙髯翁虽才高八斗，也不过是个破落高士，一生不得志，仅因为科考搜身，此兄觉得是对知识分子的羞辱，于是拂袖而去，最后沦为寺庙门口算命先生。但孙君不是颓废浑噩混点儿酒喝之人，胸怀阔大，才华及天。此联气势宏阔，心有千秋，苍茫兼苍凉，孤寂且孤傲。张庆国主席说他看到资料，是一行文人登西山后，孙便写了此联，那时候，还没有大观楼，是先有联而后有大观楼。因为只有西山才能见五百里滇池奔来眼底，一个“奔”字，气象极大。后人多有仿长联，甚至比此联更长，都不过拨弄辞藻，故作清愁，怀中无物，亵玩神境。虽写在大观楼内，只能是自取其辱。为何你们不学学太白先生，不道眼前景，只因崔颢诗，再题多少也是白搭。人家把眼前景、胸中事写尽了，把天与地、古与今打通了，你再写也没啥意思。何况你腹中无才，想与髯翁一较高下，那不是自讨没趣，落下笑柄？

我特欣赏下联，下联的怀古，他只写滇中之事，不写国运更迭，比起空而大的咏古，多了几分实在，而将滇池千秋景色，悉数道尽了。天下总会有冷不丁冒出一个为天地万物命名的，孙髯翁算一个。

又是秋雁，又是清霜，此联的怀古有些悲沉，似乎都是怀古，好景不再，一语成谶，如今是再也看不到四围稻香，半江渔火。没有了稻田，也少有了渔人，只能是一种遥远的念想。在夜晚，滇池的波浪、星月与滩渚无人相陪相伴，夜晚的湖水太空阔荒寂。

不过，据说孙髯是懂风水的，他的联也将昆明的独特风水写出了。昆明在建造之初就是要的滇池水，四面山。“东骧神骏”——金马山；“西翥灵仪”——罗汉山（即现在的西山）；“北走蜿蜒”——长虫山；“南翔缟素”——梁王山。昆明山环水抱，藏风聚气，是难得的风水宝地。古城坐北朝南，后有玄武长虫山，前有朱雀梁王山，左有青龙金马山，右有白虎罗汉山，中有“洋洋大海作明堂”碧波浩荡的滇池，这种风水据说天下难觅，因此有人说昆明是世界所有城市中的上上品。不可不信。那个专门弄风水的明代学者、堪舆大家汪湛海不仅规划设计了昆明，也精心设计了“龟蛇相交”的“山龙地脉”，并预言：“五百年后，昆明赛江南。”

他言中了。

昆明春城，有滇池水汽荡漾，有西山美人安卧，雨水充沛，风景殊异，说昆明是从滇池中退出的一个城市，也是说得通的。因此烟水泠泠，仿佛出浴美人，出水芙蓉。“一半水一半城”的说法，你若是从呈贡湖边往昆明看，这座城市就浮在水上。

滇池湿地

我来到了捞渔河湿地，这是捞渔河进入滇池的河口。这是湿地吗？又是一个公园，有公园的所有元素。但它是湿地，是滇池红线100米内的一级保护区。

结构精巧的水质净化功能区，布水沟渠，有大量的支、次布水系统，导流沟将水引入生态林带，经主干渠、支次渠、毛细渠布水，形成鸟足状水系，使湿地成为布水均匀、全面连通的一个庞大复杂的水网。

布水堰位于湿地入口处，呈齿槽带状堰口，是分水和布水的主要设施。上游主要来水后，进入湿地，在这里利用原有高差实行分水布水，然后进入各导流沟及叶脉状的布水沟渠。河水流入的响声铿锵有力，水流很大，一下进入了中山杉林，里面有石砌的步墩儿。这片杉林中的湿地，水在树下流淌，里面阴凉袭人，水下有水草、游鱼，令我大开眼界。这个水上森林，也是闻所未闻，身临其境，顿感滇池有救。杉是什么杉呢？我知道水杉是不怕水的，在我居住的武汉东湖水边，就生长着水杉，它们把根扎在水中。他们告诉我，这叫中山杉，是落羽杉与池杉杂交的一种树种，不怕水，而且生长速度快，成活率很高。这个设计是大手笔，这片水上森林有300亩，7万多株，已经有八个年头儿，有20厘米粗。它的作用就是人工造成湿地，设计者将进入湿地的水经过沟渠自然引流到各级地势形成的水塘，由于地势之间的落差形成地表水径流，从而形成湿地内水的自然流淌，完成第一次净化过程。与之前进入湿地的浑浊污水相比，这一过程中的水明显清澈了不少。在不太深的水里，有足够的时间和路程让水中污染物沉淀，过滤分解，让水中树根和大量的微生物吸收，何况水中有鱼，水流回环，让流入这里的水充分曝气，增加水中氧气。

我走在水上的森林中，突然想起在土耳其看到的耶莱巴坦地下水宫，那是人造的，这是自然的。在浓密的、不见天日的杉林中，水声潺潺，有大鱼在水中打旋奔跃，头顶传来鸟的密集叫声，给人神秘的、梦幻的穿越感。这片森林里，现在藏匿着5000多只白鹭。还有一些别的鸟，在树上人工挂的鸟巢里生活。

捞渔河进入这里的水是五类水质，可是流入滇池时成了三类水。这百米的曲折之路，竟然让水质净化得这么好，真是太有匠心了。

赏心悦目的水上森林之旅，到处都是流水，到处都是鸟鸣，风吹来时，湿润的空气里是草木的香味。

这片水上森林之后，水还会旋转在此处，进入一片芦苇荡中，我看到了成群的白鹭和翠鸟，鱼在芦苇丛中拱动和繁殖。风吹芦荡，气势滔滔。水很清澈，植物很茂盛，还有各种亲水植物都坚挺在这片湿地上得意地摇曳。这里是它们的天堂，无论是鸟类、鱼类和植物。

在芦苇荡的这片水域，称为二次均质调节塘，就是将水上森林净化过的水和末端河道自然收集来的水，进入以草本植物为主的240亩均质调节塘缓冲，由于地势不同，湿地内部被划分成几个区域，有的是荷花塘，还有的是浮萍塘。靠一条条土渠连通了湿地里不同区域和不同地势之间的水，经过各区域发挥净化水的不同作用，形成了湿地内特别设计的布水系统，最终将净化完成的水排入滇池。

捞渔河湿地已被国家林业局批准为国家湿地公园建设试点，此刻有蜂拥而来的游客，不仅在这里带着孩子钓小龙虾捞鱼儿，还带着他们观赏这儿的湿地景色，让他们亲水爱水。

那些美丽的落羽杉、中山杉、杨树、芦苇、香蒲、菱草、蒲苇、滇杨、滇朴、香蒲、水葱、纸莎草、千屈菜、再力花，组成的捞渔河湿地，还有在那儿举办的大丽花、唐菖蒲花展，万紫千红，吸引了许多爱花人。唐草蒲这么多颜色，只有云南才能长出这么鲜艳的花。

同时这里还设计了步行系统。整个步行系统分别由 3 米宽、15 千米长的湖滨步道，6 米宽、1 千米长的自行车道，3 米宽、700 米长的林间栈道和 3 米宽 300 余米长的观景长廊组成。在捞渔河湿地，一步一景，应接不暇，接近大自然的本色。

古滇湿地，我看到网上的许多评论，“昆明湿地公园中的佼佼者”“与其他湿地公园不一样，恐怕到了欧洲景致也不过如此”等，这么高的赞扬已经超出了对一片湿地的评价。

老远就看到一种奇怪的建筑，这就是古滇国的黄色屋顶建筑，长脊短檐，线条流畅，雄壮神秘，有高原之上的大气象。古滇湿地公园占地 1100 余亩，是在原有的 200 亩自然湿地的基础上改造扩建成的生态湿地。这个湿地因为民营资本的介入，处处显示着它的豪华与气派。它位于滇池南岸、长腰山西侧。如果说捞渔河湿地保持了质朴自然的属性，这里就是精心设计、精心打造的，投入也更大，目前为止已投资 100 亿元，也包括其他的设施与园区。

古滇码头大厅前面是广场，可以看到华丽壮美的古滇博物院屹立在对面的山上，大厅后面是一圈儿环绕在古渡码头旁的水榭长廊，全是用大竹编织而成。想象力奇崛，造型粗犷，却又典雅时尚。它叫“古滇艺海大码头”，向滇池里延伸百余米，设计更有脱颖而出、跃入滇池之感。水上还有古船，是古滇国的建筑造型。在这个湿地周围有许多此类宏伟的建筑。码头东西两头还沿滇池岸边修建了绵延数里长的观景大道和数条进入昆明湖、牵星海、采莲塘等的小道及桥廊。大码头的竹环廊建筑，与候船大厅相映成趣，和谐一体。有 151 艘电力驱动画舫游船泊靠岸边，其中最大的一艘可容纳 22 人，今后，将有 201 艘电力驱动画舫游船规模，将成为中国最大的水上游艺码头。这些画舫船全部采用环保经济的电力驱动，轻盈通透，既有江南画舫的浪漫，又有云南元素的神秘。

它似乎离昆明主城区很遥远，从这儿看去，昆明城的建筑群一半漂浮在滇池中。它也是一个河口，同样承担着净化水质、保护湿地的诸多功能。这里的水质本来就比海埂方向（北岸）的水好，清澈，有好闻的水腥味，湖塘广大，芦苇丛生，周边没有建筑物，这个湿地在精心布局中给予了自然最大的尊重。因为拆除了过去的海堤，让湿地与湖水连为一体，有了我们记忆中湖岸的自然曲线，有了湖水延伸的缝隙，一些水生植物在肆意生长，鸟类、蛙类、鱼类有了藏匿和繁育的场所，这也许是当年滇池的原样。这里是垂钓的天堂，是人们怀旧的去处，但又有现代最好的码头，有摩天轮，有各种精制的步道，有一个一个的景观，有大量的花草树木，有各个池塘中的主题植物，有观鱼、观花、观水的去处。比如，专门设计的一处水景，观西山睡美人的地方，水瀑分为两层，你走近后拍照，人的下半身像是没入了滇池，在水中行走。移步换景，曲径通幽，柳暗花明，野趣漫漫，这里看滇池视野开阔，水天无限。一些手摇游船划入湿地深处，鸟飞鱼跃，溪涧莲蒲、芦苇水巷、碧波潋滟，坐看云起，何等快哉！

围绕滇池有多少湿地和湿地公园，我问了许多人，没有谁能说清楚。因为36条入湖河流的整治中，也建有许多湿地公园，小型的太多太多。湿地和湿地公园是治理滇池后送给昆明人的巨大生态礼物。像一个城市有这么多与水有关的湿地公园，在全世界怕也是绝无仅有的。昆明作为历史上的水城，现在似乎才真正名实相副。

我们可以经常去的几处大湿地，有五甲塘生态湿地公园，它有白色的鹭鸟，有水面铺就的浮桥，有连片的水面，芦苇遮天蔽日。晋宁昆阳东大河湿地公园，它被称为“水墨画般的湿地公园”。东大河的千亩湿地中，湖水清澈透亮，小河蜿蜒曲折，水鸟悠闲，花木繁茂，水色山光，恍若梦中。它是河口湿地，占地1709亩。本来我应该去东大河，但还是留下了遗憾。只能想象它的美色。

西华湿地公园，在滇池西岸、观音山脚下，在长长的栈道两旁的水面上，芦苇、香蒲、风车草在风中拥护摇动，这里的湿地宛如一位村姑美女，天然去雕饰，原本就有的水生植物在这儿欢腾生长，有完全置身于野湖之畔的感觉，但它就在城市之侧，尽情美丽。

呈贡滇池生态湿地公园，要从斗南花市穿过，在满目鲜花满鼻香味的熏陶下，进入这个湿地，又遭遇到沿岸植物的夹击，扑面而来的是大海一般的滇池水，云影苇影，水声鸟声，都是一种身心洗濯。昆明滇池泛亚国际城市湿地公园，这儿离官渡古镇不远，位于滇池北岸西亮塘片区，紧邻宝象河，湿地规模为2360亩，其中，湿地公园水质净化区300亩，湿地公园游赏区950亩，湿地公园生态保育区1110亩。该区域属湖滨生态带的建设区域，是湖泊生态系统中重要组成部分。

海东湿地，位于官渡区官渡街道办海东社区西亮塘片区，占地894亩。湿地公园结合滇池、西山特色，形成不同观景点，利用水生植物和地被，形成自然、开放式环境。按照昆明市滇池治理整体规划，已建成15公里的环形单车道，未来与周边其他相连，形成环滇单车道。宝丰湿地，位于滇池北岸宝象河入湖口，目前湿地已建成700亩湖滨林带和湿地，东岸主要以林带建设为主，湿地由林杉水岸、观浪厅、观景平台、竹林幽径景观构成。

龙门湿地，位于滇池西岸西山风景名胜区前的龙门湿地公园，面积295亩，通过湖滨生态带的建设，在滇池外海、草海交界处形成山地树林—陆生植物—湿生直物—水生植物—湖泊水体间的生态互补，构建和恢复片区生态系统结构，保护了滇池水体，是一个湿池生态系统的完整呈现。斗南湿地位于呈贡斗南社区环湖东路面湖一侧，完整地保留了湿地范围内柳堤的历史原貌。滇池边的2公里柳堤是最大亮点，沿柳堤漫步，听碧浪滔滔，眺西山美人，杨柳岸，晓风残月，古意古景，是滇池的乡愁。

晖湾湿地位于富善社区高海路以东，湿地面积不大，却成了年轻情侣谈情说爱、婚纱摄影的胜地。它的名气胜过许多大湿地。白渔河河口湿地，位于晋宁上蒜镇石寨村委会白鱼河入湖口两侧，面积703亩，湿地内植物种类丰富，植被非常茂盛。有长长的水上木栈道，有观水平台，是眺望滇池的好去处。

还有盘龙江西岸入湖口湿地、团山生态湿地、王官湿地……

在滇池湖滨带，通过湖内湿地、湖滨湿地、河口湿地和湖滨林带四种模式开展生态修复与建设，共恢复与建设了5.4万亩生态湿地，重建了滇池湖滨生态缓冲区，使滇池良性生态系统得以逐步恢复。

在治理滇池、恢复湿地的战斗中，拆除 83.3 公里防浪堤是一件不容易的事，由此可使滇池水域面积在原有的基础上增加了 11.51 平方公里，这无疑是滇池复苏的巨大胜利。目前，滇池外海共完成防浪堤拆除 43.12 公里。拆除防浪堤，水和陆地形成了充分的接触，滇池水将水体中的漂浮物打向岸边，形成自我净化功能，水与陆地交融的生物多样性也渐渐形成，为水生、陆生、两栖等野生动物提供良好的栖息场所，建立了良性的生物链系统。今天的滇池水边，沟与沟相通、塘与塘相逢，滇池与湿地水体充分交换，滇池被防浪堤紧缚到不能呼吸的状况已经改善，滇池的湖岸线在扩大，茂密自在的水生植物随风摇曳，随水繁殖，滚滚海浪扑向岸边，钻入芦荡的景象仿佛是天地初创时期的记忆。那些浅滩、沙渚、小岛、水埂，是湖在自然形成时的美丽元素。

2012 年之前，根据鸟类学相关专家对分布在滇池周边鸟类调查，当年滇池湖滨共记录鸟类 96 种，常见鸟类优势种有 9 种。近年来，随着湖滨湿地的恢复，为鸟类创造了较好的栖息、觅食环境，鸟类物种数量特别是水禽有较为明显的增加。2014 年共记录鸟类 138 种，短短两年时间就增加了 42 种，其中，7 种为国家二级重点保护鸟类，它们是黑翅鸢、黑鸢、普通鵟、红隼、游隼、草鸮和彩鹮。流域内栖息的野生鸟类种类和数量也明显增多，其中，包括戴胜、白鹭、红嘴鸥、喜鹊等。过去昆明没有记录过的紫水鸡、三趾鸥、牛背鹭等鸟已出现在滇池流域，曾经一度消失的黑翅长脚鹬等又再次来到滇池。还有一些过去从未记录过的物种，其中包括多种云南省新记录的鸟类：钳嘴鹳、彩鹬、铁嘴沙鸻、蒙古沙鸻、翻石鹬、斑尾塍鹬、黑腹滨鹬、小滨鹬、中勺鹬、反嘴鹬、三趾鸥、白翅浮鸥等 12 种水禽。滇池目前有沉水植物、挺水植物、漂浮植物、浮叶植物等共 27 科 62 种植物。一些在滇池已消失多年的海菜花等水生植物、金线鲃等土著鱼类又重新出现。

我参加了滇池 2018 年夏季鱼苗增殖放流。在高海桥下的湖边，我们 8 点半到达这里，渔民们已经在这里拉上了横幅：“2018 年滇池鱼苗鱼种增殖放流”。一辆装载有鱼苗的车停在桥下，鱼苗有 100 万尾，全是滇池土著鱼高背鲫鱼，这些才三到六厘米的小鱼，被称为“夏花”，密集地盛在鱼围中增氧，它们来自昆明兴滇水产苗种养殖场。高背鲫鱼是吃蓝藻和腐殖碎屑的，这是土著鱼的特点。高背鲫鱼长大后，通过捕捞可带出水体中的氮磷元素，削减滇池水体氮磷含量。这几个渔民过去是在滇池打鱼的，现在主要搞水产鱼苗养殖。我问他们为什么要在西岸放流，他们说这里水浅，放流的鱼苗可以避免被湖浪打回岸上。湖中已经有围网，也是养殖场先前放入的鱼苗。滇池管理局渔政处带来了水桶、塑料盘。按照渔政处以往的办法，一个工作人员将舀入盘子的鱼数数，一盘大约多少尾；另一个工作人员记在本子上，然后将数字相加。这是一个粗略的统计，之后，双方认可，开始投放。

滇池管理局渔政处介绍，随着云南光唇鱼的回归，目前滇池中的渔业资源种类增加到了 24 种。而 2018 年，还有两种土著鱼将“回家”。

2017 年 12 月，滇池增殖放流，130 吨鲢鳙鱼苗、20 万尾滇池金线鲃和 10 万尾云南光唇鱼进入滇池。

近年来，在滇池中采集到的渔业资源种类共有 23 种，随着滇池流域生态环境的不断改善，新的鱼种肯定会出现。

滇池里生活着的这些鱼有 3 类，第一类为六大经济渔业资源，包括鲢鳙鱼、鲤鱼、鲫鱼、红鳍原鲌、太湖新银鱼及秀丽白虾；第二类为常见鱼类，即小杂鱼，如间下鱵鱼，麦穗鱼、鰕虎鱼、黄颡鱼、泥鳅和黄鳝等；第三类为珍稀鱼类，如金钱鲃、银白鱼等。

如今所谓的珍稀鱼类如云南光唇鱼，在滇池曾经太普通，但 20 世纪 80 年代就基本消失了。2010 年，云南省水产技术推广站开始在滇池周边收集云南光唇鱼的天然种群。随着收集的天然种群数量增加到几十组，2013 年云南光唇鱼的人工繁殖技术逐渐成熟，2016 年已能实现规模化繁殖并投放到滇池。

据昆明水产研究所负责同志说，滇池渔业种群完全是人为影响。在滇池污染时期，水草退化，水质浑浊，蓝藻泛滥，破坏了草上排卵鱼类的产卵场所，因为水的透明度下降，沉水植物得不到阳光无法生长，部分鱼类的繁殖受到了限制，湖里的生态平衡被破坏，鱼群锐减的恶果显现出来。

随着这几年向滇池投放大量鱼苗，包括投放滇池金线鲃和云南光唇鱼土著鱼苗。土著鱼种的回归，标志着滇池的生态平衡回归，滇池正在矫正它放荡不羁的过去。

盘龙江真美

2009年岁末的一天，在盘龙江上双龙桥行走的昆明市民朱先生，听见了一阵叽叽的鸟叫声，他不由地抬头仰望天空，竟然发现盘龙江上翩飞着许多燕子，竟有上百只。他想想不对，这不是冬天吗？如何会有这么多燕子在这儿，莫不是幻觉？燕子在春天飞舞是正常的，但在冬天确实罕见，为春城的冬日增添不少生机。

这一现象传得沸沸扬扬，报纸一登出，市民便纷纷前往。说不稀奇也不稀奇，红嘴鸥不是也在咱昆明猫冬吗？专家解释说，燕子是夏候鸟，在秋冬季南迁。燕子冬天飞在春城，本来是南迁过程中在此短暂停留，但这儿比较暖和，加上盘龙江环境整治后也许让燕子产生了错觉，水很清澈，江中江岸的植物绿肥红瘦，生机盎然，完全没有冬天的萧索，燕子以为到了春天，也就留下了。

的确，盘龙江真的变美了，它是滇池治理35条入湖河流的样板工程。盘龙江是昆明的“母亲河”，首先，它是昆明市入滇河道中最大、最长的河道。它发源于昆明北郊的崇山峻岭之中，而后由北向南纵穿昆明城而过，成为昆明四城区的分界线，故称“一桥跨四区”。之后再向南流，最终在昆明南郊汇入滇池。

盘龙江的主源是牧羊河，牧羊河的源头在喳拉箐。喳拉箐位于梁王山脉北麓，海拔约2600米，盘龙江源的梁王山紧挨嵩明县的西北，原叫东葛勒山，据说元代后期的梁王阿喇忒纳失里曾在此安营驻兵，才有了这个难记的名字。

山高谷深之地，那么好的水源，可以直饮。这条质本洁来还洁去的河流，直接滋润着最辽阔富饶的大昆明坝子，然后注入烟波浩渺的滇池，哺育着1000余平方公里流域面积的人们。“千艘蚁聚于云津，万船蜂屯于城根，致川陆之万物，富昆明之众民。”这是明代关于盘龙江的描述。

许多老人回忆起盘龙江的美丽，总是滔滔不绝。从霖雨桥到通济桥的盘龙江，这一段称为八大河。这里古风悠悠，江水清澈，柳暗花明，是市民游玩、钓鱼、游泳的去处。从通济桥到敷润桥的盘龙江一段河道又叫羊清河，两岸有最好的蔬菜。张官营的白菜、苦菜和韭菜，挑上街就会被抢空。只因这儿的水好、土好，所长蔬菜叶嫩，味甜。敷润桥的盘龙江两岸，有“米场心”之说，大米、蔬菜、副食，用大小木船运到这里贩卖，是中华人民共和国成立前后昆明市最大、最热闹、物资最丰富的米市和露天农贸市场。这里有许多石拱桥，如南太桥、宝善桥、得胜桥等；拱桥下可通行中小型木船。这里的繁华热闹如清明上河图，街上有家老店“圆茂祥”，门口书有一副对联：货好门如市，心平客自来。横批两个字：“热闹”。热闹——这就是过去盘龙江两岸的写照。

有一种说法：盘龙江是昆明人的脸。可这张脸被自己人给污脏了。

20世纪80年代，盘龙江是污染最严重的河流。因为它横跨城区，城市快速发展和人口增多，使它承受了重压。昆明72家列为污染源的企业，有28家在盘龙江流域。盘龙江沿岸有40个村庄，有120多个污水口。每天这些食品加工厂、染布厂、造纸厂、塑料厂、纸箱厂、橡胶厂、冶炼厂的废水，加上生活污水汩汩地汇聚进江中，它先臭了，鱼虾绝迹，汇入滇池，一起变成劣五类，黑臭不可闻，人们掩鼻而过。对盘龙江治污的“外科手术”，首先是建立污水处理厂。盘龙江自松华坝水库至滇池入湖口，沿岸已建有3座污水处理厂，自北向南分别为第五、第四、第二污水处理厂。

此外，盘龙江补给水量严重不足，治理盘龙江还需要“大换血”。2013年9月25日，牛栏江—滇池补水工程通水，牛栏江的水进入盘龙江，不仅是补给了滇池，也让盘龙江近水楼台先得月，饱饮了牛栏江的好水，这对盘龙江的水质是脱胎换骨的改善。现在盘龙江上、中、下各段水质均已达到考核目标三类水标准要求。过去的臭水河，现在成为清凌凌的水。

盘龙江自松花坝至入滇池口，沿岸40多个村庄，曾经陷入无序发展之中，村子不断向江边延伸，沿江两岸一度各种建筑林立，一些原有的高大树木和各种植被遭到了过度砍伐和破坏。治理盘龙江，沿岸的绿化也带动起来。自2008年以来，盘龙江沿江两岸10米范围内的建筑全部拆除，用以修建道路和绿化带，目前盘龙江沿岸已经实现了全程绿化带环绕，新建设的绿化带将原有的绿化带和一些分散的绿地以及沿江公园连接在了一起，沿岸的连续景观形成。

今天，当你沿着盘龙江行走，各种高大乔木、修剪整齐的灌木及各种鲜花簇拥着你，草坪覆盖了原来裸露的红土，美化了环境，保护了水土。香樟、细叶桉、小叶榕、合欢、滇朴、柳树、樱花、桃树等各种树木，真正让森林走进了城市。沿江的坡地有了大量树木及草皮牢牢地抓住斜坡的泥土。

绿化带建设时拆除了原有杂乱无章的沿江建筑，这些建筑往往就是污染源，就是排污口。宽度从10—28米不等的绿化带和一些下游的湿地，起到了过滤的作用，让盘龙江的水慢慢变得清澈起来。

我们去看了上游松华坝和不远的金汁河。仅区辖的盘龙江边，就修了9个公园，小的绿化公园不算。在金汁河边，这里是龙川桥森林公园，有一座石桥。河两边是绿化带，桥那边是山和森林，对岸绿道边的凉亭里，有老人在唱京剧，琴声歌声在森林里悠荡。那些绿化带设计讲究，而这里，曾经是一些别墅，还有农家乐，有养虹鳟鱼的渔民。我们站的地方，曾是一排农家乐，昆明市区的来这儿吃饭，小车排成长队。餐馆的油水油烟会污染河流，50米以内的必须全部搬迁。河中有3组废弃的水轮泵组，这个设施上有用马牙石镶嵌而成的一行字“金马公社修建，六七年”。这座水利设施有50多年的历史了，用水轮转动自动提水通过东干渠或其他渠道灌溉其辖区的农田，这应该是水利文物了，应当保护。

盘龙江的景观设计请的是瑞士的苏黎世专家，他们的规划方案中有苏黎世利马河的风格。苏黎世AST公司规划局项目经理、规划师马丽娅·阿斯特略慕女士称，他们对于盘龙江的规划设计方案，一是立足于盘龙江是昆明的中轴线，规划设计的盘龙江考虑“慢交通”，盘龙江将成为贯通南北的纽带，人们可以在盘龙江沿线漫步、休闲、唱歌；二是盘龙江的绿地建设将整体相连，这样有利于动植物的生存空间，改善城市的微气候。盘龙江从起点松华坝到入滇池口，全长 29 公里。在完成了全线整体上的概念性规划后，又抽出全线 10 个点作为公园来规划，其中，北段有 3 个公园，中段有 4 个公园，南段有 3 个公园。其中，中央公园将成为春城昆明的地标。

如今，从盘龙江上游八大河开始，一直到入湖河口，盘龙江两岸全是亮丽景观、商业和休闲胜地，霓虹闪烁，碧波荡漾，游船来往，通宵达旦。如此漂亮的河流在昆明的历史上是从来没有的，有人称为“东方的多瑙河”，难怪，欧洲顶级设计师的杰作，又加入了中国元素。这里也是红嘴鸥翔集的地方，鸥鸟翩飞，碧水蓝天，盘龙江比欧洲的河流更有情调，更有魅力……

海鸥老人

在昆明，说到滇池，说到海鸥，人们不会忘记一个老人，一个去世的老人——海鸥老人。

每年，到了10月，红嘴海鸥就会从遥远的西伯利亚飞临昆明。数10万只海鸥恋上了这儿的山水，它们像远方飞来的精灵，嘎嘎地唳叫着，它们洁白的翅膀和红嘴红蹼，带给昆明人冬天的温暖和喜悦。

红嘴鸥落脚昆明，是一个偶然，也是一个必然。1987年，那个冬天奇寒，一股强大的寒流迫使红嘴鸥改变了向南方迁徙的方向，它们只能追逐天空的暖气，飞到高原之上的昆明。噢，这儿原来如此温暖，丽日碧水，无边无际。这难道不是最好的越冬之地吗？忘记西伯利亚吧，忘记迁徙的疲惫吧。它们歇落在滇池的碧波之上，还有草海、翠湖，还有护国桥下的护城河。这些鸥鸟让昆明人太喜爱了，他们投食，希望这些远客别饿着，昆明人会好好待你们，因为，你们带来了太多的惊喜和欢乐，欢迎你们年年岁岁来昆明猫冬作客。

在每年冬天的红嘴鸥来到昆明的时候，在千万热爱海鸥投食的人群中，谁都不会注意到一个老人，一个衣着简单、佝偻着背、身体消瘦的老人。他戴着一顶有檐儿的厚帽子，脚上是一双穿了多年的旧皮鞋，背着旧蓝布包，手上还提着一些喂投给海鸥的食品。当他看到海鸥时，眼里就露出满满的慈祥善良，微笑着，就像见到了自己的孩子一样。可他没有家，没有子女，他是一个孤寡老人。

每天，他都会出现在有海鸥的地方，给鸟儿们喂食，雷打不动。他住在郊区，每天都要步行 20 多里才能来到翠湖或者草海。

他是怎样被人发现的，有各种版本。但权威的说法是：有几位热爱鸟类的摄影爱好者，在每天的拍摄中，在镜头里发现了这位喂食的步履蹒跚的老人。他自己没有吃带来的食品，总是全数给了海鸥，并且不时地轻声呼唤着“雪花”和“单脚”——这是两只与他混得很熟的红嘴鸥的名字。这两只海鸥，只要老人一到，就会在他的头顶飞绕，大声叫着，还歇到他的肩上和头顶上。

他叫吴庆恒，生于 1924 年，西南联大学生。中华人民共和国成立后，他被人迫害，被弄到一个化工厂当了工人，一直到退休。他的退休金才 300 多元，每月他将一半儿的退休金拿来买喂食海鸥的食品，他自己生活简单，几乎没有开销，只抽 2 毛钱一包的烟，这是他唯一的爱好。

1995 年年末的一天，李志雄还是一个年轻的摄影师，在翠湖边朋友开的影友沙龙休息，他发现马路对面翠湖边，一位老人在喂海鸥。他的喂法与别人不同，他不是抛着喂，而是把食物摆放在栏杆上，等海鸥吃完，又摆放一些。第二天李志雄又见到他在喂海鸥，于是就和朋友聊起来，朋友说，这位老人几乎天天来。李志雄就带着相机过去和老人聊天，但老人只专注于和海鸥的亲密接触，不搭理他，也不让他拍照。李志雄就故意问他是不是环保部门的，这老人突然激动地说：“哪个说我是环保部门的？我是工人。”李志雄终于知道了他的情况，也知道老人每天拿着头天晚上做好的海鸥食粮进城喂海鸥，舍不得坐 5 毛钱的公交车，老人都是步行 20 多里进城，往往要到中午才到翠湖，喂一阵儿海鸥，老人又得赶回他在西郊的昆明化工厂。在工厂打晚饭时，顺便捡一些别人丢掉的馒头，晚上回家后把馒头切成碎块儿，再和着自己给海鸥买来的面粉、白糖、鸡蛋，制作成海鸥食品，第二天又带给海鸥……

老人救助过只有一只脚的海鸥，是游人喂食抓它造成骨折，老人很小心地呵护着这只受伤的海鸥，专门投食给它，亲切地叫它“单脚”。从 1992 年起，老人说，每年都能看到这只受伤的海鸥来昆明，也不知什么原因，也许这只与老人相知很深的海鸥是惦念这个风烛残年的老人，感谢在它受伤后的照料，来昆明探望他吧？海鸥是念旧情的，它们比起如今的人类来，更讲感情，并且能记住。“单脚”成了吴庆恒老人的亲人和惦记。只要老人呼唤它，这鸟儿就会从水面张翅而起，迎接他的到来，站到他的手上啄食，因为只有一只脚，为了平衡，翅膀摇摇晃晃的。老人还给其他鸥鸟取了雪花、灰顶、红嘴、老沙、公主等名字，只要唤它们，它们就会飞绕在他面前。

老人生前告诉采访他的记者说，海鸥最重情义，心细着呢。有一只海鸥，飞离昆明前一天，连连在他的帽子上歇落了5次，他以为是跟他闹着玩儿，后来才晓得它是跟他告别。果然，第二年冬天它没有来，又过了一年，还是没有来，原来，当时是跟他永久告别……

有时候，夕阳西下，海鸥将要飞离翠湖，到滇池去歇息，他手上拿着喂空了的塑料袋，恋恋不舍，对人说：“再过一会儿它们就要回去啦。听说它们歇在滇池里，可惜我去不了。”他真的是想与这些海鸥朝夕相处，厮守一起。只有这些鸥鸟，才是他晚年孤独生活最愉快的陪伴，最幸福的慰藉。

老人一连几天没有出现在翠湖，在这前几天，老人来过，但身体虚弱，3天才吃了一碗面，但还惦记着他的海鸥朋友。几天没来，李志雄好像有不祥的预感，忙和他的朋友们买了些滋补品去看他，打听到地方，才知老人前一天去世了。大家看他的小屋子，是一个老人独居的空间，只有一张床，还有一本《英汉大辞典》。邻居说，老人平时10多元钱的收音机都舍不得买，他喜欢听京戏，包师傅放时他就请包师傅将声音放大一点儿。他的遗物就是6个鸡蛋和一小袋儿面粉，那是准备给海鸥吃的。老人的床前，挂着一张很小的海鸥的照片，听说那是他花了3元钱，请翠湖公园照相的人帮助拍的，照片上的海鸥很小很小。

李志雄他们印制了老人去世的讣告，他将最后拍摄的一张老人的照片放大到24英寸，在翠湖边给吴庆恒老人开了个简朴的追悼会。很多人都认出了这位海鸥老人，很多人在照片上签名，把照片所有空白的地方全部签满了。最神奇的是，那些海鸥也站在老人遗像前，分成两排，久久不肯离开。当李志雄他们要拿走照片时，海鸥们突然扑了上来，阻挡人们，用翅膀拍扇着，发出凄厉的叫声，像是哭泣。这些白色的天使一样的鸟，仿佛穿着孝服，在为老人守灵。拿走了照片，这些海鸥依然在那儿低空盘旋唳叫，一整夜，周围的人都听到海鸥们悲恸的叫声，是从来没有过的。

火化老人的时候，许多爱鸟护鸟拍鸟的朋友们都去了，各自带着他们拍摄的海鸥照片，把这些照片放到老人的怀里，连同一起火化。

这一年，昆明以红嘴鸥越冬种群之多、保护与研究之卓有成效，“海鸥名片”社会影响之大、人鸥和谐持续时间之长而被中国野生动物保护协会授予“中国红嘴鸥之乡”。在这个值得纪念的年份里，“海鸥老人”再次被人们想起，一个二十一岁的女孩提议为这位老人塑一尊像，经当地媒体倡议，立即得到了市民的积极响应，短时间内便收到捐款数万元。2005 年年底，这座青铜雕塑完成了，老人依然坐在翠湖边，微斜着身子，好像轻声唤着他心爱的海鸥，几只海鸥在他的面前，在他的身边，在他的手上啄食。但更多的活着飞翔的海鸥依然像精灵一样围绕在雕像前，仿佛这位老人并没有死去，依然在与它们嬉戏，给它们投食，与它们说话。这是一尊伟大深情的雕像，是人与鸟灵魂交融的颂歌，是人善良对待所有生灵的神奇之爱，它将像滇池复苏的清流，汩汩流淌在人们的心中，让他们永远记得并善待自然，只有爱才能让世界更加和谐美好，让自己的心灵充盈美丽。

大泊口

从西山龙门往下看滇池，在外海北部和草海之间有一片苇蒲摇曳、水鸟翩跹的水面，被碧绿的水草占满了水面。这就是草海大泊口水域，面积为780亩，容积约100万立方米，属半封闭水域。

2015年之前，每年夏秋季节大泊口水域时常发生蓝藻增殖，水质与草海和外海一样是劣五类，为重度污染水体。2015年8月，昆明滇池管理局所属的昆明滇池生态研究所，借鉴中科院水生生物研究所等单位在滇池的研究成果，开始了大泊口水域生态修复示范工程。两年多的实验，大泊口水域完全改变，2017年总体水质达四类，局部区域达三类，该水域再未发生蓝藻水华。

滇池的治理，说穿了就是让水体变清，让水草回来，这是市民看得见的直观效果。但滇池什么时候变清，能否变清？人们将信将疑，怎么说都没有用，缺乏治理好的实际例证。

滇池生态研究所的“草海大泊口水域生态修复示范工程”，包括截污及污染源阻断、引水换水、水生态修复、微滤净化（除藻）、生态堤岸处置、景观改善六大部分。总投资1027万元，工程于2015年8月开工建设，2016年7月全部完工。这个投资比起这些年投入滇池治理和保护的几百亿元来，是小钱儿，但在这近800亩水域却做出了令人震惊的成果，让滇池变清成了可能。

这个示范工程，为沉水植物的生长创造了良好的条件，通过自然恢复和人工干预的共同作用，大泊口水域沉水植物从2015年的不足10%，增加到2017年的36.18%。而且沉水植物分布区域正在坚挺地向深水区域扩展，物种较之前更加丰富，清水型的苦草、海菜花等沉水植物成功重现。

沉水植被的恢复，使水体自净能力大幅提升，水质明显改善。2016 年 12 月，该区域水质已达到四类，2017 年水质总体优于四类，局部区域水质达三类。最好区域总磷为 0.039mg/L，总氮为 0.828mg/L。叶绿素 a 大幅下降，这两年未发生蓝藻水华，水体感观很好。

大泊口水域生态修复示范工程是“缩小版”的滇池综合治理工程，其核心是污染控制、引水换水和生态修复。在滇池治理“六大工程”之外的这个小工程，给滇池带来了大福音。

在这个研究所，所长杜劲松说，在污染负荷基本得到控制后，通过提高水体透明度、调控水位等措施可促进沉水植被的恢复。沉水植被恢复后将与浮游藻类形成竞争，对蓝藻生长起到抑制作用。同时，沉水植被恢复可使湖泊的自净能力大幅提升，使水质明显改善。大泊口最好区域沉水植被覆盖度已达 80%，该区域的水质为三类，我们梦想的水体清澈见底实现了。

这一示范工程的成功完全验证了蓝藻是可以治理的，而控制水体总磷是滇池蓝藻水华治理的关键。

我在滇池第二天的晚餐是在大泊口的滇池生态研究所，说说我进入生态研究所的第一感受吧。这个不起眼儿的研究单位，场院不大，进去靠左就是草海的大泊口，但是，我看见这一片有几百亩水面被围网之类的东西围起来，里面长满了我喜欢的水草，就是儿时湖泊中的水草，碧绿的水草。何锋博士告诉我这是什么草，叫轮叶黑藻、水蕴草，还有云南高原湖泊中特有的海菜花。美丽的水草，小时候，我们捞这种水草喂猪，钓鱼专找这种水草厚的地方，挑开一个小水面打“窝子”，鱼就躲藏在底下。水草下的鲫鱼，往往是金黄色的，我们叫黄壳鲫。还有一些黑鱼，爱在这些小空间一动不动地晒太阳，我们叫“黑鱼晒花”。

生态学何锋博士说，这些就叫沉水植物，它们根系退化，靠茎叶吸收养分，进行光合作用。所以要水的透明度很好，达到 80 厘米至 1 米左右。在滇池草海，这里透明度在水深的 80%区域，都长上了水草，但外海只有 3%的地方有沉水植物，最少的是 1993 年和 1994 年，沉水植物只有 1.3%，基本灭绝了。透明度下降，致浮游生物生长，蓝藻最喜欢这样的环境，蓝藻取代水草就表明水质恶化。到了20世纪80年代，滇池的透明度只有40厘米，几乎不能生长水草。但这几年，滇池的透明度改善很快。

这么茂密的水草，下面的水自然是清澈见底的，有鱼儿在游，在水草上摩擦产卵，能看到是鲤鱼。有许多水鸟如小白鹭、大白鹭、水鹈鹕、苍鹭、野鸭等。太多的水鸟，因为它们有食物。只要水好了，鱼和鸟自然会来。何博士告诉我，这片试验区，沉水植物占水面的40%，如果沉水植物占到这个数，蓝藻是没有生存空间的。因为水体透明，蓝藻无法大量繁殖。我问："为什么种植的是水草，荷花不行吗？"他说："荷是吸收泥里面的营养，不像沉水植物，是吸收水体中的养分。"

我问何博士："这片试验区你们种了多少水草？"他说："我们种得很少，当时一个平方米只在四个角各种一株，我们的试验叫生态恢复，生态恢复主要是自然修复，我们补的水是污水处理厂的尾水，透明度很高，虽然氮磷含量还是五类水质。"何博士说，他们的试验就是要让湖泊产生生态系统的良性循环，让水体有造血功能。让水草吸附污染物质，把水里的营养物质消耗掉，再加上鱼来吃一部分，而有的鱼虾是吃泥里面的营养物的，如水草和动物的尸体腐烂后，有生物清理。还放养了许多滇池土著鱼如金线鲃，是食肉型的鱼类。当水草茂盛后，各种鱼都会来，这样形成了生态循环，水质会越来越好。

听说到了三类水质，这是多么令人高兴的事。在云南采访各高原湖泊，我一直在想，人类如何占胜蓝藻，滇池的蓝藻能消灭吗？结果，在大泊口的试验面前，在滇池生态研究所的成果里，在眼前的事实面前，我看到了滇池变清的坚实希望。

生态所所长杜劲松告诉我，他们所是2004年成立的，现在不过15个人，怎样恢复滇池生态，他们研究了10多年。他说对湿地的认识也是慢慢明白的，河流是所有水流汇入滇池的通道，而湿地是最后一道防线，是过滤河水的。说湿地是地球的肾，非常有道理，现在滇池污染了，我们的工作就是给滇池再造一个肾。

他的话有道理，有力量。

湿地可以将河流的污染物去掉10%—20%，有强大的净化功能。他指着何锋博士说，他每天跟踪滇池的蓝藻，这些年的研究比较深。蓝藻是一种最古老的浮游植物，几十亿年前就存在了，因为它可以进行光合作用，繁殖是细胞分裂的，繁殖速度快。在一类水体和二类水体中它被抑制，到了三、四、五类，营养足够了，就大胆地生长，几乎没有天敌。冬天阳光少，冷，它就沉到泥底，休眠起来，天气暖和后就浮上来繁殖。

关于湿地模型，杜所长说到捞渔河，这是他们所第一块试验湿地，他说，你说到的水上森林，我们就是将肺与肾相结合的一个试验。森林是地球之肺。他说，恢复湿地就是先要将防浪堤拆掉，拆掉后，水漫进来，芦苇就自己生长。我们种的茭草，几年就死掉了，竞争不过芦苇。自然形成的生态，以后的管理就很简单，大泊口的试验也是一样，自然恢复让生态获得平衡，人为的干预要最小化，只能适当辅助。

我们在湖边说话时，他们的示范水面里，传来鸟的清亮的叫声，一些大鱼在水草上奋力摩擦着生殖腺体产卵，水声沉闷有力。鱼都搁在水草上，这种产卵的景象，有几十年没见着了，久违了，太让人喜悦了。这也许是50年前滇池的常见景象，现在它们在这里神奇地重现。

我走的时候，月光照着蓝色的大泊口水面，鱼还在水草上奋力地摔打产卵。鸟的影子蜷缩在围网上、木桩上，茭草和蒲草在风中摇曳。空气里是水草和荷花好闻的水腥味，这种气味真是沁人心脾，让人不得不重重地往肺深处呼吸。噢，这清亮的水和厚重的水草，铺展在月光之下，弥漫在滇池之上，可惜许多来游览滇池的人没有看到这个大泊口，这真是生态恢复的奇迹。不远的将来，滇池一定会像大泊口一样，水草丰美，鱼跃鸟飞，水清如镜，浪花如玉。

仙来抚仙湖

深黑的裂缝，盛满邃寂的大缸，吞噬天空火焰的古灶，在群山的沉梦间痉挛的涛声，荒野。巨型的水，钢刺般发亮。

海马 我看见它骑着星空的烟尘，蹄音滚烫。潜踏在深夜磷光闪烁的湖面。被浓夜的凛寒激起的水，柔软的晶体，似箭，似玉。清冽的蜃雾，混合着神灵飞翔的水之碎屑，如羽，如霜，披覆在它的身上。

静悄悄远古出征的壮士，失落的江湖嘶鸣。一匹古滇人的骠骑。它惊散在刀丛剑林中，无数兵士的鲜血和尸体拭亮铜蹄，越过传说的山峦，到达这片水域，寻找它失去的主人。堑壕。被风雪掐断的霜天号角，在凌厉的锋刃中闪现。波浪的阵地，旷野的屠戮。它探出头来，星空如炬。它在总攻的前夜死去和复活，马的热血熨烫着黎明。黎明大火飘摇拖曳。它依然等待着，怀有英雄之气。

骁腾万里，垂鞭拂云，金辔银鞍，侠骨悠香。砉砉春潮涌，萧萧霹雳弦。

据清道光《澄江府志》中记：在抚仙湖中，“有物如马状，浑身洁白，背负红斑，丈尺许，时出游水面，迅速如飞，见者屡获吉应。”中华民国《江川县志》记：“乾隆四十三年，抚仙湖中于十日内有海马出现，自江昌前起，向东南奔腾，水如翻花，至宁州塘子岸边没……”

水底暗城与尸蜡 人壳，晃动的白影，黑暗的城市，远古的通衢。幽冥深处的悲恸传说，如寒箭穿心。这片水域永远属于滇人。在云贵高原的夜空中飞过的候鸟，带来阒寥的唳叫。深不可测的水底，是为了守护他们永恒的寂静和秘密。

湿黑悠长、苔草丛生的街道，被水浸泡的古老石板路。陈旧的院墙和方砖，祠堂匾额上刀刻的字，水井沿的凹绳痕，盛过雨季的石臼，磨损的台阶，床榻，石鼓，沉重的锁和生锈的门环，黑魆魆的、深陷在星月下的牌坊，神龛里的雕像，曾经碾过的车辙，窗棂，雕花的门楣。屋顶的水草模仿着瓦松的身影摇晃。凝重的、永世不腐的石头，游动在街道和院落里的鲭鱼。尸蜡，僵硬行走的幽灵，被埋在水底潜伏的夜行者，被水彻底隔绝的世界。他们超脱疼痛，没有呼吸，内心平静，远离火焰和爱情，并不知道自己已经死去。

飞阁缭垣的墙堞，箭楼，瓮城，栈桥。被时间销蚀的道路和小巷，停止了人的脚印的折磨，没有了喘息，爱恨和呼喊渐渐冷却。像潮湿阴黑的花朵，在大水深处开放。这悲伤的繁花，地狱之蚌。不再思念人间，是他们唯一战胜时光的利器。万劫不复的生命也许是这样的，我不能猜想他们的内心，安静到什么深度。这是生命最后的形式。这被人怀念和暗夜啜泣的人，成了天人相隔、咫尺天涯的世界。把一个人的废墟沉入水底，这是时间的杰作。所谓传说，就是不死；所谓神话，就是不活。故园永无归期。

……一群又一群人撩开水草，从黑暗深处走来，像琥珀般的幽灵，顽强保持着前世的尊严和生命的幻象。刻过石碑上一生的錾子，敲打过的铜鼓，发出沉闷的响声。法师和毕摩披毡下的手势，吟唱咒语的含混拖音，被神灵的到来惊起。在水下冷却所有欲望比得到欲望便捷。不再经受高原上的烈日和淫雨，在漫长的凉寒中像活着一样死去，像死了一样活着。你无法等待他们终有一天倒下的碎裂声，像一根根生命的针，钉在那个荒凉的、被水草纠缠的暗城，不再愤怒和詈骂，心如死灰地站着，站着……站得笔直……

……清晨花巷的叫卖声，款款走过的女子和雨伞，街道上几片轻旋的花瓣，像失血的瘢痕。一个在晨曦中推开窗牖的女子，鬓鬟轻拂，罗襟初掩，她看见茅店月色下走去的人，一个负剑远行的孤客。一杯浥去轻尘的早酒，一盏刻写至鸡鸣五更的豆灯，一个吟诵者，一个从噩梦中逃脱的杀手……黑压压从远处街道上走来的人群，他们着古代的袍褂，像是一群黑浪和石头扑向沸腾的水底。他们忽聚忽散，一惊一乍，宛如神秘的行者，被人间行刑的冤魂，溺死者。被这深不可测的水密封，在时间的遗忘中苟活着，和那个传说中的水底暗城一起，成为天空的恐惧。

夜色越来越深。时间的外壳已经石化，水是他们的天空和星群。

巨环　暗夜的渔火汇入月光。浪迹天涯的一个渔人，他看见一只圆环，一只巨大的圆环——它从沉重的水体漫升起来，它在湖面上旋转、漂浮。在雾气聚散的深夜，它无声无息地出现，像悬浮的天体，在抚仙湖宽阔无垠的烟水之上转悠。这也许是仙人的浮槎，它逡巡在午夜时分，现身在月光深处。一个老渔人，几乎窒息地看着它持续悬浮、旋转，然后梦幻一样地消失，逸出人间的视线。

鲭鱼阵　优雅，神秘，潜行的大鱼。亲见者说风浪起时，看见它们像翻覆的大船，其实是鱼脊。

每年的 5 月至 8 月，数以千计的大鲭鱼在大鱼的引领下巡游湖中，常出没于月圆之夜。在鲭鱼队伍的旁边，一定有数条白色的大鱼护航。传说它们从湖中孤山下的蛟宫里游出，那个神秘的宫殿是由 10 根金柱顶着，里面快乐生活和遨游着数不胜数的大鲭鱼。它们首尾相接，像是表达对渔人的蔑视。这些抚仙湖中的巨兽，它们的出现是一次轰动。月光里的精灵，鳞片闪闪的黑甲武士，乘激越的疾风群游于天地之间，持鳍如戟，浪焰炸井，它们是肉型的礁石。

海蛆和车水人　海蛆又名鲦浪鱼，为抚仙湖独有。车水人又名渔人，海蛆的诱子和杀猎者。

剿杀海蛆的人们，在昏茫寂然的灯火下，用波光粼粼车起的水，制造激流的幻象，诱使海蛆逆流而上。这平静中的杀机，是用一条人工修筑的水道、一架水车、几个大酒瓮似的鱼篓组成的。它们全是险恶的机关，夜半张着血盆大口，像一个饕餮者，永远胃口十足地吞噬着源源不断的愚蠢海蛆。

无声的杀戮持续了几个世纪或者更长。湖边的人们将这种渔获作为他们生活的重要部分，面带微笑，暗藏杀机，是他们最终成长为渔人的必备之路。

马灯，水车，汩汩的水流，渔人阴沉的程式化的眼睛和动作。几乎不屑于眼前水中游动的、前赴后继的海蛆。看啊，它们身材苗条，秀丽可佳，淡黑色的身影，排列有序地进入这条水道，再进入小口狭窄而大肚如坛的鱼篓，再也游不出来……它们太多，多得让人厌恶，像海子中的蛆，渔人轻蔑的称呼并不能唤起它们的自尊，它们的结局是自投罗网，束手就擒。

天空中满是鱼的造型，那些巨鳞的云，那些让他们向往的收成，变成铺天盖地的海蛆，填满他们的欲壑。咯吱咯吱的车轴，艰涩地转动在蓑衣和烟雨中，湿冷的夜雾让山影和庞大的树冠沉凝，沿岸的渔火深潜于雾霭的梦里，猩红，时隐时现，又抽搐着身子跃入湖中。车水人用水车艰难、固执、疲惫的转动声，承续着祖先发明的骄傲。这样持久的、坚韧的、神志不清的混沌战场，凄怆迷人，演绎出人鱼斗争的故事。在盛载着千古悲剧的波涛间，一星星浪火跳闪耀金，被神话频频送上岸边的水沫，冰凉地打在脸上和石头上，倾泻成悲愤无声的水之语。

夜空的深穹在锯齿样的群山上分外荒旷。海蛆的路曲折短暂。出生就是猎杀。它分不清生死都在同一条路上，全是水的诱惑。生命的最后一段完全是一个骗局。但它们不会回头。

从禄充村到明星村，两三里的沿岸水边，有至少百年的石砌水道，像是城墙和灌溉系统。它们却是海蛆的墓道，吸引着新来的殉道者。湖中密密麻麻、鲜美可口的海蛆，越来越少，不是因为它们的精明，而是人们的滥捕。20 世纪 80 年代，年获还有 400 吨，现在所剩无几。80 年代一对儿才三毛钱——澄江这地方，卖鱼不论斤，论对儿。而今这种海蛆——鱇浪鱼，已经几千元一斤，成为抚仙湖凋零的果实和记忆。

抚仙湖水深 158 米，海拔 1600 米。湖的存在已经有 600 万年。因为没有任何外来河流水源的补给，自然置换一次要 167 年。蓄水 206 亿立方米。13 亿中国人人均可得 15.8 吨，湖水透明度达七至八米。她是我在图片中看到的那个影像，近似于一种无，在透明的空气里像幻象一样存在，船浮在空中。这是一个经受百万年蹂躏羽化成仙的湖泊，冰莹的巨翅，带着云贵高原和罗藏山脉一起飞升。

她使我想起我见过的贝加尔湖，我走向那个远东西伯利亚的湖泊时，记得那澎湃的、摇曳着碧色火焰和图腾的水，因为旷世的寒冷逼着我们悄悄离开。

抚与仙两个字组合在一起，具有玄音。清道光《澄江府志》载：抚仙湖“东南诸山，岩壑嶙峋，悬窦玲珑。中有石肖二仙，比肩搭手而立，扁舟遥望，若隐若现，旧传仙人慕湖山清胜，因留其迹，故以名湖”。二仙人肖与石，哪方神仙，史载语焉不详。

我真不知道还曾经有一个这样的湖泊，她活在我们国土的高原上，在茫茫的滇中群山中间，像一个修为高深的隐士，出没在云雾缭绕的传说顶端。无尽的荒野和奔向星群的山冈，带着火焰的响声，干硬地敲打在石头上。这残存的大水，一直以寒彻的形象忍受着干旱、地震、现代化污染狂飙的凌辱。顺着罗藏山脉的褶皱，进入大水的内部。从禄充渔村的沙滩一步步走向她的边岸，水亲切地舔舐我的脚踝。接近六月的阳光，刺眼，但不眩目灼热。我们的国土上最清澈剔透的水，抚摸着我。让我成仙——抚仙之湖，每一个到来的人会因为各种际遇而爱上她，甚至会哭泣和膜拜，会成为仙人。

贞洁，高尚，单纯，丰腴，妖娆，灵异。滇中的浓云在湖上激荡。孤山岛，仿佛是这座亘古水泽废墟上独存的柱础。阳光是古老法器包浆所泛出的圣光，宽仁、慈慧、沉静，抚摸着人类婴儿时期的巨水摇篮。

这沧海桑田的景象，像一罐圣酒贮藏在幽深锐利的群山之间，甚至遗弃在八荒，忍受着千万年孤独的创痛。

时间的烙印无法驯服一滴水。透明的古水，我终于像回到前世双手索取，掬上清凉的一捧，送进嘴里品咂。水质的标准为一类水质，而心灵和味蕾告诉我，这是圣水，仙饮。这是上苍的佳酿，风格凛冽，缠绵，而且有着智者和哲人的甜意，这是古老文化和哲学的味道。水影晃动，水的本色接近于古代。一个遥远而来的旅人，可以卸下一切，名利、荣辱、苍凉的心和对世界的诅咒。卸下惊惧、仇恨、杀戮、暗算、关隘与险阻，不必怀有射雕青山、饮马黄河的壮志与野心，在她的抚慰下，独享这旷世难逢的滔滔风月，苍苍烟水。雨收远岫，风度疏林，晚来闲望，夕阳天外。

我住在湖的东岸，遇忱度假酒店。这个幽静的、时尚的、有着花草和木廊的民宿，精制高朗。打开窗户，可见抚仙湖浩渺的湖面。碧峰四围，晚霞透亮，云团舒卷，宛似天庭的火焰。穿过巨兽般的大水，远山像烧炼的铁坯销镕落日。

如一只巨蟹悄悄爬上来的云，散开在更浓黑的晚云中，夹杂着水汽和山岚，吐着难忍的泡沫。燃烧在山尖的云烟如一次燎荒。一只渔船，一星孤火，离岸越来越远。白色的尾迹是耥平的肥垄。苍山浴日。云团被烤灼出一个大洞。一会儿，天色骤然暗了，黑夜兀自来临。湖上的风加大了力量，沉重的气息山一样扑过来，让这片湖水越来越远。星星又大又亮，好似许多仙人挑灯夜行。月亮像是仙人佩戴的饰品，飘移在天空。山影与水影，湖岸与岸岬，小心翼翼地忖度着。不能再进，也不能再退，终点大约是这里了。夜晚的蚊虫飞撞玻璃，山风呼啸，发出嗡嗡的奔跑声，就像一个高原的浪子。而湖在浓夜中含烟酣睡，梦境在漫漶，吞噬着千年的寒寂。

白昼的喧嚣只是短暂的，黑夜的横行具正当性。浸透了无数墨汁沉夜的湖面，只有一些鱼的眼睛像燏火一样，在蓝色的瞳孔里闪烁。很深的沉默之后，会有一两声鸟或者浪花辗转反侧的呓语。

月光垂下。那只紫檀金钗似的渔船，像一个古老的魅影被聚光在月光之下。没有尽头的水上月光，铺展在湖上的通衢，交给了一个风浪里寡言的渔夫。

在暗夜笼罩的湖之东岸，抚仙湖这坛圣酒正悄声如呓地打开，偷放在人迹渐散的群山间。高原的神仙们即将在旷野中叩舷对饮。或者，面对这坛琼浆，将有大地上的曲水流觞、诵唱。神灵们从月光中飞翔而出。

一连几天的夜晚，我都在浓黑的罗藏山中，在那片湖水星空里浸泡。淡褐色的月亮挂在天穹，湖水在森严的月色里略显暧昧黯淡，它行走的窸窣声发自很久以前，从邈远的时光里传来，经过几个世纪，在自己的回声中盘桓踽行，让我夜不能寐。孤独，磅礴，盛大。独处在莽莽群山一隅，被亿万年天地的沉默压下她的喊叫，像钢锯割裂着高原的冷漠。等待发现，她为此贞守了几百万年。隔窗眺望，月光荒远，星空幽寂，山影如魅，涛声如泣。怎样的悲痛才能配得上你的诉说？

云团簇动，群山之顶，湖为天空的穹远而俯首称臣。潮湿黧黑的风，摇动着湿地的芦苇，飒飒生凉的低吟一直滚荡。又一会儿猛然震响，像一个疼痛的痉挛者，被清寂把守着，折磨着。野草，野风，野云，野鱼，野天。一切的野物。在冥想和凝神中，水的激浪喷涌在袅袅升起的月光里。

这片月，与这片水如此纠缠缱绻，仙袂飘飘，脚步轻灵，各自模仿着对方天赋的灵跃与颦笑。游弋与潜伏在星云黑暗中的水，仿佛藏进了一片深坑，昏聩茫然。但那些远山的白光处，仍是我们对浩大落日念想的窗口。远古之时就已埋进湖底的城池，在月光照彻的云隙处复活，变成夜晚的不夜城。

罗藏山脉间，抚仙湖属于遗落于荒野的神珠，只接纳沟涧和天上的雨水，作为孤独存在的一个特例，从银河里淌泻坠落，依然仙风道骨。隆起在云贵高原上的山脉，是一组群雕，天气晴朗之日，从罗藏山（亦梁王山）顶望去，滇池、抚仙湖、阳宗海、星云湖、杞麓湖，这些遗落在高原的天镜，养育着大地上的生灵。她们是滇人心中的圣地，洁净的精神院落，被云空擦拭的玉池。阳光蒸腾，蜃气弥漫，她们在大山的庇护下，像是冰河时期遗藏的冰块，闪现着寒冷传奇的白焰。

凹陷和坍塌，雷暴和地震，衣衫褴褛，割咬着舌头，天穹的注视像钢铁一样冷硬。所有宏大的叙事结束了，战栗、悲痛、愤怒、呻吟、号叫都归于零。更宽广的是平静、映照和存在。存在是永久的秘密，天大的事。这只碗，盛着宽大的水，在我们汲取的时候看到水的内部，有悦耳天真的响声。在这里，在贴近她时，厚如昆仑之玉，薄如彩蝉之羽。曾经挣扎、破碎、崩裂、压榨、喘息和痉挛，成为毁灭世界的浩浩能量，成为恶魔，但最后，她成了雪乳和美玉。

在野蛮暴力的创口上愈合和生长的蓝，是真蓝，把无数幽鸣山涧的水抚抱敛纳，任凭生硬的寒寂刺痛，慢慢感化为日光月华。这人间的绝饮，是谁让她们明眸皓齿，纤芳不老，风华绝代？

据清康熙《江川县志》载："明洪武十年（1377年），江川地震，明星湾子沟有独家村，因地震陷落入湖。""清乾隆十七年（1752年）江川地震，秦家山抚仙湖边田荡入湖中者甚多，而最多者二十三户。"中华民国《江川县志》载："抚仙湖滨有村曰冯家湾，其村关圣宫门首原有石埂一路，所以防波浪之淘田禾。民国十三年（1924年）四月十二日午时，石埂间忽响，声大震，冲出黄烟一堵，向湖之东南而去。农人群往视之，石埂连田陷于湖内，旁边陷成大坑。"在古滇国都城的一次地陷中，一对老年夫妇从这里的深渊中逃出，不知所终。

抚仙湖是一个断陷湖泊。

北岸之恋

抚仙湖北岸的万亩生态湿地，已经初露端倪，初展英姿。它发誓要成为“国内一流，世界知名”。因为它依托的是抚仙湖这个伟大的湖泊，它的不凡的形象是要与这个湖和它的湖水、湖岸相配。

我去到马房村湿地，在公路边，看到公园一样美丽的河道、沟渠，他们告诉我这叫调蓄带，有很多桥架在调蓄带上，他们说，这是一期，二期工程的桥就漂亮了，全是曲拱桥。但为什么不稍微将桥修美观一点儿呢？答案是资金问题。这里的景观实在是太漂亮了，过了一个桥到达马房村村口。这里曾经是杂乱无序的乡村，现在是在花园里，有高大的牌坊，荷花、芦苇、水芹、水芋、梭衣草。这些大型的花草生长在水边和水中，有鸟飞过又歇在水草中，是白鹭、顶骨鸡和野鸭。

有几块大宣传牌上，是关于抚仙湖北岸湿地生态项目建设介绍以及这块湿地的河长公示牌、抚仙湖北岸生态调蓄带项目建设内容。在一块内容牌中有这样的文字：工程分 31 段布置，是条带状生态湿地。建调蓄带两岸绿化生态带和生态净化河道、分水口、节制闸、泵站、提水管道、调节池等。收集回归水在调蓄带内停留 6 天，将携带的泥沙沉淀、污染物吸附、充分曝气，在景观带初步净化后，再通过泵站抽至调蓄带至农灌沟内，满足农田灌溉需求。

牌坊是滇中风格，不远有骏马的雕塑，有漆成老红色和土黄色的黑瓦老房子，也有新的参差新楼，同样有滇中民居的建筑元素，与周围的植物和天上的蓝天相得益彰，非常得体气派。据说，这些房子大多是旧房，进行了改造，作为游览区，都装修成了民宿。村中的格局也是过去的，有曲折小巷，有古树，有小庙，有一些村庄的古物件。但绿化是新的，花草惹人眼，道路是新的，全铺上了沥青。

在村中，有一组铜雕《牧马图》，表现的是明代军屯生活场景，这个村曾是明代军屯养马的地方。当地干部挂在嘴边的有一个词叫“田园综合体”，就是既体现当地的历史，为了保护抚仙湖，又通过土地流转，让生态农业的企业参与集约化种植与经营，大规模栽种荷藕，举办与荷文化相关的活动，逐步实现农村生产、生活、生态“三生同步”，第一、第二、第三产业“三产融合”，农业、文化、旅游“三位一体”。这三个“三”，是现代农村、农业、农民“三农”的新生活新气象。

“休闲农业”当然也是一个新词，通过城乡人居环境提升、美丽家园行动、“一水两污”建设、农村危房改造，打造马房村的循环农业、创意农业、农事体验于一体的田园综合体。一个村庄要多少钱就能进行这样的改造？他们说，这里用地 198.9 亩，包括外观风貌改造和新建村级活动室、公共厕所、垃圾房、入口牌坊等建筑，以及村庄绿化、水电管网，和二期的澄江荷藕文化传习馆、荷藕庄园等工程，已经投入了 6000 多万元。

马房村成了湿地公园，游玩和晨练的人不少。这些人中，有马房村的老住户，现在都搬到了县城。杨立明和他的老伴儿总会来这儿晨练。杨立明老人说，为保护抚仙湖，我们搬离了世代居住的地方，心有不舍，但现在看到这儿这么漂亮了，还是蛮高兴的。他说，原来这里都是一栋挨着一栋的房子，人畜混住，一下雨污水乱流，现在这儿绿树成荫，环境优美，抚仙湖也更美了。

其实，这一切就是为了保护好抚仙湖，让历史与现实，通过整治和改造，与抚仙湖共美共靓。

我们来到一家叫“木兮客栈”的民宿，老板娘叫陈翠华，老公是玉溪的知名兰家，经营苗圃绿化，现在投入民宿经营。这个民宿较大，有 3 层，17 间房，装修相当有艺术气息，原木乡村情调，十分讲究，装修花了 90 多万元。老板娘说马房村的荷花节是 6 月 16 日至 8 月 26 日。他们租了 10 年，现在刚开张，到了周末，生意好得很，都是提前预订，全国各地的人都有。吃饭的也多，都是来看荷花的。她原是磷矿公司的职工，下岗后做酒店和民宿。陈翠华的民宿到处是花木，这是她老公的杰作，还有收集来的各种农具、各种农村生活用品。如渔具、马具、碓窝、桶、各种篾具、马灯、水壶、枯树，都派上了用场。原木桌子、原木衣柜、原木床。成色朴素却不简陋，精心的用料和摆饰，给人温馨的感觉。连过去的不锈钢楼梯扶手也全部用粗麻绳给缠绕起来，用一种暖意回馈给客人。

在她的民宿三楼，还有一个大书吧，可以看书喝茶。最妙的是三楼有一个大露台，高低参差，上面完全是一个可以散步的景观台，摆满了各种花木，有花的穹隆，环廊，有座椅和桌子，桌子上也是花木，秋千在鲜花丛中。在露台上，看到的是马房村的田野，盛开的连片荷花，空气中芬芳四溢。在另一边，就是不远的抚仙湖，同样是花团锦簇，绿肥红艳。白鹭在田野飞翔，莲荷在风中摇荡，这景致真恍若江南夏梦。我在陈翠华的民宿里看到一副当地书家写的诗："仙湖沃土云高远，壮士饮马屯良田。铁骑铮铮声犹在，荷塘信步似从前。"

这就是马房村的历史和今天。

我去的时候，抚仙湖北岸的蓝莓基本收获完毕，但在北岸的街头，仍然有新鲜如初的蓝莓摆在摊子上、超市里，因为蓝莓成熟期可以到 7 月底。

抚仙湖蓝莓节一般从 4 月下旬至 5 月底结束，蜂拥而至的游客到澄江各蓝莓基地采摘体验，一斤上百元，大家依然踊跃前往。

在北岸，目前种植有 20 多个蓝莓品种，有早熟的，有晚熟的，故意错开与省外蓝莓上市时间，也拉长了蓝莓采摘的时间，让来到抚仙湖的游客总能赶上。

为何要选择蓝莓？这也是为了抚仙湖水质的保持。蓝莓是寡营养植物，对土壤肥力条件要求较低。如果种蔬菜、烟叶、水稻、绿化苗木，用水量大，用化肥农药量大。与种植蔬菜相比，种植蓝莓每亩可减施氮肥 86.11%，减施磷肥 68.39%，流入抚仙湖的农业面源污染水将大大减少。

截至 2017 年年底，澄江县蓝莓种植面积达 7000 多亩，有蓝莓种植户 170

余户、蓝莓种植企业 16 家，注册蓝莓种植专业合作社 15 个、蓝莓种植合作联社 1 个、蓝莓种植协会 3 个、蓝莓加工企业 1 家。澄江种植的蓝莓品种主要有绿宝石、珠宝、莱格西、比洛克西、灿烂、奥尼尔、夏普蓝、米斯提等。在各个蓝莓生态园，还可品尝到最原始的手工蓝莓茶、蓝莓酵素、蓝莓酒等特色美味。不仅可以随意采摘新鲜蓝莓，还可品尝地道农家美食。

悦莲庄园是抚仙湖北岸湿地建设的一个缩影，这个叫马房村的地方有 30 余户农户土地流转，建设成了现代农业庄园。庄园于 2015 年启动建设，投入 3500 万元资金实施农田改造和设施配套。有占地 560 亩的观光区、休闲区、花海区和亲子营地四大板块，是抚仙湖的荷花精品庄园。这块土地的亩均净收益较过去单一种植蔬菜提升 10 倍以上。在租赁经营中，悦莲庄园通过支付土地租金和雇工劳务报酬，吸纳村委会入股经营支付股红，平均每年为村集体和农户带来近 300 万元的收益。而随着庄园文化旅游的兴起，周边农户的餐饮、住宿也带动起来了。重要的是，悦莲庄园通过回归传统种养模式，每亩田地较蔬菜种植年均可减少化肥施用量超过 300 公斤，并且实现农药零施用，基本没有了流向抚仙湖的面源污染。通过再造人工湿地环境，荷藕能有效二次过滤吸收城市排放水中的氮磷物，实现排放水体再净化。

广龙小镇项目位于龙街街道，是抚仙湖北岸新崛起的一个美丽小镇。雏形已经出来，气魄早已初奠。按照省委书记陈豪到玉溪调研及市委书记罗应光到澄江调研精神，广龙小镇严格按照创建全国一流特色小镇和国家 AAAAA 级旅游景区来规划和定位，小镇规划从概念到详规，编制精细，定位准确，体现“产业、文化、旅游”三位一体和“生产、生活、生态”三生融合。

龙街街道办事处主任董子云对我说，广龙小镇项目坚持生态拆迁与产业转型相结合。通过一次性征地，将农地变成生产湿地，发展观光农业，以“云南会客厅”的战略定位，将广龙小镇打造成抚仙湖生态旅游、滇中民俗旅游乃至云南特色旅游的始发站和休闲度假的新胜地。小镇由政府主导编制规划，在规划中合理划定建设区域，按照项目的性质、资金来源渠道、投资建设的主体，将棚户区改造、安置房建设、生产性湿地作为审批制项目进行审批。发动涉迁群众回迁安置，避免采取货币化补偿方式而造成群众挥霍，使农户走上可持续发展道路，同时做到整体联动，全面推进，提高建设水平和速度。同时，按照乡村振兴战略要求，加快推进农业农村现代化，广龙小镇搬迁对搬迁范围农民，稳定农村土地承包关系并全部进行流转，鼓励和支持村民们根据自己的特长和经营意愿，参与到整个特色小镇的发展中来，进一步推动城乡融合发展，走生态、城镇及产业发展深度融合的路子，使农民转向城镇就业和旅游服务业。

董主任说，拆迁遇到了不少问题，比如，保护老建筑老文化。在楼上，他指着远处的一个寺庙说，那就是龙王庙。搬迁前这里最热闹的地方是附近的龙王庙集市。一些有价值的老建筑要做保留，龙王庙老街要争取恢复，把乡愁的东西留下来。赶集的群众来了，到老庙逛逛。过去为什么热闹，就是因为有庙。他说，如果是赶集日，前面那几条街人山人海，车都没地方停。

关于拆迁，我问他的难度，他说搬迁工作不容易，但从正式启动征迁工作到群众搬离、开始拆房，仅用了 68 天的时间，第一天签字率就达到 80％以上，才一个月就基本全签了，只有个别群众的要求与搬迁政策相差甚远，或是存在其他的困难和诉求，工作组做了很多工作才签约。县指挥部非常重视拆迁政策的制定，用了近 1 年时间，编制了 18 稿、修改 200 多次才完成，其间征求了县、镇、村、组不同层面人员的意见，让搬迁方案最大限度地保障了群众的利益。自出台搬迁安置政策方案到群众签完搬迁协议并交房，从 2018 年 2 月 8 日开始，仅用了 68 天时间实现了全村 6122 人全部签约，全部搬迁。老百姓对保护抚仙湖，找到一条新的生态发展路子非常支持。

董主任说，这次生态移民搬迁，既保护了生态环境，又推进了新型城镇化和城乡一体化建设。我们让农民移民后住到旅游小镇里，真正实现生产、生活、生态的“三生融合”。

农民们在抚仙湖边世代生活，有田有水有树，但现在他们改变了身份，乡愁能留住否？我们只有祝愿他们，依然在祖先的土地上，过上好日子。应该说，没有拆迁纠纷的搬迁，政府是做足了工作，保证了公平合理。抚仙湖美，他们的生活才美。

北岸，就是盯紧了国际闻名，世界标准。这里的农民是幸福的，即使成了城里人，即使不再面对土地，却依然有过去湖边的烟水生活，烟云缭绕，与抚仙湖一起，日子更上一层楼。

“两岸云山留晚翠，一溪烟栅弄春情。浴凫未起归帆远，钓艇初回拂浪轻。”抚仙湖越过了千万年的风雨，将一湖灵水、一溪烟栅、两岸云山、春情晚翠奉献到今天的时代面前，这是抚仙湖人世代守卫的功劳。有清水的地方一定是圣灵之地，我接受这样的洗礼并且膜拜。这举世罕见的高原湖，一定是我们心灵归帆的最后港湾。

古生村

坐落在洱海边的古生村，是大理历史的一个缩影，也是洱海风情的一个象征。这个白族村子存在已有千年，虽然坐落在洱海边上，但村子整洁得就像是城市的某一处，街道干净，家家流水，户户花园，房子飞檐斗拱，雕梁画栋，墙上也画有各式的花鸟人物。白族是一个爱美的民族，是一个比汉族似乎更有儒家风范的民族，更有情调更浪漫更文化的民族。这样的村庄应该称为文化之村，而非自然村落。但是，在大理洱海边，这样的白族村庄太多，古生村是一个典型和代表。

古生村在洱海"四洲"之一的鸳鸯洲之上，"古生"白族称"沟赫"，最初为"救生"之意。洱海边的龙王庙是大理各族群众祭祀龙王，举行放生活动的重要场所，每年农历七月二十三，白族群众都会纷纷前来祭祀龙王，放生泥鳅，故有了"古生"之名。古风长存的古生村，古迹太多，福海寺、水晶宫、古戏台、凤鸣桥、龙王庙、古民居等随处可见，兴儒会、洞经会、莲池会等古老的民间组织从未间断活动。洞经会是男人们参加的，是演奏洞经音乐的团体；而莲池会是女人们参加的，又被称为"妈妈会"或"斋奶会"，是白族民间流行时间最久，流行范围最广的中老年女性组织。

我踏入古生村的第一印象和第一疑问就是，这个村子在有领导人来之前也是这么整洁漂亮吗？答案是一样。在接下来的几天之中对白族的了解，使我对白族不再有疑问，只有敬重。这个民族在中华民族大家庭中太亮眼，根基深，保存着特别好的古风。

李德昌家的院子当然也在洱海边，他家很容易让人想到乡愁，这里环境整洁，又保持着古朴形态，这样的庭院比西式洋房好，记得住乡愁，城里房子是火柴盒式的。因由领导人来过，赞美过，于是这 3 年多有 40 万人次包括许多老外来过这个小院儿，领导走后的几个月，老李一天要接待四千人，因为与人合影，人都累趴了，坐下就站不起来。镇里管宣传的王委员说他是幸福的烦恼。我说，你这个中国的乡愁小院儿，花 2000 万元也买不到啊。李德昌说，1 亿元他也不卖。

洱海边有多少这样的小院呢？乡愁，洱海的风，洱海的气味，苍山的云，都变成了美丽的乡愁。

我在与他谈话时，他养的高山画眉不停地发出高亢嘹亮的鸣叫。院子里有缅桂，开了花，白族男人将一朵缅桂花花苞插在 T 恤的扣眼儿里，汉族女人才会如此。院子里雪桃结果，梨子结果，牵牛花爬上了桃树，他儿媳赵财红告诉我还有开着如虾身的红花白蕊的虾衣花，野生杨梅也结了果，估计也是百年桩头，月季、八月桂，满树红花的三角梅，两个大桩头发财树，还有南瓜、指甲花，也是自生的。

这个村有古桥凤鸣桥、古树大青树（400 年了）、古戏台。还有龙王庙、福海寺。老李就一个农民，生活品位却超过了许多文化人。

李德昌生于 1967 年，今年五十一岁。平头，蓄点儿小胡子，身体壮实，面相精干。他说他这个房子是 2007 年建的，2009 年之后，陆续接待过几位领导。我有个疑问，为何领导与乡村们座谈要选择你家？他说是一个缘分吧，跟领导有缘分，他相信缘分。据说在这之前，组织悄悄地把他祖宗三代历史都查过，这是后来他才知道的。他们这个家是典型的白族之家，家庭很和谐团结，四代同堂。他有四个兄弟姊妹，有 11 口人，“大锅饭”吃了许多年，1991 年才分家，当时爷爷奶奶还健在。现在他跟儿子媳妇住在一起，儿子、媳妇、姑娘，都在做生意。他自己在银桥供电所上班，当临时工，抄表员。

他说，自从领导到他家里来了以后，就把他的生活全部打乱了，他要花太多接待时间，疲惫不堪。有人说你与人合影可以收几块钱嘛，他说我不会收钱，家里也不卖什么东西，比如土特产之类。后来因为来的人多了，就在家里摆了几套白族的服装，游客用这服装照个相，收点钱有一点儿收入。他家的经济状况还不错，所以热情接待不收钱。有时晚上10点多钟还有人敲门要进来看看，现在，这个院子按领导的说法是一个乡愁小院儿，留得住乡愁。李德昌说，这个乡愁小院儿，不是我个人的了，小家虽然是我的，但领导来了以后就是大家的。缩小一点儿看是大理的，说大一点儿是云南的，说更大一点儿是中国的。中国的乡愁，就在这个小院子里。这个小院儿，现在成了入党宣誓、党的教育的一个红色旅游地。

为了接待，耽误了他很多事情，使他的收入大大减少，生活习惯也改变了。他说什么都改变，包括做人也要重新做人，因为他成了公众人物。做人难，做好人更难。他告诉我有15个国家的考察团来过这里，是一个关于乡村建设培训班的，在他这里参观取经。我说，你这儿成了世界级的乡愁小院儿啦，憨厚的李德昌只是笑，不答。

他说，谁家的院子能有40万人光顾呢？而且来这里的档次都不是一般的人，的确是幸福的烦恼。

他讲起那天领导的到来，他是在门口迎接的，当时并没有人跟他说将要迎接的人是谁，说就是一个领导，跟古生村的乡亲们座谈。他说在门口看着领导来了，他的心跳得快，心都快跳出来了。领导在隔壁与开客栈的村民何利成简单问了下情况就过来了，握了手之后，就不害怕了。

第一时间，领导就走进靠左边的厨房。厨房里有一口老灶，就是烧柴火的，领导把锅盖揭开，这个灶是平常不用的，兄弟姐妹来了，大家在一起团聚才用这口大锅，平常都不用这个做饭，用的是电磁炉、电饭煲。领导问，你们是烧柴，还是烧煤啊？李德昌回答说现在都是用电，领导说好用不好用啊，李德昌说又好用又环保又便宜又实惠，领导说环保好。还拉开他的冰箱看了看，领导和蔼亲切，平易近人，领导问他们家有几口人吃饭，种了多少地，粮食够不够吃，他都如实答了。然后，领导就走上台阶到了客厅门口，看到了雕花格子门，然后就问这个门是什么木料。李德昌说是松木，领导对中间的雕花很感兴趣，问这是什么料儿，李德昌说是青皮料，不开裂，领导说工艺很好。领导夸了几句就进屋，他首先看李德昌孙子的取名帖，当时是用一张红纸抄写贴墙上的。白族生孩子百日要请当地的文化人取名字，当时请的是村洞经会的会长杨天锡老人起的名字。帖是这样的：

恭贺李老先生子芳喜添重孙贵子四代同堂合家欢喜诚邀姻亲本家贵戚举行弄璋之庆双方高亲欢聚一堂异口同声先天一气赐其名曰

栋荣

有诗为证：

才高八斗出栋梁
荣耀门庭德为先
一生只有勤作径
留得芳名世代传
四代同堂乐
幸福永久长
新人启新屋
吉能治中华
此子长大后
保朝成中梁

双方亲朋贵戚赵应龙赵观龙赵长贵赵珍雄赵利林李定西杨棋李锐斌洪化龙杨先康赵才道等人同贺

执笔杨天锡
辛卯吉旦同贺
乙未之春白子云鹤重书

领导细细念了一遍，他说这名起得好，因为这个名字叫栋荣，领导说将来要成为国家的栋梁。当时取这个名字，也是这个含义，这个意思，希望能成为栋梁之材。李德昌说，现在这个取名帖我把它裱了起来，因为这是领导念过的。领导又看了李德昌祖父的画像，问了李家的家世，然后就出来在院子里坐下与村民们座谈。谈的都是生态保护发展，气氛非常热烈，计划是 30

分钟，最后 1 个小时过去了，谈兴依然很浓。

村主任何桥坤说，他当时有一点儿紧张。领导亲切地说有什么谈什么，不要紧张，不要有什么顾虑。他说和领导握手，领导的手热乎乎的。座谈中，领导说到“记得住乡愁”那段后，还说：“我是第一次来大理，从小就知道苍山洱海，很向往，看到你们的生活，我颇羡慕，舍不得离开。”“生态环境保护是一项长期任务，要久久为功，一定要把洱海保护好，让‘苍山不墨千秋画，洱海无弦万古琴’的美景永驻人间。”当他说了“很羡慕”之后，还对省委李纪恒书记开玩笑说，退休以后他到这里来居住，你们欢不欢迎啊。大家说欢迎欢迎。领导说这样子居住接地气。老年代表、妇女代表都发了言，谈的是医疗卫生和农村改革。国家对村民有什么好处，好的政策都享受到没有，老人有什么好处，问得很仔细。

李德昌说，领导给他带来了福气，也给洱海带来了希望，领导不来，洱海就污染了。国家如今大投入，全力抢救洱海，保护洱海。现在是阵痛，虽然影响到了大家的收入，比方说，养殖不能搞，鱼不能捕，但洱海保护好了，他们的生活才有保障，子孙才能安居乐业。

何书记 T 恤的扣眼儿里插一朵缅桂，他说插缅桂男女都插，一是香，二是提神。他给我说他们白族，爱种花草，爱整洁漂亮。他说他们村的那棵大青树有 400 年历史，白族先人选择居住的地方，首先要栽一棵树，树长好了，这个地方风水就好，他们就会在这儿住下。这棵树称为风水树，树长得好，就是子孙可以在此繁衍生存，兴旺发达，也是神灵的意思。村里因为紧靠洱海，所以雨污分流早就做了，就是生活污水、圈厕水都要进入全市的网管。每家都要挖一口化粪池，政府补贴 3000 元，禁止养鸡养猪等养殖活动。可以养几只鸡、一头猪，但粪便要处理好。何书记说，他们村里有 7 个 S 形沉淀池，村里的生活污水一层一层的过滤沉淀后才能流进洱海。每家化粪池的要求。一般在 2 立方米，至少是 3 格，4 格、5 格也不少，就是要通过沉淀，用预制板盖好，没有气味。村里看不到化粪池，都在地下。村里的垃圾，也统一组织收集，运到指定的地点，然后通过压缩，运到垃圾发电厂发电。

镇里的王委员说到领导来的那天天气很好，2015 年 1 月 19 日，天上下着雨，非常之冷，苍山还下了雪，山顶上一片白色。但奇怪的是，1 月 20 日突然天放晴了，万里无云，波浪不兴，天气也有了暖意。上午 9:50 分左右，领导乘车穿过村子，在环湖路下车步行到了洱海边的龙王庙。这个龙王庙，是有讲究的。

白族崇拜信仰英雄，这个英雄可以是男的，也可以是女的，可以是普通人，可以是一棵树，也可以是一块石头，但必须是为这个村做了巨大贡献的，才有资格被供奉。

当时领导在海边驻足，远望着洱海，他了解了一下洱海的保护情况。当地的领导拿出两瓶水，是滇池的水和洱海的水，将两瓶水做了一个比较，洱海的水明显好于滇池。领导兴致很高，提议和随行的省州市领导大家一起合影留念，然后自己也照了一张单人照。照完相，领导叮嘱大家：立此存照，过几年再来，希望洱海水更清澈，更干净，云南有很好的生活环境，一定要珍惜，不能在我们手里破坏掉。一定要保护好洱海，如果洱海保护不好，我就要找你们干部。

在李德昌的院子里，有书法家写了一块“记得住乡愁”的大匾。

李德昌家廊檐下的大桌子，至今还铺的是接待领导时座谈的白族印花布。在他的客厅里，多了一幅画框，请人书写的是李德昌的四首诗，纪念领导的到来。

写诗时间是领导来的当日，估计李德昌心潮澎湃，夜不能寐，虽然诗不押韵，但情感真挚，发自内心。

李德昌家大门有一副对联出了名，上联是“近水白家风光好”，下联是“平凡绿野故事多”，横批是“习习春风”。

坐在李德昌的院子里，还与古生村的村民赵光明聊了会儿，赵光明是大理的十大最美人物，洱海卫士，他管 13 个人，他们的工作就是让官桥镇沿湖 16.4 公里干干净净，所有入湖沟渠没有垃圾入湖，捞死去的水草，湖面上没有漂浮物。

我与他们喝茶聊天时，老李的院子里鸟语花香，门口流水潺潺。如果人一生有这样一个院子，还有什么不知足的呢？所谓人生的幸福，这个院子全装下了。

在村里气势巍峨，木雕彩绘满身的古戏台边，头顶是大青树的浓荫，树冠上传来众多鸟叫，叽叽喳喳。我看到脚下小溪的流水——它们来自苍山，竟然有游鱼，更有水草。而这些流水都在古老的石砌沟槽中，一直流淌至不远的洱海。出门就是古物，出门就有小鱼，出门就有水草，这样的乡愁，谁不会记住？谁能忘得了？

洱海是装满乡愁的海，洱海边的村庄，是乡愁的天堂。

抢救洱海

在苍山的雪峰之下，云霭浮动，有时阳光粗壮的光线一排排从山腹射向天空，仿佛苍山是一个蓄存着万丈光芒的金库。阳光有时倒射向洱海湖面，就像是上苍的手，抚摸洱海的波浪。这时候，所有的浪花都一个激灵醒来，抖擞精神，发出响亮的骚动声，像早起的孩童一样撒欢嬉闹。洱海的湿地间，各种树生长在湖边和滩头，它们得了洱海的灵气，岸上水中迷幻一片，金色的草海和渔舟则像是一种仙界的存在。洱海上空的云霞奔涌迅速，宛如被海浪推至天空而凝固。洱海之大，一望无涯，云与波，波与云，在同一个空间交错鼓荡。云南之云与云南之水，就这样成就了一个神话。

我还喜欢玉几岛边水中的水草，在水草间流动的鱼。如果住在洱海边，我会天天垂钓于此，看云团从水中蹿上空中，像一些白鱼到处漂流。当然，抬头远望苍山之翠和山顶积雪，那种山水之间的感觉，是最令人感动的。你会感激这世界有这片浑圆广阔的山水，它们可以存入你心间。它们叫天地。

古人也有同感，明代学者王士性说："乐土以居，佳山水以游，二者尝不能兼，唯大理得之。"这说的是结果，不是大理苍山与洱海为何勾魂摄魄，让人欲罢不能的原因。

洱海在九大高原湖泊中排名第二，在全国湖泊中排名第七。一个如此庞大身躯的水体，滚动在高原之上，也许大理很古老，人们既爱洱海的野趣，也爱洱海的文气。

在洱海边吃鱼土锅，就是一种鱼，叫弓鱼，长而瘦，鳞细，肉鲜，有鱼魁之称，还是因为洱海的水好。这里的好鱼有很多，洱海鲤鱼、弓鱼、鳔鱼、细鳞鱼、鲫鱼、草鱼、鲢鱼、青鱼等。这里同高原湖泊一样生长着海菜花、菰、慈姑、荸荠等。水禽有棕头鸥、翘鼻麻鸭、灰鹤、秧鸡、红胸田鸡、黑水鸭、彩鹬、凤头麦鸡、灰鹬、红嘴鸥、银鸥、灰背鸥、鸬鹚、秋沙鸭、黑水鸡等。土著鱼有大理裂腹鱼、大理鲤、杞麓鲤、云南四须鲃、油四须鲃等。

大理人常说的洱海“三岛”“四洲”“五湖”“九曲”，是说它有太多的胜景，不只有名扬天下的“洱海月”。三岛是金梭岛、赤文岛、天儿岛。四洲是青莎鼻、大贯础、鸳鸯、马帘。五湖是南塘湖、北塘湖、联株湖、龙湖、波洲湖。九曲是凤翼曲、牛角曲、萝莳曲、莲花曲、蟠矶曲、鹤翥曲、大鹳曲、波作曲、高岩曲。洱海的湖湾在海边曲折蜿蜒，弯出了一些古老美丽的渔村小镇，其中，较大的有海东湾、挖色湾、康廊湾、双廊湾。

洱海被誉为“蓝宝石”，是指它的水有一种其他高原湖泊没有的品质。2017 年 7 月，国家生态环境部将大理洱海与白洋淀、丹江口定义为“新三湖”。20 世纪 80 年代以前，洱海水质较好，保持在贫营养状态。随着洱海流域人口增加和城镇化的发展，对洱海环境的影响越来越大，洱海的保护治理也越来越重要。“洱海清、大理兴”，这是大理喊出的口号。

洱海曾在 1996 年和 2003 年两次爆发蓝藻水华，让人们为洱海的未来捏了一把汗。这预示着，洱海一不小心，就会跌入污染时代，并且有可能重蹈滇池的覆辙，这将是云南生态的大灾难。

为了保护洱海，大理颁布并实施了《洱海保护管理条例》《海西保护条例》，全面实施洱海保护治理“六大工程”，洱海二类水质目标和“2333 计划”等一系列重大举措，从“一湖之治”到“流域之治”再到“生态之治”的重大转变，加强污染综合治理。在全省首家颁布实施《大理州湿地保护管理条例》，先后投入 20 多亿元，对大理洱海、洱源西湖、茈碧湖、剑川剑湖、鹤庆草海、祥云青海湖等湿地实施保护与恢复项目。先后投资 3 亿多元，实施湿地公园恢复建设、湖滨带生态修复、退耕还湖还林、面山植树造林、小流域治理、水源地保护等一大批项目。洱源西湖、鹤庆东草海建为国家湿地公园，云龙天池、南涧无量山升格为国家级自然保护区，抓好以批江为重点的河流污染治理。

“一定要保护好洱海”，成为新一轮保护和抢救洱海的号角。洱海要达到“河畅、水清、岸绿、景美”的目标，洱海的治理保护，成了大理生态文明建设的重中之重。保护洱海实行的是抢救模式，就是抢救，争分夺秒，时不我待。2017年，抢救洱海的攻坚战全面打响，“七大行动”是对洱海污染的全面宣战，举全市之力，挽洱海之清。

洱海虽然水质尚好，但滇池的教训太深刻。等污染了再治理，太难太难。

抢救洱海，三大红线划定，洱海西部临湖15米内全拆，用于恢复湖滨带，数百家客栈和上千户居民将被迫搬迁，成为“生态移民”。这样的“一刀切”是必须的，没有人能够抗拒。

我是第一次到有名的双廊镇，有人说，许多到双廊镇的人是冲着杨丽萍的太阳宫、月亮宫去的。但双廊在剥去了所谓名人效应后，依然熠熠闪光。双廊镇沿岸都是民宿，都是餐厅，都是好玩儿的地方，一个个渔村依偎在洱海的怀里，娇艳可人，据说这里是中国最适合发呆的地方，一个房间几百上千元，跑到这儿来发呆，也是吃饱了撑的。双廊就是双廊，是“苍洱第一村”，最美的渔村，最美的洱海小镇，网上说它“比丽江清净，比大理多情”，“有一种生活叫双廊”，双廊是云南最新的浪漫之地。在玉几岛上，远眺苍山十九峰，这里也是拍摄洱海的最佳位置。

双廊的美名主要在玉几岛。这个半岛，一个古渔村，一个古代小镇，一切都是古的，古的水，古的街，古的树，古的炮台，古的庵寺，古的阁楼，古的故事，古的小巷，窄得仅2尺宽。当年那些民宿、餐厅的家具甚至建筑材料是如何搬运进去的？估计只能通过水运，或者拆卸后，再进屋子安装。这个半岛边的水那么清，水草上是欢跳的鱼，水中也是成群的鱼，一些表演的鱼鹰缩着脖子在船舷边蹲着，无聊地用喙梳理羽毛，钓鱼人在雨中一动不动。而这时一条大游船来了，是从洱海深处开来，像是童话中的大船，要停靠在双廊镇游玩。可是游客没有赶上好时候，玉几岛的餐馆一律停业整顿，关门闭户。街上只有一些老人买点儿油炸的小吃，想吃饭很困难。双廊镇关停了629家餐饮酒店民宿，占全洱海关停的1/3，有人损失惨重。但我认为玉几岛的确是最美投宿地。

我在玉几岛的村中信步游弋，这里真是个美丽的村子，石板路锃亮如镜，每个院子里院墙边鲜花盛开，成团吊着的曼陀罗花，张扬的炮仗花、鲜艳夺目的三角梅随处相遇。同样是白族人的聚居地，同样是“三坊一照壁”“四合五天井”的深宅大院，古树虬曲高耸，荫庇黑瓦白墙。有的家里一个照壁就会花几十万元。他们对照壁的建造如此重视，让人叹为观止。看一个家庭是否富有，看的就是照壁。

我看了杨丽萍的月亮宫、太阳宫，还有著名建筑设计师赵青的青庐。我感叹他们的这些建筑是世界级的设计水平，也应该是世界级的建筑，但这些建筑都延伸进了湖中，将基脚打在海边的礁石上，而赵青的“青庐”里，完全保留了礁石的原形，如果说是破坏生态，这一定是，但在破坏的时候，设计师又考虑到了在礁石上的美，它成了一个景观，而且是独一无二的，是与洱海和海边的古村紧贴在一起了，成了玉几岛的一部分。事实上，杨丽萍的建筑，也成了双廊的一座重要地标，一个当红景点，在红线范围内的这些建筑，包括渔民们祖祖辈辈建起的老屋，拆还是不拆，是一件令人头疼的事。

这里游客如果爆满，每天的污水量进入洱海，会是灾难性的。好在，这里家家有污水净化池和处理装置。你家的进水表与出水表必须是相等的，不能有任何偷排。看到这种净化设备，我相信洱海的水一定能够保持清澈洁净。

双廊镇的污水处理厂没有任何与污水有关的联想，也没有污水的气味，甚至看不到厂房。这个厂是下沉式污水处理厂，完全不在地面而在地下，它的运转几乎是悄无声息的，且不占土地。新建的污水处理厂尾水作为农灌、杂用水、河道景观用水。双廊新建的污水处理厂尾水除供镇区作为杂用水外，其余尾水通过尾水管道输送至新建的尾水塘库处理，经过塘库水生动植物净化后可供给附近缺水村庄进行农田灌溉，可以灌溉几个村庄的庄稼。其中，作为镇区杂用水使用的部分在旱季用于道路冲洗、绿化浇灌、公厕冲厕和洗车。雨季除少部分用于公厕冲厕外，其余的尾水一并输送至塘库处理。

这个厂的污水处理方式，采用“CAST 生化池（池子分三段：生物选择区、多功能区、主反应区）+ 高效沉淀池”工艺，污泥处理采用带式浓缩脱水工艺，消毒采用紫外线消毒工艺。

双廊水厂设计处理量为每天 0.5 万立方米，虽然氮磷偏高，但出来处理过的中水清澈透明，农灌和城市市政用水是没有问题的。

在双廊污水处理厂厂外塘库像是一个湿地，栽种着挺水植物，如再力花、千屈菜、鸢尾、水葱、美人蕉、风车草。沉水植物，如苦草、伊乐藻、菹草、金鱼藻、马来眼子菜。水生动物，有鲢、鳙、鲫鱼、河蚬、螺蛳、尖口圆扁螺、方形环棱螺、无齿蚌、虾等。沉水植物，苦草、黑藻、菹草、金鱼藻、穗花狐尾藻等。整个污水处理厂就是一座花园，道路整洁，花团锦簇，蜜蜂嗡嗡，清风徐徐，没有机器的吵闹，没有异味，没有传统工厂的一切。

洱海环湖截污一期工程 6 个污水处理厂都已建成，在洱海沿岸，有了这些污水处理厂，洱海不会再吞下一滴污水，通过洱海的抢救性治理，双廊和洱海沿岸的繁华与浪漫即将再次到来。

云弄峰下的西湖

大理苍山有十九峰，十九峰中有个云弄峰。云弄峰不高，常有些云来，云雾弄来弄去的不走，遮挡了阳光，气象有些森严，云下水泽有些阔大。风起云涌，芦荡披靡，水鸟飞腾，渔舟静泊，哪一时，有文人叫上了“烟渚渔村”，划小舟于大水深处，叩问渔家，不知归路，又赐名“西湖”，想遥远的江南水乡，但此西湖比彼西湖好。

唐宋时水患连连，有罗时、罗凤二兄弟捐田带众人开挖一水，称罗时江，直通洱海，西湖成了洱海之源。于是，各地渔民纷至沓来。有记载说，他们“连芜为畦，植柳为岸，结庐其上，汀港相间，曲折成趣”。聚居在水上荒岛，虽然有趣，但地基不稳，这里的白族人所做房屋多会倾斜，有的倒了，有的没倒。没倒的用大木支撑，倒了的移居他处重建。这水底下常人说是软泥，其实是一种泥炭沼泽，这泥炭当地俗称海煤，水下 2 米即可得，平均厚度 4 米，最深超过 15 米，储量达 390 万吨。西湖湿地是开展泥炭沉积、湖泊演化、生态系统研究的典型地段。当地人在柴薪不足的年代，多掘此泥晒干当柴，越挖越深，房屋掏空了，本来根基不稳，只好 10 年建一次房，自古如此。

西湖至今已有 6 个村：张家登、清水塘、东登村、中登村、南登村、海塘村。有 7 个岛：张家登岛、清水塘岛、东登岛、中登岛、南登岛、海塘半岛、清水沟半岛。900 多户 4000 多人。白族村落，聚村为画，村在湖中，湖在村中。下雨后，船在云雾中行；天晴时，舟在白云下划。白族白墙的倒影，加了些飞檐，挑在微波之上；众多小岛本来如琼楼玉宇，加上树的倒影，像是隐秘修行之处，藏着隐士高僧，不与外界来往。大约云南以外没谁知道这世外桃源，如果有世外桃源，我认为此处应是。所谓烟渚渔村，有大静大荒之境，语言不足以说清此处“烟渚”二字感受。后来因水源重要，成了国家湿地公园，但当地政府不是将周围几千号人迁走，搞成收门票的公园，而是让世代居住的白族人继续世代居住，享受这山水画卷，水庄泽国。

怎么说呢？县宣传部杜荣宝主任，他家竟然就住西湖边，从小就在西湖长大，邀请我们坐上他家的小船，让他父亲亲自撑船将我们载入西湖芦荡深处，荇藻之间，我们只好感谢老人的一番心意。水中有纯粹清凉的水腥味，是水草和水的美妙气味。这湖中水草茂盛，水鸟蹁跹，白鹭众多，歇息在水草上，浅滩中。大片芦苇站在水中，占有了巨大空间，有鱼在里面狂跳产卵，有鸟从里面窥探而出，想必芦苇中鸟巢不少。水特别好，透明见底，海菜花在水草上盛开，一切如儿时见到的老湖景。洱海虽好，也没有这样有仙人气和烟火味，亦仙亦俗，仿佛古代湖泽与人家。

头上长有蓑羽的小白鹭，还有中白鹭、大白鹭，原来是不同的，还有鹳、黄鸭、凫子、灰雁，在水中拖着2条分开的波纹，像是田垄耕夫，在水面播种什么，但又一头扎入水中消失，从很远的地方钻出来。特别是此湖特有的紫水鸡，我们竟然看到了近二十只，紫头紫蹼，是世界上最美丽的水鸟。这些涉禽，为何只钟爱此域水泽，而不会飞到别处？此鸟又不善飞，个体较大，目标也大，水中特有“野味”，千百年在此处也没有被猎杀灭绝，看来白族人善待自然，古已有之。

杜主任带我们划船入湖的目的就是寻找紫水鸡，他说运气好的话应该见得到。船上有四五人，杜主任的父亲却撑得很快，船头笔直如箭，破水如犁。撑了几里水路，我们担心他撑不动，要换他，他说没事儿，每天撑船。杜主任说到钓鱼，但杜父不钓鱼，他是打鱼，一辈子就在湖上。船进入水巷，水路两边有茭瓜、菱、蒲，浅水处有了田畦，有了树，这些似在水中漂浮的田畦，种着萝卜、青菜，沟垄中就是水，泥土黑油油的，青菜翠生生的。这里应该有紫水鸡，杜主任听到了紫水鸡的叫声，我们也听到了一种奇怪的鸟叫，咕咕咯咯拖着颤音，并发出沉闷鼻音。接着就看到了菜畦中的紫色水鸟，呈紫蓝色，两种深紫和浅紫相间的羽毛，红色的大嘴，红色的额甲，中长腿，大脚趾，翘动着尾巴，也不怵我们的船，在这水中半岛上优哉游哉，闲庭信步，飞入芦苇丛中。这儿是紫水鸡的天堂，也是人类的天堂。噢，一时蛙声响亮，鹭鸟成群，有水上烟霭，有村里炊烟，暮烟交织，如回云梦古泽。

杜父是村里渔夫，也是抓鳝能手，杜主任说他父亲一天抓 10 斤鳝鱼不在话下。鳝鱼在芦苇中，有冒泡的地方，下钩就能钓上来，用的是蚯蚓。杜主任说小时候就是抓鱼、钓鱼，下篆子，下网。钓鱼主要是鲫鱼，有时能钓到几斤重的草鱼；还有一种小花鱼，贴石头上的，一天可钓 200 条。他说小学时钓鳝太大从洞里拉不出来，只好去喊父亲。

船在湖上兜了一圈，杜主任说还没走到整个湖的 1/10。这个高原上的国家湿地公园，总面积有 1354 公顷，真是够大的了。他要我们到他家去吃晚饭，船泊在村边，叫右所镇西湖村。有许多开车来钓鱼的城里人，问他们收获怎样，每人都有几斤闪闪银鳞，全是鲫鱼，大小都有。问他们钓鱼要钱否，他们说这是野钓，不要钱。问题是，这可是国家湿地公园啊！还有就是他们的钓船找谁所借？他们的回答更有趣，村里的船都不上锁，你要钓鱼自己解开船绳，就可划条船进湖，到时划回来即可，没人管你。白族人就是这样，有古代遗风。

湖上有许多收集蓝藻的设备，是一些黄色的浮筒，上面有收集的机器在工作，搅动着水花。在公园门口，一座日处理 3 万立方米的藻水分离厂正在施工中，它的原理与滇池的藻水分离是一样的。

杜主任家是新屋，三层，也是三房一照壁，四合五天井。他与爱人虽然在县城上班，县城也有房子，每个周末还带着家人几十里路回来与父母兄嫂团聚，并不分家，这也是白族的家庭观念。

杜主任的家有 4 扇雕花的门，每一扇要 2 万多块钱，4 扇 10 多万块钱，用的是胡椿木，雕的是梅兰竹菊、喜鹊白鹤。雕花精制，怕弄坏了，用玻璃镶嵌起来。

晚餐的菜是一锅野生鲫鱼，西湖的野鱼，味道好极了，特别是汤鲜。杜主任让我们多吃鱼，鱼有甜味，鱼刺也比别处的少。他说海菜此湖有很多，炖鱼汤加海菜，火锅加海菜，忒好吃。这里的蔬菜也是全大理有名的，不上化肥，全是农家肥，西湖的萝卜最有名，可以生吃，炖汤最好。用西湖的鲫鱼汤泡饭，简直是天下第一美味。

洱海13%的地表水来自西湖，与东湖隔河（弥苴河）相望，它们所形成的水网形状及其所发挥的功能作用恰似洱海“双肾”，湿地是地球之肾，这二湖就是洱海的肾，在洱海壮实的躯体上发挥着举足轻重的作用。

保护西湖，就是保护洱海，它们是命运共同体。国家巨额投资，实施了沿湖综合治理家畜（圈改）项目，西湖奶牛集中规模养殖工程，村庄环境综合整治工程，建设了生物净化污水处理池、生物净化公厕、截污沟、垃圾焚烧炉等设施，实施了村心路面修缮硬化、村庄绿化美化等整治工作，完成西湖沼气池等农村能源建设工程、面山的退耕还林陡坡地治理、右所集镇污水收集处理设施等工程，还完成了紫水鸡栖息地保护建设项目，如今的西湖整治得宛如西子。

看到家家推窗临水下钓竿，舟上舀水，清水煮活鱼，此等生活哪儿可寻？最美的梦也没如此滋润。我们走时暮色中湖烟浮动，一片蛙声如鼓。白族人不吃蛙，留着它们在湖上聒噪去吧。

大理二古村

又是一天的雨，滇西进入了繁忙的雨季。

在雨中从茈碧湖坐快艇去梨园古村，快艇在白茫茫的大水中，在雾蒙蒙的细雨中，恍似江南，但风有些凉，这里海拔毕竟过了 2000 米。茈碧湖也是洱海源头之一，与三岔河、海西海一起，洱海 70% 的水来于此，这里是真正的一类水质，可以直饮。

梨园古村大地名叫大河头，是一个隐匿湖边的山谷，明嘉靖年间世袭邓川土知州阿氏的后人，阿迁乔带着两个儿子阿筱聪、阿林聪以及一些族人，来到这湖边的原始森林中，种植梨树，代代只种不伐，形成了如今的梨园村。

梨园古村，有 500 年树龄的 7480 棵巨大古梨树，最古老的有千年历史，若说云弄峰下的西湖是世外桃源，此处则是世外梨园。现在新老梨树达数万棵，3 月梨花开时，村庄笼罩在梨花浓香中，人神欲狂，蜜蜂撞脸，这海拔 2000 米之地，哪儿来的这么多蜜蜂呢？

村口就在湖边，登上古岸，有一个世外梨园导览图廊牌，两旁有一副对联：“远道而来莫辜负湖光山色鸢飞鱼跃，近期归去应难忘美俗淳风气爽文香。”

又鸢飞鱼跃，又气爽文香，自然景观与人文景观都有了。正是如此。村落里古树是苍苔满身的古树，都挂上了牌子，验明正身，往树上看，青果累累，树干如此皱老，怪模怪样，曲虬乱扭，在村里霸占了阳光、地盘，雨水没有落地，全停歇在枝叶上，使得这里有神秘氛围。但白族人家的白墙黑瓦，墙上的画图，又有温馨之情，仿佛真是我们遗忘千年的老家。有牛在村里徜徉，没人牵它。有狗在路上溜达，也不惹人，兀自逍遥。路是石板路，条条干净，加上雨后，路上亮晶晶的，像是被人擦拭过。村里的房子飞檐斗拱，龙沟凤滴，没有一家不是精心建造的，没有一家有破损，每个院落的墙上都是画幅，一直逶迤至古梨树尽头。而且家家门前都是花盆，里面的品种琳琅满目，五彩缤纷。雨中在村里漫步，就像魂归古代，恍兮惚兮的穿越感油然而生，心中早已是唐宋魏晋。

我们走进阿福客栈，院子里有各种盆花，有几个鸟笼，白族爱养鸟，院子里要有响亮的鸟叫。老板娘把我们迎进去，十分热情。因洱海七大行动，村里民宿餐厅大多歇业，污水进入网管，“五证”齐全才可开业。阿福客栈是还在营业的极少农家。我们在这里碰到几个外地老者，有男有女，是从重庆来这儿避暑的。他们说，每年夏天他们都来这儿，像候鸟一样，在此长住至少 3 个月。重庆游客说，梨园村有好山好水有古梨树，夏天凉爽，在这里生活赛过神仙，来这里避暑者全国各地的都有。

我们爬上客栈的楼顶，竟是一个楼顶花园，白族人园艺水平都很高，各种盆栽造型别致，青枝绿叶，每盆都修剪得清清爽爽。往村中看，白族人家房舍都在梨树之中，树荫之下，整个村庄掩映其中，隐隐青果挂满村庄。到了梨子成熟的季节，来吃鲜梨的游客挤满村庄，但村里有一个规矩，凡摘吃梨子的，不收钱，想吃多少吃多少，装进肚子的，免费；带走的，付钱。

这就是古风。

白族人亲善自然，村庄在霭霭祥云中，无争斗，无小人，无恶语，无红尘，只有鸟鸣山幽，花径人行，茈碧湖如此洁净，则是人心外化，千年古梨，苍苔满身，石斛寄生，却又年年新果，圆溜如一树稚儿，这祖先种树的荫庇，让白族世代在甜日子里。

梨园村在茈碧湖北岸，是省级民族文化生态村，100 多户白族人家，又有古梨园，又有茈碧湖，种树，捕鱼。白墙青瓦，鸡鸣狗吠，碧波尽处，炊烟袅袅。家家梨树浓荫下，户户梨花飘窗中。极好的水，极香的空气，极美的人，与世无争，与花果为伴，如何不能长寿？全村八十岁以上的老人就有 20 多位，最长者已有一百零五岁，因此梨园村还是云南美名远扬的长寿村。

所谓古风，我以为就是温和对待大自然的一草一木。世世代代以来，梨园村都有一道不成文的乡规民约，不准损害和砍伐树木，这是一道道德和信仰鸿沟，不可逾越。改革开放后，集体的果林分给私人承包，土地开发和使用由村里统一规划，不允许在梨树林周围开垦土地，于是保护了古梨林这祖先留下的遗产。

古梨树保存了，但梨子不值钱，因为太多太多，每年结出的果子却没有市场，只有掉地下烂掉。不过都知道的另一原因是，这地方离外界太远，没人知晓。这古梨树上结的果，运出去成本也太高。过去村里出去的唯一通道，就是坐船过茈碧湖到对岸。这个村子，外人只是听说，跟传说一样，很难进来。后来洱海保护，建设茈碧湖环湖“万亩湿地”工程，茈碧湖的名气起来了，周围环境也漂亮了，茈碧湖东、西岸湖滨带及西岸缓冲带的湿地像花园一样，相邻的官营、海口两个湿地和西岸滩涂地湖滨带生态修复后，吸引了游人，梨园村的古梨树群就慢慢传扬开了。村民开始办农家乐、水上游船，每年春天梨花开时，游人无数，香风迷雾中，人们陶醉于此，必留宿一晚，梦中梨花的清香令人脱俗去秽，不忍归去。

农家乐在这里乐的是山高水远，有自己养的土鸡、有大理白族人爱吃的生皮（半生的猪肉蘸佐料）、乳扇（一种奶酪）、地参、菌子等。村里有大量的狗，却不吠叫唬人，到任何家里串门，狗先摇尾巴，主人必热情接待，院子中一坐，就有梨子和好茶端上桌来款待你。这里民风淳朴，真如进桃花源。现在这里每年接待游客 10 多万人次，20 来户农家乐和民宿，14 艘游船，让你乐而忘返。

自洱海保护治理“七大行动”开始，梨园村所有经营户全部查封关停，必须完善污水收集和处理，不许污染洱海水源茈碧湖。

现在梨园村的污水能够悉数收集，管网开挖深度要足，无论经过青石板或草地，建设完成后要恢复原样。污水收集后建了一座日处理 250 立方米的污水处理站，采用硅藻精土处理工艺，出水水质可达一级 A 标，然后利用梨园村闲置的 130 亩鱼塘进行深度处理，将鱼塘改造为四级表流湿地，搭配有观赏性的挺水、沉水植物，对富营养水体进行吸附，出水水质可达四类水标准。对处理过的中水全部利用，灌溉梨园村北侧 230 亩干旱的果园，做到了不让一滴污水进入茈碧湖。

我们在雨中上船离开梨园村，那些生长了千年的、庇佑着一个村庄的梨树群，渐渐消失在水天处，这大水中的村庄，这静如山水的村庄，将永远在山水深处优雅着。

漾濞，一个奇怪的县名，这儿有条漾濞江，古称蒙嶲、勐嶲，还有样备，这都是彝族语的译音吧。

去漾濞的光明村，要在盘山公路上盘旋 2 个小时，我们与雨雾一起盘旋，这是美丽的雨雾，森林在两边蓊翳荫郁，而绿色显得有些古老。两旁都是核桃林，可以看到粗壮的、怪异的核桃树，那是岁月太久的痕迹，风霜雨雪把它们扭曲削凿，但枝头却硕果累累，仿佛生命每年都可以新生和重生。

我们的车终于爬上了一个山顶，此为彝族村庄，用树枝造型的门廊上写着四个大字："云上村庄"。

我们到了云上，云端之上，云雾之上，云海之上。这是一个诗意盎然的浪漫村庄。但也许过去的生活是冷峻的，严酷的。六月天，天气有着深秋的寒意，要不是这郁郁葱葱的树木，我们的情绪会下沉。进入村庄，这个地方叫鸡茨坪，是光明村的一个自然村，全是彝族人。这个古村的彝族房子不多，但古核桃树证明这个村庄的年岁。这是一个核桃打脸的村子，走在村路上，抬头是核桃，扫脚是核桃，一不小心，核桃就撞你满头满怀。那些不堪重负的核桃树，委枝地面，果子躺在地上生长，也没人管顾。房子和人换了多少茬儿，树没换，这些古核桃树都在 300 年以上，最老的 1500 年，有古核桃树 6000 多株，挂牌保护的就有 600 株，树高有的达 30 多米，一个院子一棵核桃树就遮蔽了天空，单株产量丰产年份达 500 公斤。栽树的彝族人祖先，你何等伟大，老得像精怪的树，结嫩得像精灵的果，每户人家门口都是这种古树。

国家农业部在这里立了一块大石头，上刻有"中国重要农业文化遗产云南漾濞核桃——作物复合系统二〇一三年五月"。

光明村的核桃种植历史悠久，人人都是种植专家，现在光明村核桃种植面积达 1.2 万多亩，人均 100 多棵，年销售核桃 800 多万元，人均核桃收入

1.2 万元。还在核桃林下种植粮食、中药材，发展生态养殖。特别是光明村的村民有一支活跃在全国的 600 人左右的核桃嫁接专业队伍，春节一过就会出发到重庆、广西、四川、西藏等地从事核桃嫁接服务，每人的收入都有 1 万元左右。而这个古村成了大理苍山的特色旅游村，因为它在云上，又有营养丰富的核桃，又有那么多古核桃树，游客如织，不畏山路，在此居住的外地人也不少。

我们去老查家，他一家门口就有四棵古核桃树。去老查家有指示牌，老查叫查洪祥，家里接待过几任省领导，现在，石门关旅游公司用他的地给他建老查家客栈，叫“核桃客栈”，客栈虽然时尚，但核桃保护得很好。公司每年给他毛利的 7%，这是他小儿子查守杰的。两个儿子分了家，各分了 500 多棵核桃树，即便现在 5 元钱一斤，也有七八万收入，想想当年 20 多元一斤的收入，真是了得。收核桃的老板麻袋装现金，一手货一手钱。小查是联合国维和部队军人，驻黎巴嫩，以色列飞机天天炸，好歹他回来了，种核桃，搞民宿，幸福。

在整个大理的苍山西坡，在漾濞大地，竟然有古核桃树 18 万棵。唐宋以来，这里的核桃就已经成为大宗商品和贡品，被送入历代京都让皇帝品尝。这种泡核桃果大，壳薄，仁儿白，味美，是我国核桃中的最好品种，入编《中华之最》，漾濞被誉为“中国核桃之乡”。

我在老查家吃着核桃，叫泡核桃，壳用手捏即破，油质多，咬在嘴里油津津的。榨出的核桃油是保健食品，含丰富的维生素 E，油呈清澈的黄绿色，做菜用此油，香味正，品质好。过去核桃榨油是用大石杵，现在找不到这种榨具了。这里的妇女过去上街会把干核桃仁用头帕包起拎到集市上卖，1 公斤干核桃仁儿可卖六七十元，一头帕干核桃仁儿卖完了，就买一大袋大米背回去。

我在村里看到，这里的院墙篱笆也是用古核桃夹的，处处是核桃树，有一棵核桃神树，有 1160 年。这棵核桃神树，每年村里都要祭拜，它就是彝族人心中的萨秘母。传说彝族姑娘萨秘母，为了寻找一捏即破的核桃，听了老虎的话，与铁核桃树合为一体，就会成为泡核桃，于是她牺牲了自己，才有了彝族人种植的泡核桃。每年，彝族人为念她的好，围在这棵神树下载歌载舞，献上祭品，希望神树萨秘母保佑彝族后代，依靠核桃过上幸福美满的生活。

这些古核桃树上的核桃，对城里人来说，是一种诱惑。2017 年 9 月 27 日，“大理漾濞古树核桃果权慈善义拍”活动在上海国拍大楼拍卖厅举行，光明村 22 株古树核桃果权现场拍卖价突破 51 万元，1 号古树核桃卖出了 10 万元的高价，单株年均价突破上万元。8 号古树核桃卖到了每公斤 297.14 元。

我们在陈树军家吃饭，六月了，此地雨一下，风便冷，大家烤火，剥吃着核桃。他家只有 100 多棵，收入 3 万元，但餐饮可赚 10 万元。这儿的风景没说的，最高处 4122 米，马龙峰，还有玉局峰。他说靠山吃山，靠核桃吃核桃，核桃花一串串过去不叫它花，也不勾引蜜蜂，现在成了美食，还有核桃炖羊脑、核桃扣肉、核桃炒腊肉、核桃八宝饭、核桃肉丸子、核桃叶炒火腿、核仁荷叶饼、核桃糕、香酥核桃、青椒煸新鲜核桃仁、核桃仁炖鸡蛋、核桃炖猪脚、核桃馅汤圆、核桃拌生皮、核桃粥。核桃树上有寄生的松萝，松萝用开水一焯，凉拌清火。寄生的白参，开水焯后凉拌也是美味。现在开发出了核桃茶和核桃酒，都好喝。

彝族人从不砍树，心善如草木，这样的村庄就有救了。世外桃源，加一核字即可——世外核桃源。

我在想这些种梨种核桃的祖先可以理解，1000 年不破坏不砍，很难想象和做到，多少战乱，多少狂热，莫非千年来这些村庄没遇到一个手贱之人，没遇到一把斧头？中国的农耕社会在这里如此完美优雅浪漫，自然山川在这里如此昌盛郁勃自得，我觉得它们在嘲笑那些自鸣得意的现代文明，以为农耕就是落后的愚昧的，但这里有静默的大智慧，有顽强抵抗现代文明的基因。山川草木一旦站稳是不可战胜的，无论是水边的村庄、云上的村庄，得古木而活，得清水而媚，这些云水蜃景，是现代文明最需要的灵魂营养。

值得一提的是，云南正在成为全球最大的核桃主产区，全省核桃种植面积达到 4280 万亩，面积已接近世界核桃种植面积的 35％左右，占国内核桃种植面积的一半，云南核桃种植面积、产量、产值均居全国之首。同时，这四千多万亩核桃，也就是四千多万亩森林，而且是经济森林，给云南农民带来了滚滚不竭的财源。

世界孤品　三江并流

所有神山的轮廓都是最简单的。玉龙雪山、哈巴雪山、梅里雪山，都是。线条简洁，高不可攀。高和洁白、和雪，终年不化的白色是它们的威严。是它们组成了香格里拉，跟金字塔一样；是大香格里拉地区一座连着一座的金字塔。

香格里拉，是香巴拉的国土。圣山，圣湖，庄严的云彩，一切仿佛在天上。这里什么也不缺，唯一缺少的是氧气。不需要太多的肺部吐纳，神灵的呼吸缓慢，时间在静止。就像天空的鹰，钉在云上。咆哮的声音远去，寂静是神山的根。已经接近了天空，那种深蓝已经到达天空深处。这是天堂，这就是香巴拉，天正在我的怀里。

云彩啸聚在白马雪山。云彩是群居动物，它们能幻化成一百种精怪，这些天上的巨兽，在云南高原上膨胀肆虐，游弋奔跑，是被上苍保护的闲客。人们仿照着它们的行踪和轨迹布置内心的格局，铺垫灵魂的卧榻，把干净的一块儿腾出与它们共眠。云彩，大地的情人，山峦的闺密。

去往塔城白马雪山的路上，云彩沆瀣肆虐，流泉飞溅，峡谷深切，怪石嶙峋如阵，藏居峭壁临渊，生存不易，人神皆如此。沿着湍急的金沙江，道路险峻，下坡的路长达 10 公里。江对岸，有机械在艰难地开拓一条路，石头推入江边，上面又在垮塌，而许多地方有泥石流推拥的巨石堆。

向梅里雪山奔去的滇藏线上，有自驾游的，有骑摩托进藏的，有骑自行车的。这些孤独沉默疲惫不堪的朝圣者，来自北京、广东、上海，甚至有许多老人。金沙江干热河谷两岸的山崖上，寸草不生；而在更高的山上则葱郁苍苍。左手，翻过高山即澜沧江，再翻过澜沧江峡谷则为怒江。这就是世界自然遗产“三江并流”的上游。翻过海拔 4292 米的白马雪山垭口，则进入梅里雪山。

白马雪山上雨雪霏霏，原始森林中巨木拥挤，造型雄壮，松萝飘摇在冷杉上，像是被森林挂得衣衫褴褛的云彩。大片大片的大白花杜鹃、亮叶杜鹃、灰杜鹃、腋花杜鹃开在山坡，就像山冈覆盖了一层大雪。山顶上的积雪一线一线拖曳下来。牦牛在公路上结伴而行，像一群苦行僧。穿过两个五千米深隧道，接近德钦县城时，终于看到了梅里雪山，她海拔 6740 米，粗大的明永冰川从山峰冲腾而下，冰舌舔舐着深切的峡谷。

在海拔 3400 米靠近西藏的飞来寺住下，我们就在梅里雪山脚下仰望着这世界最美丽的雪峰，可她在云雾中休憩，咫尺天涯，高不可攀。这是中国唯一一座不允许攀登的雪峰。还记得纪录片《卡瓦格博》吗？梅里雪山的藏名就叫卡瓦格博，一座神秘的神山，无数的攀登者都献身在她的怀抱，没有人能够征服她。卡瓦格博，她就是“雪山之神”。她最美的是“日照金山”，你运气好的话，可能看到太阳的金汁一点点泼上她的山巅，只有雪山之神才掌管着这滔滔无尽的金汁儿，让她一次次披上绚烂高贵的天堂金衣。

梅里雪山是夜半闯入梦中的神灵。上午 6 点，她还在沉睡，云彩如抖落的几片鹰羽飘散在山腰。雪山十三峰有一半包裹在云雾中，可以看到深谷下的澜沧江和几个村庄。我想去的雨崩村在前面山梁的背面，而明永冰川和斯农冰川则冲出了黎明前的晦暗，明目张胆地往峡谷淌去，这个姿势已经存在了千万年。我跪下，不是因为我卑微，而是因为我崇拜。那些遥远不能至的，皆为神灵，比如天空。卡瓦格博是天空安放在人间的一座山，只有上苍才有如此庞大的神器置放于此，并且让云彩终年置守于此。

有微雨疏滴，我等待着，不信如此虔诚的朝圣者看不到她的尊容。我和藏民们一起煨桑祈福，请了香柏枝和五谷（有青稞和麦子），然后烧柏枝，撒五谷，洒清水。也和他们一起大声喝喊，默念六字真言，绕煨桑台三圈，消灾免祸，祈福延年，再去佛像前点燃酥油灯。煨桑祈福的仪式结束，太阳开始露脸，首先照在半山腰，妈次姆峰现出来了，她是卡瓦格博的妻子，是大海女神。接着，如一组古堡的五冠峰被照亮。将军峰也露出它的威严。再接着，更高大的卡瓦格博峰终于走了出来，他披着宽大的雪袍，像一只雪鹰，然后端坐着，或者站着，太高大，在云端，这是神造的神。而他的妻子妈次姆峰，这位大海女神，是绝世佳人，没有比她更俏丽的雪峰。我歌颂过贡嘎山，现在献给卡瓦格博："她存在着，冰封着，高远着，孤傲着 / 她温暖着，俯瞰着，踞坐着，缄默着 / 她经受着，承接着，寒冷着，神秘着 / 她欣慰着，怒吼着，控诉着，坚持着 / 她暴虐着，安详着，宽解着，神圣着 / 被时间鞭笞的满头白发，呼啸成箭镞 / 像燧石的谶语，点燃茫茫的黑夜 / 那些日夜想靠近你的人 / 恐惧像原始的热爱一样痛苦深厚 / 就是这样，你的存在，折磨他人……"

一个叫弗兰克·金敦·沃德的英国植物学家和地理学家，1911—1950 年，在长达 40 年间，8 次进入藏东南、滇西北和川西南，这些一般人不敢涉足的险恶之地，这位英国人在当时的科研条件下，用双脚走完了金沙江、澜沧江和怒江的三江流域，并对河流归属、水系发育和地质地貌进行了考察。他估算出金沙江、澜沧江和怒江年径流量的比例大致为 5 : 3 : 2，并对三江之间距离进行了测定，从怒江经澜沧江到金沙江，最小间距只有 80.5 公里，这个数字基本准确。这使他成了最早发现三条巨川平行并流的世界地理奇观第一人。后来，美国人约瑟夫·洛克在川、滇、藏交界的三江并流地区流连了 27 年，他在美国《国家地理》上发表的对三江并流地区的风土人情和动植物考察的文章和图片让英国作家詹姆斯·希尔顿激动不已，写出了小说《消失的地平线》，这个地方成了人类生活想象中的伊甸园，最后的香格里拉。

2003 年 7 月 2 日，联合国第 27 届世界遗产大会。"三江并流"自然景观申遗过程从项目陈述到审议通过，只用了 18 分钟。这是最短的审议和通过，原因太简单："三江并流"是世界的孤品。

要想成为世界自然遗产，必须满足 4 个标准中的一条就可以：（1）构成代表地球演化史中重要阶段的突出例证；（2）构成代表进行中的重要地质过程、生物演化过程以及人类与自然环境相互关系的突出例证；（3）独特、稀有或绝妙的自然现象、地貌或具有罕见自然美的地带；（4）尚存的珍稀或濒危动植物种的栖息地。

“三江并流”自然景观同时满足了四个条件。这在批准世界自然遗产历史上，也是绝无仅有的。

世界遗产中心对三江并流的评价是：

三江并流自然景观位于云南省西北山区的三江国家公园内，面积 170 万公顷，是亚洲三条著名河流的上游地段，长江（金沙江）、湄公河（澜沧江）和萨尔温江（怒江）3 条大江在此区域内并行奔腾，由北向南，途经 3000 多米深的峡谷和海拔 6000 多米的冰山雪峰。这里是中国生物多样性最丰富的区域，同时也是世界上温带生物多样性最丰富的区域。

三江并流世界遗产提名地由八大片区组成。怒江、澜沧江、金沙江四山夹三江的典型地貌奇观将八大片区有机地结合在一起，它们中的每一个都是世界的“谜题”，分别代表了不同的流域、不同地理环境下的各具特色的生物多样性、地质多样性、景观多样性的典型特征，相互之间存在着在整体价值上的互补性和在典型资源上的不可替代性，由此构成了“三江并流”世界遗产提名地资源价值的“唯一性和完整性”。

三江并流的罕见是“江水并流而不交汇”，整个区域有 4.1 万平方公里。怒江与澜沧江空中最短直线距离仅 18.6 公里，而澜沧江与金沙江最短直线距离仅 66.3 公里，从海拔 760 米怒江河谷到 6740 米的卡瓦格博峰，高差之大也是奇观。金沙江由北东去，汇集雅砻江、大渡河、嘉陵江——它们就是长江上游。澜沧江由北南下，穿越国界便成了邻国湄公河的上游。怒江由北南下一路怒吼进入缅甸便成了萨尔温江的上游。金沙江经石鼓镇长江第一湾急转回头，浩荡东去流入太平洋，而澜沧江、怒江穿越缅甸、越南、老挝、泰国最终流入印度洋。没有石鼓镇那第一湾的大回头，长江会改变方向，中国的历史也会改变方向。

这 3 条大江在崇山峻岭中奔腾的时候，固执地坚守着自己，不会成为别人，在自己的领地中决不瞻前顾后，一意孤行。它们的性格是独立的，显示自己，没有汇入他河的义务，才有了这地球的奇迹。

我在三江并流世界自然遗产管理中心展示厅详细观看了关于三江并流的视频、图片和各种实物，这个面积760平方米的展示厅，集中展示了三江并流世界自然遗产地质地貌多样性、生物多样性、动物多样性、自然与人文景观多样性、民俗文化多样性。这壮观的景色，我太想坐上飞机环绕一圈，俯瞰这四万平方公里的雪山群峰与众多河流并行奔跑的大地奇观。更想有充裕的时间在八个片区里分不同的季节游览行走一遍，像那些热爱此地的外国人一样，好好待上几年。

这一地区称为地球演化的杰出代表，裸露的地质地貌博物馆。它的演化是印度次大陆板块与欧亚大陆板块大碰撞隆起和扭曲的结果，可以看到大地扭曲挤压的痛苦。这痛苦深厚、辽阔、巨大、愤怒，它显示的是大地的痛苦和悲怆之美。

但它也养育了深邃的峡谷、晶莹的雪山、神秘的森林、秀丽的草甸、湛蓝的湖泊。在这片区域，有海拔超过5000米的高山118座，这壮美的地壳运动，高举起庞大的群山，创造了绵延不绝、耸入云霄的天际线。

高黎贡山片区是我多次造访的地方，我进入了怒江腹地，在丙中洛，亲见怒江第一湾的气势和奇美，也见到了“石月亮”的巍峨高耸。怒江和高黎贡是植物物种多样性的聚集地。是“具有世界意义的陆地生物多样性关键地区”和“重要的模式标本产地”，它有名的湿性常绿阔叶林和季风常绿阔叶林，东西蔓延至整个山脉，是现今中国和东亚保存最为完好的一片。

白马—梅里雪山片区到处遍布着地质遗迹，滇金丝猴则生活在这片区域。而“三江并流”遗产地的最高峰卡瓦格博峰就屹立在此。它的明永冰川其冰舌舐入海拔2650米的常绿阔叶混交林中，为北半球最低的冰川奇迹。

哈巴雪山片区却拥有中国纬度最南的现代海洋性冰川，金沙江流域有着完整的高山垂直带自然景观，寒温性针叶林是哈巴雪山片区山地生态系统中最重要的类型。

千湖山片区有大小高原湖泊100多个，有着金沙江流域最原始的植被、高原湖泊和完整而独特的高山生态系统。这里有高山草甸、杜鹃林及云冷杉林，有黄杜鹃和黑颈鹤等珍稀动植物。

红山片区有着金沙江流域代表性的高山荒漠、高山喀斯特地貌特征、完整的古冰川遗迹和丰富的植物生态系统、高原湖泊等多种景观类型。这一带的尼汝南宝草场有冰蚀湖属都湖、有古冰川遗迹、有美丽的尼汝河、七彩瀑布。拿专家的话说，这里“有极高的保护价值和开发潜力”。

云岭片区有完整的原始森林，有精灵动物滇金丝猴生活在此，仅野生动物观察到的就有 28 种。这是一片处女地，尚在沉睡之中。

老君山片区的丹霞地貌是另一幅震撼人心的景象，这里有 100 多种杜鹃花，有高原冰蚀湖群、高山杜鹃林、冰川溶洞、高山牧场。在海拔 3700 米的老君山，有俗称的 99 个龙潭。千龟山、黎光佛、鸟王山景色罕见。

老窝山片区是属澜沧江流域，也有着众多的高山冰碛湖群，野生花卉资源丰富。

八大片区的划定是根据片区资源的不可替代性，也是它们的组成，构成了三江并流世界遗产资源价值的唯一性和完整性。

迪庆只有 41 万人，却有着让全世界羡慕的独一无二的自然资源，有着浩大宽阔气贯长虹雷霆万钧的山水，迪庆的口号是“把迪庆打造成中国最美的地方”。说出这个话，需要有强烈的自信。他们有这个底气。

迪庆在藏语中是吉祥如意的意思，而香格里拉是心中的日月的意思。三江之水正承载着这样的祝福，没有三江的奔流就不会有心中的日月，就不会生长神灵。水是生命之源，在云南高原上恣意撒欢儿的 3 条长龙，在迪庆的群山苍波间舞动着它们的魅影……

人间秘境普达措

普达措的碧塔海和属都湖，不声不响的净土。森林森森，圣湖寂寂，杜鹃烈烈。牦牛是高原大地上最安静的哲人，它们在普达措的宽阔草场上悠然吃草，旁若无人。在碧塔海，几株巨大的树倒在湖边。但是，它们依然活着。还有几棵树死了，倒在水里，从水中伸出它们光秃秃的手臂，可是它们的姿态依然优美。在这里无论生还是死，都是美的，生命超脱了轮回。它们的存在，是神灵的现身。

属都湖海拔 3705 米，占地面积 15 平方公里，是众神饮水的地方。碧塔海海拔 3558 米，比属都湖略低，占地面积 16 平方公里。这块湿地在 2004 年被确认为国际重要湿地，因为它兼具高原湖泊湿地、河流湿地、草木沼泽、灌丛沼泽、森林沼泽和藓类沼泽的类型，在地球上难得。“碧塔”是藏语“栎树成片的地方”，也意为宁静的海。在雪域高原上，没有不宁静的森林和湖泊，宁静、庄严、圣洁是香格里拉的底色。

我有两次漫步普达措碧塔海的经历，我记得杜鹃花开的季节，整个碧塔海四周的森林中，都燃烧着杜鹃花的火焰，那么多乔木和灌丛杜鹃，那么多颜色，那么多饱满硕大的花，杜鹃花的喷吐宛如一次盛大的节日，这个节日是属于香格里拉雪山和森林的，它们持续了无数世纪，在这一隅狂欢，勾引着蜜蜂、蝴蝶和远道而来的游客。我第二次去的时候，杜鹃差不多凋谢完了，但在洛茸村和洛茸河周边，还有灰背杜鹃盛开着，伴随着高山海棠树的红色，迎来雪域高原的雨季。

关于杜鹃醉鱼的故事在碧塔海深入人心，增加了这个地方的神秘。碧塔海边的杜鹃花瓣飘落的时候，引来了游鱼，鱼吞食花瓣后，仰醉于水面，这就是碧塔海的奇观之一。又因这些不省人事的醉鱼，老熊会从森林里蹿出来，趁着月光捞食它们，大快朵颐。杜鹃花是有毒的，只有杜鹃之一种映山红可以吃有些甜的叶片，蕊不能吃，其他杜鹃花皆有毒。我在神农架吃过映山红。鱼吃花朵有瘾，我见过鲤鱼和鲫鱼跃出水面吃荷花的情景。在碧塔海，看到杜鹃醉鱼者并不多，但这里的小羊因吃杜鹃花中毒晕倒的事却时有目击。你只要用小刀给小羊的耳朵放点儿血，小羊就会“醒”来。

我们沿着碧塔海的步道，在森林中穿行，天空有些沉云，波浪有些涌动。杜鹃树横横斜斜地伸展在湖边，大朵的花瓣盛开在树顶。古树粗壮，枝丫纷陈，松萝飘荡，给人一丝神秘和恐惧夹杂的感觉。但即使这么高的海拔，几乎没人有高原反应，因为这里的氧气充足，负氧离子很高，没有头昏目沉之感。古老的川滇高山栎撑开巨大的伞盖，就像是严严实实的凉亭，造型美丽，它们是这里的“藏八宝”之一，在当地称为宝伞和华盖，是佛和高僧用的。这些树的神性，是它们永远美丽不受斧钺之痛的保证。沿湖还可以看到“藏八宝”中其他宝藏：悬崖上的“金幢”“白螺”、湖心小岛的“法轮”、一座座玛尼堆、草甸上溪流形成的“吉祥结”“宝瓶”、莲花圣泉、花海……这些神圣的景物，是香格里拉的“香巴拉”符号和法器。整个迪庆，就像是一座大自然的神庙。

在属都湖和碧塔海的一些草甸上，如弥里塘、岗擦坝，在迟来的春天里，从五六月开始，这里就相继怒放着杜鹃家族的花、狼毒花、波斯菊、倒提壶、金莲花、紫堇花、滇蜀豹子花、鸢尾花、报春花、马先蒿、银莲花……五花海草甸的名称是用花海装饰起来的。在任何时候，可以抬头望见天宝雪山壮丽的身影，它们连亘不断，峥嵘起伏，云雾笼罩，是秘境中的秘境，似乎将永远人迹罕至下去，成为香格里拉密封的传说。

我惊异于在这样的高原湖泊边，看到四围的原始森林和雪山美景，这一泓碧波，就是上天赐予香格里拉的宝瓶和净水，让人想象天堂和净土的模样。我虽然对步道上会遭遇到猛兽有些担心，但在这样的地方散步，确是一种精神和肉体的双重奢侈，我们因为距离和时间，很难到达心中的香格里拉，很难在这样的高度上如牦牛一样悠闲自在，在这样的天地间畅想畅游，没有任何身体的不适，这不是雪山之神的眷顾又是什么？或者因为我们的虔诚，感动了上苍。

普达措是我国的第一个国家公园，它是香格里拉的中心，碧塔海和属都湖是香格里拉一双秀美的眼瞳。它同时在世界自然遗产“三江并流”的腹心地带，属于“三江并流”的哈巴雪山片区。普达措国家公园同时也是国家级自然保护区，自然资源丰富、生态多样性保存得非常完整，面积602平方公里。

它是怎样由自然保护区成了国家公园的呢？

迪庆州不仅是“三江并流”的上游，而且是云南这个“亚洲水塔”的塔顶。在这样敏感和重要的位置，在保护与开发的矛盾上纠结着，但他们希望通过成立普达措国家公园，使迪庆找到了一条新路子。

当时的形势是迪庆州木头财政经济接近崩溃，天然林禁伐已经有几年。之前北京的专家们考察了滇西北，认为这里是我国长江上游重要的生态保护地区，制止各自为政的掠夺式开发刻不容缓。专家们提出了建设一个大河流域国家公园的想法。

“国家公园”最早据说是由美国艺术家乔治·卡特林提出的。1832年，他在去北达科他州旅行的路上，对美国西部大开发对印第安文明、野生动植物和荒野的影响深表忧虑，并写道：“它们可以被保护起来，只要政府通过一些保护政策设立一个公园——一个国家公园，其中有人也有野兽，所有的一切处于原生状态体现着自然之美。”

如今，全球有了近4000个国家公园，国家公园已成为世界上保护与发展相和谐的典范之一，为各国广泛采用。在完整的国家公园体系里应包含其他五种功能，如科学研究、环境监测、科普教育、文化传承等功能，提供生态旅游只是很小的一部分。在国家公园里面，一些动植物的敏感地带，游客是不能随意进入的，这也是目前国际上国家公园理念的体现。

2006年8月1日，普达措国家公园正式对外试营业。国家公园的名片很快显示其号召力，全国的游客蜂拥而至，一年的门票收入就过亿元。2007年

6 月，中国大陆第一个国家公园——香格里拉普达措国家公园正式挂牌成立。

在 2006 年之前，所谓的普达措国家公园，都是自封的。当时云南向国家发改委报了普达措国家公园的试点，产生了争议，因为那时候国内没有一个。怎么搞国家公园？是想把旅游搞出特色来，普达措是自然保护区，自然保护区条例是在核心区和缓冲区都不能做旅游，一草一木都不能动，这有一个定位的问题。在保护区里面有老百姓生活的一块地，有藏族村、彝族村，划出来有 1413 公顷，老百姓可以在里面放牧生活。但他们养的牛马被野兽吃掉了，把人也抓伤过，没有赔偿。又不能把狼和熊打死，这会触犯法律判刑。这个矛盾开始很激烈，甚至不能烧柴，到了农闲，保护区群众家家要备柴过冬，替代能源也没有。这让保护区所走的路越走越窄，保护区成了老百姓幸福生活的障碍，树也不能卖不能砍，做房子也没材料。所以老百姓恨保护区，看到保护区的人就瞪眼睛。

但这儿的保护慢慢看出来成效，风景好了，森林湿地保护起来了，生态环境美了，背包客开始出现。进保护区的，森林生态旅游公司收一点儿费用，在 20 世纪 90 年代收 10—20 元钱，就是保护资源费，然后给你盖个章，让你进来在保护区里面去玩去拍照。那么，当地老百姓的马匹就来了，因为深入保护区的碧塔海路途很远，村民牵匹马让你骑。来的人比较多，又产生了吃喝拉撒的问题，老百姓就卖一点儿土豆、奶酪、烧烤，旅游经济就出现了。然后，森林公司开始调来一些人专事经营，组成班子。做了几年，有了效益，但是管理出现了混乱。地方的财政局成立了门票办，就变成了景区。碧塔海景区和属都湖景区。属都湖景区当时是由私人承包经营的，碧塔海景区是森林旅游公司的。到 2001 年，政府和林业部门开始重新组建森林生态旅游公司。

建立普达措国家公园之前，由于未修栈道，游客需骑马穿越草甸才能进入景区，牵马生意火了起来，旅游活动高峰期每天约有 1000 匹马在碧塔海保护区的湿地内践踏，人、马的践踏对地表、植被等产生严重破坏，草场面目全非，百孔千疮，粪水四溢，水体污染，造成碧塔海珍稀鱼种重唇鱼大量死亡，湿地生物逐渐减少。

2007 年普达措国家公园挂牌后，为保护草甸和水质，公园取消了骑马，修建了人行栈道，游客乘车统一进出景区，以步行和坐船为主要观光形式，而且每天都有消防队、护林队员巡查。

水清了起来，草场也恢复了，普达措成了国内的热门旅游地。公园内社区（村庄）的每个人都有分红和补贴，补贴分一、二、三类，就是反哺资金。

在普达措景区周边的农民，因海拔高、耕地少，半农半牧的生活仍然贫困。但借着普达措旅游开发，迪庆州开展旅游反哺社区的惠民政策，使得这些村庄迅速发展，也水涨船高地成了旅游胜地，有的村庄的名气不在碧塔海和属都湖之下，成了明星和网红，比如藏族村洛茸村。

州里实施的《香格里拉普达措国家公园生态旅游收益反哺社区发展方案》，洛茸村属一类反哺受益区，享受户均每年 19000 元，人均每年 5000 元的资金反哺。同时，洛茸村还享受公园教育反哺，即凡上高中、中专的学生每人享受每年 3000 元的资金补助，大专的每人享受每年 4000 元的资金补助，本科以上的每人享受每年 5000 元的资金补助。过去村里的孩子因为山高路远或家庭贫困少有人读书，很小就在家放牧；现在，村里的孩子没一个辍学，每年都出大学生。

洛茸村老村支书茸毕说，过去靠砍木头、打猎生活，穷得每人只有一双鞋，现在每人都有十七八双靴子，他家养了 80 多头牦牛，一年卖酥油饼就有 1 万多元，最大的收入是公园每年给的 6 万元。

在国家公园上班的益西就是洛茸村出来的大学生，毕业于云南大学香格里拉职业技术学院。他带我来到他们村庄，这个村的名气在国际上也是响亮的。

洛茸村在普达措国家公园里被认为是最美的村庄，人间乐土，海拔 3600 米。“洛茸”藏语是“与世隔绝的地方”，在没成立保护区和国家公园前，没人知道这儿，它太高，太远。这里如今盛开着遍地的锡金报春花、高山海棠花、灰背杜鹃花、狼毒花、黄连花、灯笼果（极酸的醋栗，就是茶藨子）花、绣球藤花。牦牛在草场多如牛毛，藏香猪小巧玲珑地钻在灌丛里，藏獒静卧路口，并不咬人。

益西感觉就是典型的藏族人，二十八岁，皮肤有点儿高原黑，汉语很流利，他的老婆毕业于西南林业大学，在普达措实习时与他相识相恋，毕业后就结了婚。

路上他给我说，他们村全是藏族，他家以前主要是靠养殖，七八月采松茸，一年有 6 万元左右的收入。松茸主要是出口，迪庆一年出口 800 吨，普达措就有 400 吨，占一半。

我终于到达这个海拔极高的村子，这里果然美丽无比，特别是有迪庆风格的藏族房子。这里的房子一般两层，但有高大的立柱。这些立柱都是几百年的杉树，笔直、粗大，剥掉皮即可，这是一种家庭富裕的显示。30 多户藏式房子错落有致地建在山坡上，有的建在山上的丛林里。

这是一个寂静淳朴的美丽村落，在雪山、河谷的怀抱里。这个村子没有那种村庄惯有的畜便气味，一问，才知他们的猪和牦牛都养在离家很远的地方，建有圈栏。过去藏式民居一楼主要喂养牲畜，但现在的房子不会了。益西家有一个面包车、一辆手扶拖拉机、一辆小型厢式拖拉机。他开门是在一个隐秘处掏自家的钥匙。进去，我看到的是藏族的大气派，偌大的院子和宏伟的建筑，民居怎么如此宏伟？用“宏伟”二字没有任何夸张。但他谦虚地说，这在村里不算最好。他说藏族人做房子不像汉族，几个月就建起了，他们建一栋房子可能要 30 年。比如，这房子 2017 年落成，而这些巨型立柱，是 20 年前从外地买的，一根当时就要 8000 元。我估计现在 8 万元也买不到了，这样的古树没有任何地方可以砍伐。益西家的院子很大，两边的耳房是平房，无论是楼房、耳房，都是藏式的雕花风格，色彩鲜艳。檐廊的立柱上还贴着汉囍字，表明益西新婚不久。他带着我参观他的房子，一楼全是房间，他说他准备搞民宿，搞农家乐，但这儿名气大，来村里的人却不多，原因是宣传不够，也因为路途太远。房间里的装饰全是木头，他的新房就在一楼，他说，因为妻子在香格里拉上班，他住城里，很少回来。

我们上了二楼，这里面更加气派华丽，全是木地板，大立柱上缠挂着许多哈达，墙壁上全是木雕，其精致程度令人叹为观止。有许多个佛龛，供奉着他们心中值得尊敬的喇嘛和活佛。中间有火炉，但烟道伸出了屋外。还有专门念经的房间，因为他的父母每天都要念经，念经房有提供给喇嘛住宿的地方。二楼房子的阔大，完全可以成为一两百人的会议室。我说，如果民宿住满了客人，这里是一个欢聚的场所，他说正是这么考虑的。我问他这房子建起来要多少钱，他说差不多100万元。

我们在二楼的平台上看整个村庄，一个个藏式院落相隔较远，鸡犬不闻。藏房顶上，有的飘着白色旗，有的是黄色，有的是红色。益西说，白色的旗代表六畜兴旺，黄色旗表示家里出过活佛，红色旗表示家族中有人当过喇嘛。河谷里有成千的牦牛在那儿，洛茸河蜿蜒从草甸流过。他指着对面的山上，说那里是栎树、云南松、杜鹃等混交林，生长松茸的地方，他们过去就是在里面捡松茸，因为20年不砍树了，里面的松茸很多。

我再上到二楼上的阁楼，这里面琳琅满目，有藏民真正的生活。挂满了腌制的藏香猪肉、香肠、猪皮，应该有几百斤。他说这是自家养了杀的，也是为了搞农家乐。当然，也有来这儿的游客，加了微信后，每年给他们邮寄，还有牛肉干、松茸和其他野生菌。

在阁楼里他家存放有大量的马具：木马鞍、铁马蹬、马辔、笼头、衔铁等，都很有些年头了。他说过去他家里有十几匹马，现在不让牵马了，这些东西就放在这里，为以后农家乐做展览。他希望我帮忙宣传宣传，把洛茸村的旅游搞上去，让大家分享这里的好山好水。

我们去村支书家时，碰到了从地里干活儿回来午餐的农民，他们与益西打招呼，讲的是藏语，但与我说话时，又讲一口流利的汉语。

村支书边玛家的藏獒非常凶猛，被链子锁住了。他家的房子有些旧，但也很气派。只是他家的一楼还养着些牦牛。他正在准备与一个侄子吃饭，见我们去了，非要让我们一起吃，我们告知他我们在“悠幽庄园”已经订好了饭，想与他聊一会儿。我们就先出了院子，让村支书吃饭，边玛村支书一再说不好意思。

过了一会儿，边玛村支书来到我们坐的转经筒小屋里，我们坐在木条上，他谈了一些村里的事，关于反哺的，关于退耕还林补助的。他说他的一个女儿现在昆明财经大学读书，去年村里还有个孩子考取了中央民族大学，国家公园的教育反哺让村里的孩子都有出息了。边玛村支书说，过去他们这里穷，半农半牧，种青稞、洋芋和蔓菁等作物生活，现在种地的人不多了，都在国家公园打工，护林。村民们自发地组成巡山护林队，每年从 5 户村民中抽出 5 人组成专职护林队，每年轮换，目的就是为了更有效地保护好我们的青山绿水。我问他房子没打算盖新的吗？他说，现在不准建房了，你的房屋没有达到 30 年，不得私自拆旧建新，这规定在香格里拉是第一个村。藏族非常注重生态保护，没建成国家公园前就把生态保护写进了村规民约，不准砍树。在林业部门的支持帮助下，现在家家户户用上了节能取暖炉和太阳能热水器，柴火用量减少到现在的每人每年不得超过 1 立方米，都是到山上捡拾的枯枝朽木。

我们离开的时候，听见藏民推动屋里转经筒旋转的声音，我知道他们的心里有信仰。

在村子不远的地方就是“悠幽庄园”。四合院的藏式建筑，里面全是藏族风格。而在它的周围，洛茸河在这里形成了一片很大的湿地，国家公园将这儿打造得异常精美，步道、木亭、小桥。白色的高山海棠满树，灰背杜鹃在河边一丛丛如紫色的花海。一头吃草的白牦牛仰着头望着我，然后又低下头去吃它的美食。洛茸河里果然有许多鱼，就像边玛村支书说的，他们村里的人从不捕这河里的鱼，也不让外人捕，虽然村里也有人吃鱼，但没人敢捕。

要问来此旅游的人有什么体会？我在网上看到这句话：来普达措 3 个小时，感觉肺洗干净了。

钟泰与滇金丝猴

在维西塔城的滇金丝猴国家公园里，我听说滇金丝猴有笑肌，与人类一样时，太吃惊了。它怎么能笑，会笑，爱笑呢？金丝猴本来就是极可爱的动物，甚至许多人称它们为世界上最美的动物。但我认为，不能把它们划归动物，它们与我们人类太像太像。比起那些没有尾巴的猿类，它们虽然拖着尾巴，但与我们更接近。我仔细观察过川金丝猴，它们有金色的皮毛，有蓝色的脸，有几乎与人一样的脸形，眼睛里全是温和的孩童般的光，充满了想与人类交流的暗示。滇金丝猴我没有见过，在视频里，它也无比惊艳，脸部与川金丝猴没有差别，有的脸形比人类的某些人美得多，耐看，也叫仰鼻猴，眼神也很安静温顺，走路优雅气派，不咋咋呼呼，白里透红，有一张夸张的红嘴唇，性感，无论从脊椎结构还是视觉审美来说，它都最像人类，白肤、杏眼、红唇，丛林中生长着这样与我们人类近似的生物，难道不应该保护它吗？

与川金丝猴不同的是它的皮毛，滇金丝猴以灰黑和白色为主，头顶长有尖形黑色冠毛。虽然黑白相间，但有的个体远看皮毛还是泛着一点儿黄色，与川金丝猴极像。据专家进行基因测定，川、滇、黔金丝猴在 160 万年前开始隔断分化，成为如今的 3 个不同物种，但它们是三兄弟。

我听护林员们说到滇金丝猴，特别是雄猴，有英雄主义气质，那些被我们扭曲和遗忘的优秀品质如坚韧不拔、敢于挑战、从不言败、仗义执言、宽宏大量、温柔体贴、关心长幼等崇高的人格，在滇金丝猴群里比比皆是。人类应该回过头去，去森林里向我们的近亲学习，去打捞我们丢失的宝贵品德。

礼失而求诸野。这个“野”，就是森林，我们人类的祖居地。

滇金丝猴吃的是松萝，必须每天转移迁徙，成为动物中的吉卜赛，天生的流浪者。它们为了食物盘桓于海拔3200—4600米的雪线附近，躲避人类和其他天敌的追杀，也爱箭竹的嫩笋、植物嫩芽、花苞及幼叶。这些雪山精灵，人们对它们知之甚少，最早的标本是法国人米尔内·爱德华兹1871年采于云南德钦阿墩子，收藏在法国巴黎自然历史博物馆。20世纪60年代，动物学家彭鸿绶在云南德钦的畜产公司看到了滇金丝猴皮张，证实这个以为灭绝的神秘物种仍然存在。到了70年代末，实地科考的科学家们获得了3个完整的标本，并且亲眼见到了野生的滇金丝猴种群的活动情况。

1983年，中国建立了第一个滇金丝猴保护区——云南白马雪山国家级自然保护区。

在云南，当地人叫它们雪猴或白猴，这与它们生活在高山积雪地带，其幼子全身为浅白色有关。藏族人叫它“知解”，白族人叫它“白疣”，意思是有羊膻味的大白猴。

滇金丝猴国家公园，在维西傈僳族自治县塔城镇响古箐，面积约334平方公里。这里共有8个野生群，数量有800—1000只。现在，人工投食猴群让其下山已经成功。

塔城乡的海拔不高，这之前，我在从普达措回到香格里拉市区后出现了“高反”，好在塔城才2000多米，可以让身体恢复。我们沿着金沙江而去，看到在干热河谷地带的悬崖上寸草不生。但到了维西境内，到了塔城，身体感觉正常了，这里风景秀丽，草木葱绿，被誉为香格里拉的小江南。

从塔城到响古箐，在盘山公路上，我们的车子进入了浓郁的原始森林，这也是白马雪山的原始森林。我们看到了傈僳族风情的村庄，与藏式房子不同，虽然是木头，有的是木刻楞，但比较朴实，简单。高大的树木，奔流的溪水，高耸的雪山，都在我们的身边和眼前。我们进入这个公园，几乎没有人，只有一些空荡荡的帐篷。这里太安静，不像普达措，我抬头看到后面的原始森林和耸入云霄的大山，这里气势赫然，有一种狂野之气，滇金丝猴就藏在这片山林里。“若有人兮山之阿，被薜荔兮戴女萝”，屈原虽然写的是三峡地区的猿猴类或者是野人或者是川金丝猴，但他写出的那种氛围，也像是这里，我们要找的滇金丝猴。

白马雪山国家自然保护区维西分局的局长钟泰，是藏族人，这名字也是藏名。他红脸膛儿，大高个儿，一看就是在野外工作多年的，浑身带着一股郁勃的山野森林气息。

他说，白马雪山国家级自然保护区跨德钦和维西二县，共有 21 万多公顷，维西县有 65000 公顷。他在德钦工作了 27 年，2010 年 4 月调到这里。当时说要一个懂猴的来，这里申请了成立滇金丝猴研究中心，在塔城野生动物救助站这个平台上搭建的云南滇金丝猴研究中心，而他自己一直在做滇金丝猴的研究，与中科院动物所合作，也与美国的加州大学合作，国内与北京林业大学、西南林业大学、四川林业大学都有合作。

钟泰 1968 年出生在德钦县佛山乡一个藏族村庄巴美村，是普通的农家孩子。1983 年初中毕业，白马雪山保护区招工，当时是董德富局长，他有一个观点，就是在保护区巡山，又要有体力又能吃得苦，所以他招工的时候只要农村的孩子，不要城里的孩子，那批招的 20 多个小伙子全是农村的。钟泰当时只有十六岁，招到保护区，做了简单的培训，就分到了保护区的叶日保护站。

叶日保护管理站海拔 2700 米，是在保护区的最北边，没有公路，要走三天的路才能到达保护站。每个保护站配一个老同志，带四个年轻的。老人家叫吾吉，藏族，是当年武工队的，转业到了保护区，来组建这个叶日保护站。这个老武工队员，就带着他们 4 个十六岁的孩子上路，在路上他说那个地方山水很好，有瀑布有河流，有村庄，风景好得不得了。

钟泰他们走了一天，还没有到。问他，他就说快了，快了，快到了。走完第二天，晚上再问他，他就说快到了，快到了。走了 4 天才到了叶日大队，就是现在的叶日村。

在大队所在地，当地人就给了他们一个房间，他们睡下来后，钟泰就问我们还要不要走啊？老武工队员说，就是这儿了，不走了，这样就在这荒村住下了。

老武工队员实行军事化的管理，每天都要排队报数报到，进行操练。大队部的旁边，有一个“土改”后分给农民的地主房子，已经破烂了。吾吉站长就把这个破房子买下来，开始建保护站。他带着钟泰他们四个小青年，起早摸黑，自己动手，修理房屋，也请了当地人协助。

叶日这地方风景果然不错，北边是干热河谷地带，降雨量一年有 500 毫升，不通公路，是真正的人迹罕至的原始森林。他们 5 个人自己做饭，在叶日有一个粮店，新职工一月只有 32 斤大米计划，不够吃，只能每顿搭配粗粮。钟泰他们就帮站长家里做农活，包括犁地啊，种庄稼啊。这个粮站站长就感动了，就多给保护站一些米、肉、油的指标。吃菜怎么办呢？保护站自己种菜，喂猪喂鸡。

一年以后，保护站就建好了，怎么保护？老武工队员就带他们出去宣传，这里是国家保护区了，要保护森林，保护野生动物，国家有政策出台了。钟泰他们的保护站管理的范围包括两个村委会 40 多个小队（自然村），管理的地方太大。一个老人带着 4 个孩子，一个月还走不下来，后来就一人包一个村。

每一个村庄太远，而且当地藏民的方言和口语钟泰也听不懂。特别是野生动物的学名与当地的叫法完全不同，也与其他藏区的有差别，你怎么宣传他们也听不懂，你在那儿宣传人家就笑。但村里年纪大的人，就鼓励钟泰他们说，你不要担心，慢慢地学，今天会说一句，明天就会说两句。书上的汉语名称，当地的土名，一个一个地对着图片讲解，翻译过来，向藏民宣传。

关于滇金丝猴，谁也没有见过。吾吉站长过去打过仗，也打过猎。对钟泰他们进行培训的是川金丝猴图片，供销社收购有骨架、皮张，没有见过活体。这样就把一般的猴子当成了滇金丝猴，因为猕猴头上有黄色的毛，站长要大家保护好猕猴。

1986 年，保护区跟云南动物所联合进行普查，有 10 个人，在野外普查了整整一年，钟泰就在普查队里。1987 年 8 月，在各么茸村，他们终于在海拔 4000 多米的地方看到了滇金丝猴，在望远镜里一晃而过。当时，钟泰他们是两个人一组，钟泰安排跟中科院的白寿昌老师背枪，背无线电台，还背一个先进的望远镜，是炮兵用的，16 公斤，包括脚架，加起来背 24 公斤左右。背这么重要的东西，他很自豪。到了观测点，在望远镜中看到那个滇金丝猴几秒钟就不见了，真是稍纵即逝。白老师兴奋地说："就是这个猴子，就是这种猴子！"钟泰看到的是黑白相交的猴子，难道这就是滇金丝猴吗？白老师告诉他，就是它！钟泰才知道，他们要保护的就是这种猴子。

这一年，白寿昌、邹如金、季维智等在维西捕获到了活体滇金丝猴，使得活体滇金丝猴首次进入科学院，进入实验室，从此开始了滇金丝猴人工驯养繁殖研究。

到了 1989 年，因为白老师年岁大了，野外工作走不动了，钟泰就和云南昆明动物研究所龙勇诚老师他们一起，开始研究关于滇西北的滇金丝猴种群的数量，花了四五年的工夫终于弄清楚了。龙勇诚是著名灵长类科学家，被称为"滇金丝猴之父"。

1990 年，保护区安排钟泰他们跟踪金丝猴群，观察研究它们的野外生活习性、食物。吃什么东西，在哪儿过夜，生孩子多少？

叶日保护站请了向导，是个猎人，他们每次要背一个月的粮食上山，走一个月。有马帮驮运东西，固定一个营地。跟踪滇金丝猴太难，你找到了它们，差一步跟不上，就会离它们越来越远。因为滇金丝猴是每天都必须迁徙的，你跟踪一个月能看到几秒钟就非常不错了，它们的山地运动非常之快。

1990 年的一天，向导回去了，留下他一个人在一个牧场里，牧场只有一个老人家，老人家对他非常好，老人家也是打过猎的。钟泰一个人早出晚归去找猴子，非常辛苦。老人家给他说，猴子是住在野外不回来的，你这样怎么跟得上猴子？他就帮钟泰准备了四五天的粮食。

跟踪第一天，他根据树枝的折断，就估计金丝猴要在这儿住下了，他于是也在猴群的旁边撑开帐篷住下了。晚上，他发现有一只狼围着他的帐篷转悠，他没带枪，听到狼叫非常害怕，一夜未睡，但第二还是要跟着猴子走。可是他没跟上猴子，却被狼跟上了他。狼是一只孤狼，始终跟着他，怎么也撵不走。他不再敢跟踪猴，就飞跑着回到了牧场。

回去他就给老人家说了，说有一只狼跟上了他，围着他叫。哪知老人家说太好了，狼要吃东西，这只狼也是跟着猴子走的，你与这只狼就是两个同伴。钟泰就说，可狼会吃了我。老人家说没听说过狼吃人的，这儿的狼不会吃人。狼会集群，这个地方的动物没这么多，所以这里的狼不集群。如果狼叫唤，是呼引同伴，表示我在什么位置、你在什么位置。结果没有唤来别的狼，就证明狼不多，在一起吃不饱。

老人还教他，如果狼跟上你，你就在帐篷外烧一堆火，野兽见到火就不会来了，你不用害怕。

钟泰再跟踪，第二天他跟上了猴子。一连跟了 7 天，那只狼也没有伤害他。他弄清了这群金丝猴在哪些地方转，地方叫什么地名，都详细地记录下来，然后回来报告给龙老师，他也获得了许多经验。比如，每一次野外找猴子，只要看到金雕、林雕在盘旋，猴子一定在这个区域，如果过夜时旁边有狼的话，猴群也一定在旁边。

1992 年，龙勇诚老师和美国加州大学博士柯瑞戈，跟世界自然基金会一起在叶日的崩热贡嘎建立营地，对滇金丝猴进行了三年的野外研究。拍到了第一张家庭式的照片，一只公猴、两只母猴带着三只小猴。以此确定它们是群居的、以家庭为主的、雄性主导的父氏社会。钟泰也参与其间。

钟泰说，他在野外工作的过程中，国外的科学家有许多值得他们学习的东西。他们一般是前 15 天跟踪，下一个 15 天整理数据、补充食物，用七八天对栖息地的植物进行鉴定。

两三年的时间基本搞清楚了这个物种，比如，生活在什么地方，包括下雨，下雪住哪里，有什么物候、感应，毛的湿度变化；又如，要下雪的前三天，金丝猴就会从阴坡的针叶林，跑到阳坡的阔叶林里面，以躲避风雪。

在对滇金丝猴进行跟踪、监测研究，钟泰一直坚持在高海拔的原始森林与滇金丝猴生活，从来没有下过山，其中度过了 3 个寒冷的大雪封山冬季。他与龙老师他们首次系统地披露了滇金丝猴的生活习性，也创造了白马雪山的抗寒饥饿纪录，在大雪封山的日子，每顿一个洋芋，熬过了零下 20 多摄氏度夜晚垫子下结冰的日子。

钟泰和他的战友们常常是连续几个月住在大树下的临时棚子里。我看过他与专家和工作人员多年前在大山中的合影，背着沉重的背包，拄一根竹棍，穿着帆布力士鞋，常年在海拔四五千米以上的高山行走跋涉。他走遍了滇西北到藏南的2万平方公里区域，在野外的营地里，他刻苦向专家们学习，与龙勇诚等专家一起，发表了10多篇高质量的论文，渐渐成了滇金丝猴专家和林业专家。

1996年，德钦县砍伐木材创收，各么茸砍完了，要砍施坝林区，但那里面有一个滇金丝猴种群。这让专家们非常担心，于是他们联名给当时分管林业和环保的副总理宋健写了一封信。很快，宋健批示，林业部和国务院都来了调查组，这样阻止了一次生态灾难，保护了一个滇金丝猴种群。德钦也就成了第一个天然林保护县，财政全额拨款，不再砍伐创收。

1996年，中国大学生组建了一个大学生绿化营来德钦考察，钟泰与他们一起考察调研，向他们学习到了很多东西。

1997年，是他人生的转折。他得到了一个系统学习的机会，西南林业大学有个荷兰的项目，是自然保护区管理的专业，专科3年，脱产学习。领导让他去，他虽然是初中毕业，但在跟踪、研究滇金丝猴的这些年中，有了许多实践经验，刚好觉得理论水平不足，这真是千载难逢的机会，他非常珍惜。进入大学后，认真学习了3年，拿到了大专文凭，2000年回到白马雪山保护区。

自2000年以后，在世界自然基金会“综合保护与发展”项目以及全球环境基金“林业可持续管理”项目的资助下，钟泰又全身心投入社区共管项目的实施活动中。他在降低和减少村民资源的消耗、提高当地居民生活水平、恢复生物走廊等方面边工作边研究，做出了突出的贡献。过去保护区单纯的保护方式，与依靠自然资源维持生活的当地居民产生了很多冲突，农民并不欢迎。但这些项目的开展，保护区的工作就由单纯保护向参与式保护转变，村村有人宣传、山山有人管理，这就是他们要的结果。

首先是对社区（村庄）进行改造，比如，饮用水问题，土地改良问题，品种改良问题，还有村民居住房屋改造，保护区给他们送去了打麦机、磨面机。这个项目当地政府也有相应的配套，这让老百姓愿意了。

对自然资源比如松茸、药材，有一个永续利用的问题。过去村民过度的滥采滥挖，致使资源越来越少。在调查的时候他们发现了一个谷龙坡小组，这个自然村做得非常好，每个人采松茸的收入能达到 2 万元以上。这是什么原因呢？后来发现他们保护自己的菌团做得很好，每个人都有自己的菌团，采挖后把所有的植被恢复，你看不出曾经采挖过。有个老猎人，年近花甲，他打猎的时候发现了很多菌团，为不让人知道，怕有人发现跟踪他，他走过的地方不留下脚印，有些地方他从树上走，像猴子一样荡来荡去，他一年的松茸收入有 4 万多元。

钟泰很受启发，保护菌团，才是永续利用之道。另外，他组织村民开会，建立一个共同的松茸市场。有了共同市场，就有了价格联盟，收购松茸的老板来的时间缩短了，也不可能到各家各户去收，去压价。所有老板都到市场里公开开价。而且规定直径 4 厘米以下的不能在市场上出售，如果发现就罚款。森林是国有的，但药材、松茸都是你们自己的，你不保护好，你这一代采完了下一代吃什么？

保护区帮他们管理松茸，也不要他们的，还帮他们巡护森林，不让外人来采。管理要求是采取“采 2 天休息 3 天”的办法，在休息 3 天之内，所有的人不得进入森林采挖。这样村民平均收入从 2000 元一下子增加到了 6000 元，老百姓的收入提高，山上的菌团也好了。他们每年的 9 月进行大巡护，把所有过度采挖的菌团恢复。

钟泰说，一个菌团是几百年几千年形成的，是孢子，很多菌丝连在一起成为菌团。有一个老人家讲，在路边有一个菌团，每一年都能采到 200 元钱左右的松茸。一个孩子拿着刀把上面的树枝砍了很细的一根，这儿就再也不出松茸了。这是为什么呢，就是不要动菌团周围的一草一木，这个是很神秘的东西，你动了一棵草，就破坏了它的微生态、它的小环境。这个老人叫白玛都吉，六十岁当上了村主任。钟泰在整个白马雪山保护区推广白玛都吉的经验，现在把这个观念带到了虫草的保护和羊肚菌的保护中，保护区一草一木都保护好了，才能有好收成。百姓得到了实惠，才有获得感。

还有鼓励村民养中华小蜜蜂，不准让意大利蜂进来。意大利蜂比中华小蜜蜂大，而且会攻击，甚至咬死中华小蜜蜂。白马雪山被称为花园之母，欧洲的花园里有大量白马雪山的品种。养蜂的好处就是生态好，有树有花，花通过蜜蜂授粉。

2008 年 6 月，他又发起并组织实施了滇金丝猴群的“迁地保护”行动。从 1988 年开始，叶日管理所辖区的唯一一群滇金丝猴因为生存栖息地遭到人为破坏，往北迁到保护区以外的羊拉乡境内的南仁、萨用自然村一带活动，给保护区的保护和管理工作上带来了困难。钟泰他们充分讨论和调研，决定启动“迁地保护”行动计划。通过艰苦的努力，猴群顺利完成南迁回家，迁回路程达 70 多公里。这一行动让他刻骨铭心，过程艰辛万分。

钟泰是 2010 年 4 月从德钦保护区分局调来的，任维西分局的分局长并创建了滇金丝猴国家公园。他说，通过建立国家公园，对他来说是一个对物种不断认识的过程。展示滇金丝猴，就是对它们进行近距离的研究。滇金丝猴是杂食动物，它有一个复胃，这也是很奇特的，灵长类的胃进化成了牛的胃。滇金丝猴的食物主要是松萝，它吃得多，为了消化这些东西，胃里培养了很多微生物、细菌。要通过不断地奔跑、跳跃它才能够消化。我们就明白了滇金丝猴为什么每天总是迁徙，换住处。

另外，他们在展示区有 70 只滇金丝猴，每天要吃大量松萝，不能浪费。但金丝猴就是要在奔跑中吃，边跑边将松萝放进嘴里，边跑边排泄大量的寄生虫，不停下来它们就不会感染。但展示区太小，它吃喝拉撒在这 0.2 平方公里的小块地方，一定要控制寄生虫的爆发。在展示区里，三四月时，很多猴子就病了，营养不良。这让他们意识到一个好领导的重要性，他们说要找一个懂猴子的人来做领导，就推荐了他，钟泰也想为滇金丝猴做一点儿事。他来之后见猴子都病了，就跟护林员余建华商量，余是将金丝猴引下山的第一人，当地的农民，但在保护区与金丝猴打了 10 多年交道，是“云南十大环保杰出人物”、迪庆州“金灵卫士”，也是滇金丝猴的土专家。钟泰问老余为啥会这样呢？老余说，在野外就没见过猴群在一个地方待两个晚上的，一年四季都是在迁徙途中。钟泰就与他们商量，把猴子从展示区的沟里迁出来，让它们至少一个月换一个过夜的地方。

后来通过对病猴拉稀的粪便化验，发现有很多寄生虫。这个区域，把70只金丝猴圈在同一个地方，营养也跟不上，造成大量的植物死亡，投的食物也很单调，营养结构不好。野外滇金丝猴会吃很多有毒的植物，以杀死大量肚内寄生虫。现在没吃有毒食物，当然寄生虫就会多。钟泰就问箐里的人，如果牛有很多虫了怎么治？他们就说喂肠虫清。于是，钟泰就给猴子吃肠虫清，可吃了西药母猴流产，有的公猴出现了恍惚的症状，精神不好，从树上掉下来。钟泰再问老余，老余说他们治虫用漆树子，漆树子是有毒的，吃了之后一个月，通过化验，寄生虫一个单片就减少了10只左右，个别猴子用西药来控制。以后，又问当地中医，中医说南瓜子杀虫也很好。南瓜子金丝猴喜欢吃，以后就用南瓜子和漆树子，达到了金丝猴野外寄生虫的水平。

另外，要进行食物的多样化，让展示区的猴子，有一半的时间自己去找食，除了投食以外，到了下午5点钟，去把它们召回来。过夜现在是两天换一个地方，钟泰他们的目标是争取像野外猴群一样，一天换一个地方。

现在为避免近亲繁殖，滇金丝猴国家公园里的猴群每个家庭都建立了数据库，数据非常准确。每一只猴子是从哪里来的？它们的父辈、祖辈，来龙去脉清楚无疑。对它们的家庭结构、社会形态、生活方式、繁殖方式有了很细致的了解。

钟泰讲道，有一天，有一只公猴在救护站，掏了站旁边一个鸟窝，趁人没注意的时候把几个鸟蛋吃了。他得知后就跟老余说，猴子吃鸟蛋证明它身体里缺这个，它们会不会吃鸡蛋呢？有一段时间还投喂过苞谷，但猴子吃了拉肚子。老余说，鸡蛋吃了会蛋白质过敏。钟泰说，咱们先试试。为了补充均衡营养，他们先是尝试着给猴子生鸡蛋吃，刚开始生鸡蛋吃了猴子会拉肚子，完全熟的它又不吃，就煮了半熟的喂它们，结果它们吃了，也不拉肚子了。从这以后开始，给猴子3天投一个半熟鸡蛋，加一些花生，这些猴子的体质就好了，毛色鲜亮。以前，滇金丝猴是3年一胎，现在很多母猴都是一年一胎，怀孕8个月左右，生育能力明显提高。

钟泰局长给我说，在响古箐，有一个野外猴群，有将近500只。在展示区的，2015年出生12只，成活10只。2017年，出生8只，全部成活。2018年已经出生10只，全部成活。为了保持种群的基因品质，钟泰他们在尝试将展示区的公猴放到野外金丝猴群中去，现放了公猴群19只，通过观察，全部融入野外猴群。

我问他在野外工作的危险，他说他碰到了很多雪山蝮蛇，这是一种剧毒蛇；还经常碰到狗熊。有一次最险，晚上在冷杉树下烤火，有老乡和同事。一头老熊闻到烟火味就来了，钟泰的同事与他对面坐着，看到一头老熊突然出现在钟泰背后，只有1米远。同事不能大声说话，就小声对钟泰说，要他别动别叫，后面有东西，钟泰就明白了。如果你突然惊叫，老熊受到惊吓就会攻击人。熊一直在后面1米的地方，僵持了一段时间，大家一声不敢吭，后来熊才走了。还有碰上鬣羚产仔，就在他们必经的道上。强壮的鬣羚护仔心切，很容易对人袭击，要穿过它们很危险。有一次，他们到了悬崖边，却因为鬣羚挡道回不去，他们就跑，鬣羚紧追不舍，他们忙爬到树上，鬣羚就拼命撞树，大家死死抱着树，过了半天鬣羚才走。

有一次，他们3个人跟踪金丝猴，将包放到路边，跟踪一会儿回来怎么都找不到包了。为了找包，他们在山里2天1夜，没吃没喝，严重脱水，他们露宿在悬崖边，狼又跟上了他们。好在有野外生存的经验，只要不倒下，一直往山下走，能看到路，就会有救。那次就是碰到一个放牧人，他们才得救的。

还有一次是差一点儿在帐篷里憋死了，他们在帐篷里面睡觉，一般睡觉是不能将拉链全部拉上的，要有新鲜空气进来。一个同事喝酒以后，神志不是很清醒，就把帐篷全部拉紧了。睡了一会儿里面就没有了氧气，钟泰憋醒后挣扎着拉开拉链往外爬，再把醉酒的同事拖出帐篷，才捡了条命。

在白马雪山保护区，钟泰有一个外号，叫“钟泰叔叔”。说起来，是一段让人心酸的故事。因他长期在山上跟踪金丝猴，儿子在老家生下后他没回去，儿子会说话、会走路了，却不认识他，藏在母亲身后，一脸陌生地叫他“叔叔”。钟泰说，家里有3个老人，两个孩子。都是他老婆尼玛拉初带大的。这个“叔叔”却从一个初中生，成了让孩子们骄傲的滇金丝猴专家，成了云南生态保护的功臣。

中午，钟泰老婆尼玛拉初给我们做饭，我问她，跟了老钟后苦不苦？她淡然一笑说不是很苦。现在孩子们大了，老婆就跟着钟泰到了响古箐，照顾钟泰，也做一点儿民宿。在这个六月，我们还要烤着火吃饭，午餐很简单，一个凉拌黄瓜、一个青椒炒肉、一瓶老干妈，但很好吃。看得出来，这个为滇金丝猴和保护区做出了巨大牺牲的女人，非常能干，她的贡献同样很大，值得尊敬。

钟泰和滇金丝猴结下了奇缘，因而他获得了第八届全国“人民满意的公务员”称号，荣获第七届阿拉善 SEE 生态奖。

雪山·森林·伊甸园

如果你在黑白水林业局修复的14080亩人造森林中，向玉龙雪山仰望，这座绵延、高大的雪山是另一种庄严的体型，仿佛触手可及。浩荡的松林伸展着它们的枝干，烘托着群山。森林茂密，树木粗壮，阵阵山风吹来，激起呼啸的林潮，气势壮观。可是，谁能想到，这里曾遭受过一场火刑，1999年3月4日，甘海子与玉湖村之间突发森林火灾，3位参与扑火的干部被大火吞噬，让这美丽的山冈成为悲恸之地，也成了不毛之地，一片灰烬残烟。

今天，我走进玉湖村和甘海子，这片人工造林地，有一块石碑，是玉龙纳西族自治县立的：森林北至干河坝山梁，南至玉湖长流水大沟，东至保护点山脚，西至雪山岩裸地。

雪山，就是指玉龙雪山。

金沙江是长江上游，别称“丽水”，古时认为金沙江源于青藏高原犁牛石，而称“犁水”，后因“犁”“丽”谐音，写成“丽水”和“丽江”。

丽江之美，美在古城，但更美的是它的森林、雪山和湖泊。

我曾在金沙江边，写过这些句子：“虎跳峡谷，万兽犹斗。纵然荒吼，群山不应。长江万里，唯你血性。水尤如此，人何以堪。”

我在丽江至迪庆采访途中，录下了虎跳峡奔腾凶暴的水声和视频。我写此文时，在安静的书房听这混乱咆哮的声音，这自然的声音，听力量和愤怒。莫名的，被什么东西激怒过的，日夜不息的狂喊乱叫的水声。水从哪儿来的？水在石头周围分裂出无数图案，水在夺路而逃。无数潜藏在水中的浊龙，扭动着它们凶悍的躯体，在水里钻来钻去。它们是这个峡谷的主宰，千万年的荒兽。我想起在1985年欲征服这条古称丽水的金沙江，却在虎跳峡殉难的尧茂书，我至今记得他临行前的神情。他投入水中，浊龙瞬间将他吞噬，那些水中巨大的石头将他密封的羊皮筏子撕得粉碎。就是那些石头，狰狞了1亿年的江中巨石，就是在某一天等待敢于挑战它的人。一块儿又一块儿石头，不可战胜。自然，不可战胜。这也许是一个象征和寓言。

丽江这块土地十分古老。我走在丽江古城中，踏着八百年的路，八百年的石头。是麻石，风化得太厉害，已经凹凸不平，按现今的标准，根本不能称为路，不能成为街道的组成部分。磨鞋，再好的鞋也会磨秃磨破，比刀还狠。但正因为有这样的路，让我一下子回到八百年前：马帮的铃声在早晨清寂的街道上走过，店铺的排门没有打开。薄雾在街巷流溢，纳西人的炉子也没有升起炊烟，矮脚马打着响鼻，他们大包的货物是通往远方古道的沉重风景。卖草场的小街，当地人叫它“日其塘”，这片狭小的空地是马帮添加草料的地方，也是歇脚休整的地方。骡马在这里成群，驮上新鲜的草料，而马帮的人们抽着烟，在这里说着话儿。全是熟人，也不全是。交易，坐着，暂时卸下大包的茶砖、布匹、药材、玉石、烟草。从很远的地方来，到很远的地方去。卖草场的气味是新鲜草料的气味。应该有马粪，还有马的叫声，马打斗的声音和寻找配偶的声音。马锅头（马帮的头领）臂上的银饰闪着权力的光芒。黝黑精瘦的人们，长途跋涉的行者。

这古老的路，也许是最美的。因为行走慢，所以美。

从玉龙雪山上的水流下来了，穿过街道，在每一家门前流过，它们日夜不停，汩汩而行。傍水而居的人，每天看着它们，听着它们，嗅着它们玉洁冰清的气息。每天，雪被分解成流水的声音，那么多，冰雪自然融化了，成为流水。

你在城里一抬头，就会看见玉龙雪山。

丽江是我国著名的林区，也是生物多样性突出的区域。但当年过度的砍伐让丽江和金沙江流域的森林资源破坏殆尽，满目疮痍。现在，你经过虎跳峡镇的红旗村，山坡上还残留着一排排触目惊心的伐桩，那是森林被毁后的残垣断壁，好像还能听见这些死去森林的哭泣。

长江流域水土流失面积从 20 世纪 50 年代的 36 万平方公里增加到 90 年代初的 56 万平方公里，仅金沙江流域每年流入长江的泥沙就达 2.6 亿吨。水源涵养功能破坏严重，水资源危机日益逼近。因为竭泽而渔的砍伐，森工企业资源枯竭。1998 年，国家“天保工程”彻底改变了伐木者的命运，丽江成为国家实施天保工程的重点地区之一。

2001 年，在遭受大火不到两年的雪山里，黑白水林业局的工人们，开始了重新绿化这片废墟的战斗。

玉龙雪山，是著名旅游胜地，是丽江的重要水源涵养地，生态修复好了，饮水才有保障。当时，每天有 200 多匹骡马和 200 多人在山上种树。在蚂蟥坝，人与骡子上去，人的脚上会爬满旱蚂蟥；骡子也是，被蚂蟥咬得四处乱跳脚。但每年就是 80 多天时间种树，刚开始，在玉龙雪山上，真是千军万马种树忙。栽了树，还要双保险，进行飞播。

这里主要种有云南松、高山松、云杉、冷杉等。这也是过去山上的土著树种，但经过这些年的人工生态修复，现在的自然生态也出现了。我们在这片森林里看到了自然生长的马桑、黄连花（鸡脚刺）、酸浆草、各种蕨类植物、龙爪菜、狼毒、荚蒾、火棘、紫菀、短刺栎、野棉花、野蔷薇、象鼻洋参、南星、茶藨子（灯笼果）、野牡丹、芍药、马缨草（霸王鞭）、金丝桃、金银花、薄荷等。一些野兽、鸟类也相继回来了。六月，花开正艳，生物多样性正在恢复，一个火灾前的森林正在重现。

负责这片人工森林管理的是白沙镇天然林保护工程（二期）管理所，我们中午在这个管理所就餐。这个管理所的所长是龚乐云，三十六岁，浓眉大眼，穿着橘黄色的护林员工作服。白沙所管理面积 19.4 万亩，龚所长是“林三代”，父亲跟爷爷当年从东北来的。这里的林业局工人，全讲东北话，是东北方言的一块飞地，有置身大兴安岭的感觉。

白沙管理所院子里干净整洁，虽是平房，但房子较新，院子里栽种有球白、茄子、豆角、西红柿、大蒜、莴苣，还有结了果实的桃子。龚所长说，他们在管理所后面有一大片桃树。在他们的厨房里，挂着腌制的腊肉。所里有 11 个职工，不是“林二代”就是“林三代”，两人一间寝室。

我在云南见到太多的护林员，大多晒得黑红，身体健康，双手粗糙，声音洪大，有一种在森林中生活的野劲儿。当然，这与他们是东北人有一定的关系。但在森林中生活的人，性格爽朗，心直口快，行动迅捷。而且个个忠于职守，有献身精神，为管护好一片片国家的森林，他们把生命耗在了林海中。

龚所长说，他们的工作就是管护，在 12 月到来年的 6 月，是云南的旱季，防火高峰期，没有周末，节假日不休息，中午带着馒头上山，防野火，防盗伐，防病虫害。大年三十没有人回家团聚，管理所就是家。他在所里有 15 个春节，只跟家人吃过两次团圆饭。一次是结婚那一年，新婚的他在家里陪家人吃了一顿春节团圆饭。还有一次是春节前夕刚好下了一场大雪，防火压力得到缓解，他在大年三十晚上，回到家里与家人团聚。“虽然苦一点儿，看着山越来越绿，水越来越清，心里也是蛮高兴的，因为这就是我们保护的结果，就像自己的家里非常兴旺的一种感觉。”

他给我说，这几天到了雨季，可以松一口气了。他们每天的巡护里程一个人有 80 公里，骑摩托；路好点的地方，驾驶北京 212 吉普。他们也聘请了 53 名分片包干的农民护林员。在旱季高火险期，他们会带着睡袋住在山上，观测火情。2012 年 4 月，气候异常干旱，出现了火险，他们 28 天没有下山，睡在车里，没有吃的，送饭的找不到他们在海拔 3000 多米的地方，晚上烤火挨过一夜寒冷。

我们的午餐在管理所的廊檐下摆开桌子，满桌都是他们自己种的菜，有炒白菜、土豆片，有蒸腊香肠、蒸腊肉，有煮黄瓜。蒸腊肉太香，杨局长说，他们局里有个养猪场，每年杀年猪后，每个所要分四五头猪肉，这也是为了改善护林员们的生活。

吃饭时，甲子天保管理所的所长邓启飙也来了，1966 年出生的他，是“林二代”，当技术员的父亲是从塔河林业局调过来的。他所在的管理所在玉龙雪山的核心景区，海拔 3090 米，也是 11 个人。他们管护有 13.4 万亩。邓所长是黑白水林业局的先进典型，他过去抽烟喝酒都厉害，但为了当好这个所长，克服多年的嗜好，白天戒了酒，只有睡觉前才喝上一杯。老邓的房间里，全是瓶瓶罐罐，泡的是从山上森林中采的药材，什么石斛、五味子。在景区，邓启飙晚饭后还要开车出去巡查一次，必须等游客全部走完，看有没有火险，之后回到所里，到晚上 11 点以后，才会打开心爱之物，喝上几盅。因为在高寒山区，加上护林工作孤独，又加上潮湿，邓启飙才爱上酒，每天最高可喝一斤半。苞谷酒、大麦酒、青稞酒，都喝。老邓说，他过去是伐木队有名的油锯手，“天保工程”后，从森林杀手变成了森林卫士。

老邓陪我们到达了玉龙雪山保护最好，也是云南最好的原始森林云杉坪。

他手指着山谷对面的山，叫东山梁子，是一个汉族村庄，不远是牦牛坪，藏族村庄。但见云杉坪目力所及处，全是苍茫林海，玉龙雪山昂首挺立，所有的森林都拱卫着它。云杉坪在玉龙雪山自然保护区东麓，这儿海拔 3240 米，古云杉在这块巨大的草坪周围漫漶生长，黑郁不可名状，朽木倒伏，苔藓如毡，松萝飘荡，野花满谷。而抬头就是玉龙雪山的主峰，冰雪已经拖曳至此，冷风如割，全是山顶吹下的雪风。

玉龙雪山从最低的虎跳峡到最高峰扇子陡，分布有暖温性河谷灌丛、山地湿性常绿阔叶林、山地落叶阔叶林、暖温性针叶林、高山杜鹃灌丛草甸带、高山流石滩冻荒漠植物带和现代冰川。玉龙雪山在纳西语中被称为“欧鲁”，意为银色的山岩。13 座冰清玉洁的雪峰连绵不断，如一条巨龙凌空飞舞，所以称为玉龙。而云杉坪纳西语称“游午阁”，意思是“情死之地”，又名锦绣谷。这个锦绣谷是年轻纳西族男女旧时的殉情之所，传说凄美绝伦。

这块原始森林是如何躲过几十年的砍伐保护下来的，这让我有几分好奇。问及此事，老邓说还是因为这儿山高路陡，砍了也运不出去。云杉坪在国际上有巨大影响，被称为“中国的伊甸园”，是世界级的浪漫之地，许多外国人常年在此流连不去。

云杉坪主要有丽江云杉、川滇冷杉、帽斗栎、铁杉、吴茱萸五加、篦齿槭、短梗稠李、蕨叶花楸、桦叶荚蒾、云南杜鹃等。

我们沿着草坪边缘往前，成群的绵羊在吃草，或者闭目在大树下歇息。

邓所长给我讲他在伐木队工作的情况。当我看到一棵笔直的大树惊叹时，他却说，这棵树不成材，中心是空的。我问其故，他说，别看它粗大，我们一看，就知道它空了，叫它次加工材，就会留着。你看，上面分了叉儿，再敲，发出嘣嘣嘣的声音，就是空的。我用石头一敲，果然嘣嘣有声。如果中心是实的，不会有声音。

这里有成片的红色报春花，有白色的鬼针草花，有漂亮的弯曲花萼的象鼻参，有三叶委陵菜，有碎米子花，还有许多不认识的花。在古树和野花间，我看到许多对在此拍摄婚纱照的年轻男女，他们的丽影倩姿在玉龙雪山和原始森林中闪现着青春的光芒。过去纳西族青年男女的殉情处，如今婚纱摄影的热门地。这雪山之中长满了奇花异草的仙境森林，这幽静、神秘、深邃、幸福的花园，正是我们早已失去的大自然乐园，它深藏在丽江、深藏在玉龙雪山的温暖怀抱，它的确是属于世界的人间乐土伊甸园。

候鸟聚集拉市海

在拉市海自然保护区管理局四合院里，有一块人造的小湿地，水、水草、游鱼，还有一只灰鹤，它在这块小湿地上悠闲漫步，右脚有点打瘸，不细看看不出，身材修长，羽毛灰白，它仰着头时，神情多少有些孤单落寞。

这只灰鹤的故事，得从 2017 年 4 月讲起。灰鹤来拉市海一般是 10 月，来年的 4 月份，大部分灰鹤就会迁走，去北方繁殖生活。2017 年 4 月 15 日，保护区观测到还有 15 只灰鹤没走，快到月底时，依然还有 4 只灰鹤在此，这是很奇怪也是从未有过的现象。监测站工作人员仔细观察这个灰鹤家族，就是 4 只鸟，赖在地上不愿飞起，发生了什么？工作人员终于发现地上有一只小灰鹤受了伤。从望远镜里看，小灰鹤右脚受伤，走路瘸拐。到了 4 月底，只剩下 2 只了。也就是说，其他都飞走了，留下照看小灰鹤的是母鹤。但过了一天，工作人员看到就只有小灰鹤了。因为这只小鹤不能再飞起来，万般无奈之下，母鹤放弃了努力，必须飞到北方去，狠心丢弃受伤的小鹤，独自飞走了。

保护区工作人员接到电话，说村民在地里干活儿时，捡到一只受伤的小鹤，在地上挣扎扑腾。工作人员将小鹤带回来，经检查，小灰鹤左翅受伤断裂，还在流血，右脚也断了，医护人员对它进行了紧急救治，精心照料一段时间后，小灰鹤的伤终于好了，但断翅不能再飞翔，就只好永久地留在了拉市海保护区，将这儿的一方小水塘当作了自己的家，工作人员对它很好，每天都有丰富的食物，用小鱼、小虾供它。

何俊祥书记说，他们分析，这 4 只鹤是在迁徙途中，小鹤受伤，慢慢飞过来，就落地在拉市海，想让小鹤养好伤再继续飞行，但小鹤伤情太重，越想飞起伤翅越坏，无法愈合。4只灰鹤是个小家族，为了这只小灰鹤，它们掉在迁徙大部队后头，等待小鹤能重新飞起来。有农民和观鸟者观察到3只大灰鹤做了多种努力，在空中呼唤、盘旋，鼓励小灰鹤飞起来。好心办了坏事，小灰鹤几乎没有养伤时间，不停鼓翼，伤情越来越重。他们说3只鹤中的2只离去时盘旋悲鸣，声音凄怆。母鹤留下还照顾了小鹤一天，最后也是迫不得已悲叫而去，恋恋不舍。

拉市海是云南省第一个以“湿地”命名的自然保护区，可见在云南所占位置的重要性。这里海拔2500米，是国际上候鸟迁徙的三大通道的中心位置。湿地范围包括拉市海、文海、吉子水库、文笔水库四个片区，总面积6523公顷，其主体部分拉市海片区，面积有5330公顷，这里的高原湖水清澈见底，天空一尘不染，大片的湖水、沼泽和草场，气候温暖，候鸟冬季选择在这儿栖息、觅食，是上天对它们的恩赐。

“拉市”在纳西语中是“新的荒坝”的意思。但这里已不是荒坝，是国内热门旅游地，国际观鸟胜地。

我没有冬天去拉市海看鸟的经历，但可以想象10多万只珍禽在拉市海与水天共舞、在高原共鸣的盛景。6月的拉市海依然美丽无比，湖中长满了翡翠般的水草，鸭在水中，马在草滩，一些柳树也在浅水里生长，风吹来，山苍绿，水透明，天宝蓝，云散漫。这空气和风的通透度，像是没有一样，让人也有一种透明渐无的感觉，与风和云一起融化了。高原的阳光照在吃草的马背上，鸭群和鸳鸯在晶莹闪耀的水面上嬉戏。一些鸥鸟和不知名的水禽在波浪上飞翔，翅膀轻点水面，又冲向天空，或飞到更远的水中。那些密集的水草间，有鱼在拱动。游艇切开波浪画出漂亮的弧形，红色和绿色的小船上，有情侣慢划着桨随波逐流，享受这高原湖泊静谧的美景。哪家的船系在湖心生长的柳树上，一阵马嘶，惊起几十只野鸭，它们扑棱棱地拍击翅膀飞走了。拉市海的水在草滩间纵横流溢，绿色的草毡像是千百个漂浮的小岛，风吹草低，一直浪到遥远的天尽头。

远来的候鸟们会在10月底准时到达拉市海，12月底到次年的2月为候鸟最多、种类最齐全的时候。最高监测到候鸟数量有12万多只，随处可见灰鹤、白骨顶鸡、赤麻鸭、鸬鹚、鸳鸯、苍鹰、红隼、黑鹳、秋沙鸭、黑颈鹤等。这些五颜六色的鸟儿，仿佛是空中飞来的天使，叫着，舞着，让拉市海的美景更加动人心弦。2004 年 12 月，拉市海被确定为国际重要湿地。

保护区的 4 个片区，是在一个水系，就是金沙江水系，以及根据候鸟的栖息地进行划定的。这个湿地保护区在全国绝无仅有，在 5000 多公顷的水域和农田的环境下，每年有 10 多万只候鸟来此栖息，有鸟类 236 种，水禽 96 种。国家一级保护鸟类有中华秋沙鸭、黑颈鹤、白头鹤、黑鹳、东方白鹳、白尾海雕、金雕、林雕等，国家二级保护鸟类有白琵鹭、黑鹮、大天鹅、小天鹅、鸳鸯、灰鹤、棕背田鸡等共 37 种。是我国西部地区湿地生物多样性分布的重要地带，湿地内物种繁多，生态系统类型多样。动植物非常丰富，保护区共记录到鱼类 25 种，两栖爬行动物 31 种，浮游生物 133 种。湿地植物分布有沼生、挺生、浮水和沉水植物，湿地维管束植物 93 种，我国濒危植物海菜花及海菜花种群很多，还盛产拉市鲫鱼，被称为丽江聚宝盆，这个湿地系统在全国也是独一无二的。

保护区水域有 1002 公顷，其他土地是村集体的土地，经营权使用权是老百姓的，保护区与农民的生产生活不可避免地产生了矛盾，社区、景区、水库库区、自然保护区交织在一起，这一点在全国也是仅此一例。他们实行的是权属不变，统一管理，理顺关系。用自然保护条例、物权法维护各自的利益。抓手就执法与监管。关于项目建设，要保护，也要发展。湿地修复时，造一些生态景观，同时给候鸟提供安全栖息地。他们做过监测统计，在湿地植被修复前，在这一区域，仅记录鸟类 35 种，通过植被恢复和采取围网措施后，鸟类的食物充足，人为活动的影响减少，成为斑头雁、灰鹤等水禽的夜栖地。陆续发现了反嘴鹬、小天鹅、东方大苇莺、栗耳鹀等保护区鸟类新记录种。在人工湿地修复的同时，对村庄的污水、化粪池的净化，再通过人工湿地的二次净化，达标后排到拉市海。

候鸟监测，对候鸟进行环志，候鸟环志是用来研究候鸟迁徙动态及其规律的一种重要手段。鸟环上面刻有环志的国家、机构、地址和鸟环类型、编号等。环志是保护区重要的工作之一。

拉市海的保护，让许多候鸟变成了留鸟，因为这里的植被丰富，食物充足，比如，留住了 300 只斑头雁，它们不再长途迁徙，将他乡当成了故乡。

拉市海的定位，就是丽江的后花园。这里有小桥流水，鸟语花香。现在拉市海每天还要为丽江古城供应 3 万立方米的水，主要是景观用水和农业用水，作为古城水源的补充，拉市海的生态环境保护对于丽江非常重要。现在这个保护区按照国家公园管理，比如，控制游船，减少骑马。因为游船的声音很大，音乐高分贝，惊扰了鸟儿们的生活。他们还聘请了 22 个生态协管员，都是在村子里找的，过去他们都是捕鸟高手，现在成了护鸟能手。他们在生产生活劳动中可以顺便巡护，一旦发现问题就进行处理，这些协管员每个月有 800 元钱工资。

过去，没有保护区的划定，生态意识差，生活贫困，这里的村民到了秋冬，以抓鸟为主要的经济来源，有的村民一天就可毒杀 2000 多只鸟，全家五六口人拔毛都要拔一整天。渔民在湖里下网捕鱼，爱扎猛子的水禽扎下去缠住网就没了性命。如今，这种情况再没有发生，拉市海成了越冬候鸟的天堂乐园。

拉市海湿地鸟类的密度与种类是全国最多最大的，密度每公顷达到 20 只，按水面面积，每公顷有 78 只。冬季候鸟区用部队集结来形容，铺天盖地。一年下来经过这儿的鸟不下千万只。要吃很多种生物、庄稼，保护的难度很高，群众付出的代价也很大。好在，纳西人对自然爱护有加，对水充满感情，他们笃信人与自然之神“署”是同父异母的兄弟。“署”住在水域，所以纳西人视水源为“署”之家，给水中鸟也赋予了神性，就是吃了庄稼，也不会伤害它们，一个民族的生态信仰也是拉市海保护的基础之一。

如今，拉市海又新发现了 3 个鸟的品种：钳嘴鹳、灰椋鸟、彩鹮。这种轰动一时的新闻，在拉市海经常出现。纵然世界上的鸟都会聚在此，也不是什么稀奇的事。那些曾飞过千山万水的候鸟水禽，它们吞云吐雾，却不染风尘，长途跋涉，却依然冰肌玉骨，它们如此优雅地来到这每年的生命驿站，翩然落下，度过明媚的冬天，宁静的日子。鸟是一种风水，鸟象征着一个地方的风水。丽江和拉市海，是那些天空精灵的梦幻暖房，风水最佳之地。

大乡愁的腾冲

腾冲在高黎贡西麓（南段）。这里的群山从天空俯冲直下，像一条斑斓巨龙，从世界屋脊西藏念青唐古拉山脉呼啸而至，将高黎贡的气质一下子擢升到奇崛雄峻的境界。古老的秃杉，古老的大杜鹃花树，古老斑驳的被遗弃在高山密林中的茶马古道，千百种鲜艳美丽的鸟类，千百种珍贵的动物，扭角羚、蜂猴、白眉长臂猿、孟加拉虎，在飘浮的云雾深处，在厚重的青苔上，在漫长的雨季里，在蜿蜒奔腾的河流和地热、雪山的伴随下，既古老也年轻地活着，既黯旧也新鲜地活着，既沉默也响亮地活着，活成人类追怀的最后一片净土，活成地球生物最后的挪亚方舟。

高黎贡是世界奇观的“三江并流”——世界自然遗产的核心组成部分，高黎贡因为太高，阻挡了来自印度洋的暖流，像母亲张开双臂，形成的U形地带，保护了这里所有活着的生物，这里藏着天地的大慈悲。

在古代，高黎贡山是隔绝与天堑的代名词。古人们体验到这座大山的险恶，连徐霞客也“慨然者久之”。然而，当交通的阻隔不成问题，人们面对着这巨大难攀的高山，看到闻所未闻的风景与禽兽、山川与河谷，才知道它已经成为我们这世界最为神奇的地方。在所谓“蜀身毒道”废墟上，留存的那些深刻的、显豁的人类足印和马蹄踏痕，那些无数次走过的人，感受到的是惊险而又诱人的旅途，是毒道之毒，是诅咒和无奈，血和泪交杂在一起的辛酸羁旅。但他们一定热爱这里的一切，不然不会把他们与骡马的脚印年复一年地拓踏在这里，告诉后人，这条路是他们一生的欢乐与希望。

100年来，国内外专家们在这里驻扎出入，他们的成果告诉我们，因动植物资源丰富，高黎贡山是“世界物种基因库”“世界自然博物馆”“生命的避难所”“野生动物的乐园”“哺乳类动物祖先的发源地”“东亚植物区系的摇篮”“雉鹊类的乐园”……

高黎贡还是云南八大名花的故乡。

高黎贡本来在发现之初是属于一个景颇族高黎家族的，这个家族可能在古代势力庞大，掌管着这片云水苍茫、波澜壮阔的大山，但这只是名字来由的一种说法，高黎贡天生是属于世界的。

高黎贡还有一个有趣的别称“大地的缝合线”。说它是在印度板块与欧亚板块镶嵌交接带附近，是两大板块碰撞挤压抬升而成的山体。

高黎贡国家自然保护区腾冲分局局长毕争说到高黎贡是世界动植物的挪亚方舟时，我大为震惊。他说这里是所有生命的避难所，因为高黎贡同时拥有热带、温带和寒带的各种气候类型，高黎贡最高峰是在高黎贡的北部贡山县丙中洛乡境的嘎哇嘎普峰，海拔 5128 米。它阻挡了孟加拉湾气流的东进，它的东面是大陆性气候，西面是海洋性气候。于是，各种森林植被类型，在高黎贡的垂直空间和咫尺横向空间里，热带、温带和寒带的动植物汇集一起。高黎贡山的南北走向，为冰河期向南迁移的动物提供了迁徙的通道。

高黎贡山目前已知有高等植物 4897 种，各种动物 2389 种。以鸟类为例，中国有 1300 多种鸟类，云南有 900 多种鸟类，而高黎贡山地区的鸟类就有 500 多种，占了云南鸟类的一半，中国鸟类的 1/3 还多。高黎贡还是特有物种极为丰富的地区，已知有高黎贡山特有植物 434 种，特有动物 12 种。这 446 种高黎贡特有物种是指在地球上，只有高黎贡山才有，别的地方没有。如羚羊、黑麂、孟加拉虎、云豹、白眉长臂猿、白尾稍红雉、绿孔雀等野生动物，有珍稀濒危保护植物秃杉、桫椤、大树杜鹃、十齿花、白菊木、长喙厚朴、云南红豆杉等。

腾冲是一个有 88 处温泉、99 座火山的城市，这个城市的雨水太多，多到让人快发疯的地步。难道不能住一会儿吗？每天我都是在雨中采访，文联杨主任说，在腾冲有时会下一个月的雨不停。我在保山和腾冲的五六天里，就是这样，没有一刻停过。这样的雨像是天河破了个口子，就这样倾倒着，像是一个不会枯涸的巨大瀑布，朝腾冲的头上无休无止地泼来。他们告诉我，腾冲这地方，平常上班包里都要带一把雨伞。也许到了雨季，但这样的雨水淋在这块土地上，还有什么不可生长的呢？文联主席李成文说，这里随便坐一下都能坐着3种草药。这里植物丰富，是中草药的宝库。在腾冲还有一种说法：一个人的大理，两个人的丽江，一家人的腾冲。因为这儿适合全家人度假，腾冲是度假的天堂。

局长毕争的手机里，全是高黎贡的动植物。他拍的红颊长吻松鼠、树鼩非常漂亮。他听说我去了百花岭观鸟，他说腾冲高黎贡这一块的鸟比百花岭还多。我在他的手机里看到他拍的血雀，血红的颜色，多么漂亮的仙鸟，为什么在这神奇的高黎贡存在着，天下在哪儿能见到这么美丽的仙鸟呢？它们诞生于何时，又是如何轻松地活到如今？毕争的手机里蝴蝶的种类五彩缤纷，他说蝴蝶在高黎贡有多少种，现在还数不上来，在来凤山，2平方公里不到，他就拍到了106种。蝴蝶是指标性物种，有污染的地方蝴蝶是不去的，而且蝴蝶对气候也很敏感。关于鸟，他已拍到386种，年底就会达到400种。他说到高黎贡是地球物种的诺亚方舟，他解释说，即使世界上的物种全部消失，靠高黎贡的物种，可以重造一个生机勃勃的地球。现在的情况是这样的，地球的物种每天都在消失，而高黎贡天天都有发现新物种。

他说比方两栖类动物，以“腾冲”二字命名的就有腾冲掌突蟾、腾冲拟髭蟾、腾冲黛眼蝶、腾冲青凤蝶。还有红鬣羚、羚牛（高黎贡亚种）、云猫、菲氏叶猴、小熊猫、白眉长臂猿，这种长臂猿严格实行一夫一妻制，繁育能力低，很注重群体间的感情，它们只生活在原始森林的大树上，从不到灌木丛和人工林来，如果森林砍伐，剩下灌木和人工林，它们就往更高海拔的森林走。也就是说，它们的存在，代表原始森林的存在。

说到高黎贡腾冲段的珍贵鸟类，毕争局长如数家珍：白尾梢虹雉、血雉、宽嘴鹟、金枕黑雀、斑胁姬鹛、大杜鹃、戴着小红帽的栗头地莺、红眉松雀。他在手机上调出图片，他拍到的火尾太阳鸟，长长的红尾，真像一道火光。

毕争局长不仅是保护区的管理者，也是一个业余的鸟类研究者、蝴蝶研究狂，热衷于户外运动。他跟踪白眉长臂猿常常在山上待十天半月，每天5点起，6点开始观察长臂猿，他碰到过老熊，但都能化险为夷。他说拍鸟要拍鸟的眼睛，没拍到眼睛就是废片。鸟是用眼睛与人交流的，你在与鸟的无声交流中，什么烦恼都可以忘记。拍鸟人是爱鸟人，他说他有一次杀鸡，看到鸡瞥了他一眼，好像在求情别杀它，那眼神让人难忘，从此，他再也不杀鸡了，他下不了手。

我说到在百花岭侯体国那儿，听他说凡是打鸟的后来都会瞎眼，毕局长说这事是有的，人与动植物的因果关系在山里发生的事很多。据他了解的高黎贡的猎户，百分之百的家庭是不和谐的，是困难的，一生会遭遇到各种劫难。他们村一个人，喜欢打鸟，73颗铅弹打了74只鸟，一枪双鸟。后来老了不打了，有一次在山上，树枝戳到了眼睛，一只瞎了，瞎的那只就是瞄准打鸟的那只。凡打鸟的后来眼睛都不好，叫雀蒙眼。在湖北也有这种说法，雀蒙眼就是打过鸟的。

云南八大名花的故乡就在高黎贡。比如云南山茶，以腾冲的红花油茶最壮观，如果你在春节前后到腾冲来，一定会看到漫山遍野的油茶花，简直是花海，有云南山茶出腾冲之说。

都知道高黎贡有大树杜鹃王，高黎贡的杜鹃可以从春节一直开到8月，花期长，本土的杜鹃就有60多种。一共有200多种杜鹃，从山脚开到山顶。西方人百年前在高黎贡发现大树杜鹃轰动世界后，1982年4月，在大塘大河头以北的高黎贡山山腰，中国科学家发现了大树杜鹃群落。在面积为0.25平方公里的范围内，有40多棵大树杜鹃，胸径1米左右的有12棵，这是一个深藏不露的、盖世无双的杜鹃王国。

人们熟知的那个英国的植物猎手乔治·弗瑞斯特，他的名字与大树杜鹃连在一起，此人在高黎贡山里跋涉几个月，见到壮丽的大树杜鹃后长跪不起，成为一个老外对中国古老植物折服的案例。这个人多次将高黎贡山的数千种植物标本带回英国，以装点皇家植物园。有一句话说，没有中国的杜鹃花，就没有西方的园林。他究竟弄走了多少杜鹃，不知道。瞿先生说，欧洲的杜鹃花雍容华贵，流淌着高黎贡高贵的基因。

高黎贡动植物的伟大血统，西方人最知道。

云南名花第三种是玉兰花，木兰科植物，这里是滇藏木兰，是木本花卉，几十米高的花，在早春凌霄开放。

报春花，高黎贡的品种非常多，有100多种，占全国品种的一半。

百合花，在其他地方，百合通常只开1—4朵，而云南这地方却不同，其中有一种大理百合，花开竟达三四十朵，高黎贡随处可见。

兰花在高黎贡更是丰富，高黎贡山称为兰花王国，而保山则别名兰城，保山民间很早就流传着“屁股一坐三棵药，脚走三步踩兰花”的说法。云南的兰花闻名世界，有100余属530种之多。

绿绒蒿，被称为世界名花，全球共49种，我国就有38种，云南17种。绿绒蒿花色艳丽、具有很高的观赏价值，在人们誉为“天然花园”的滇西北，高山峻岭之上，雪山幽谷之中，是绿绒蒿的繁衍生长之地。

龙胆花，云南有百余种。龙胆因“叶如龙葵，味似苦胆”而得名。云南有一种深蓝色的龙胆被引种到英国皇家植物园时，曾轰动一时。

在腾冲，除了大树杜鹃的故事，还有秃杉的故事。秃杉属国家二级保护树种，有林业专家在20世纪80年代说，秃杉大树在中国只有10多棵了。但他们不知道，腾冲到处都是，在天台山有一山的秃杉，尽是大树。这个发现震惊了林业部。天台山秃杉林现存870多棵，最大的约80年树龄，胸径达1.2米。实测单位蓄积量为每公顷1940立方米，成为单位蓄积量的“世界之最”，腾冲从此公认为“秃杉的天堂”。在腾冲的腾越镇罗绮坪村，有一棵古秃杉相传是大理国时代种的，称为“千年秃杉王”。此树经受过千年不断雷劈，但依然郁郁葱葱，枝繁叶茂，巍峨遒劲。

在和顺镇魁阁有2棵古秃杉，至少有500年的树龄，中华民国时有一豪绅欲将其伐做棺木，激怒乡民。当时任云南第一殖边督办的李曰垓，挺身而出，率众护树，写了一首《双杉行》长诗，有诗句说，“有敢伐者头可斫”。这种保护古树的气概，如护家人。

猴桥镇永兴村村民段自伍，特别爱秃杉，20世纪60年代，段自伍就在他的“老祖坟坡”种下了1000多棵秃杉，在他的带动下，永兴村就种下了300

多万棵秃杉。

我在雨中采访的新岐村也是一个爱栽树的村庄。这个村庄在分田到户时保住了集体山林，全村村民长期植树造林、绿化荒山。村庄周围的山头像原始森林一样茂密的树林，竟然是人工种植的。目前，村里已建成人工林 6.5 万亩的林场，还有大片泡核桃、红花油茶和板栗基地。每年集体收入近 300 万元，而农民人均纯收入 10860 元。种树的村庄不会穷，村主任闫生彪说，他们的老祖宗就教导他们必须世代种树。2008 年，村里就定下了种“3 棵树”：大泡核桃、油茶、银杏。这 3 种经济树种，还种有大量的秃杉、华山松、西南桦、傲霜青、木连、马蹄壳等，这几年，发展林下经济又种有草果、重楼等。这个村是全国生态文明村。闫主任说，绿水青山就是金山银山，他们体会最深。有了树，就有了钱，有钱后村里新修了路，重修了古镇，学生读大学都有奖励，老人都有生活补贴。他说村里在 20 世纪 60 年代就种有 800 亩的红花油茶，现在将这 800 亩交给村老年协会使用，油茶榨油，给他们买了榨油机。油茶一年老年协会赚 40 多万元，由他们开销。老人满六十周岁，只要加入协会，就可以得到所有福利。因为有了 800 亩油茶的经营权，这支老年队伍精神抖擞，在村里管环境三包，管市场统一经营，管卫生，还弄诗词歌赋楹联，把个新岐村弄成了全国生态文化村。

如今，这里因古朴的村子、参天的大树、淳厚的民风，而成了腾冲乡村旅游的热门地。

在沙坝林场陡山、鸡素洼林区，在莽苍无边的森林中，到云南斛健庄园的路完全泡在雨里，有的地方出现泥石流，车开过的时候必须小心谨慎。但这个森林中的石斛庄园，几公里的进园路两旁全是石斛夹道。这是一个石斛的世界，各种大秃杉上，也绑着让其生长的各种石斛；红花油茶上，更是寄生着茂密的石斛。石斛那么大，那么多，多到数不胜数，什么鼓槌石斛、大苞梢石斛、铁皮石斛、紫皮石斛……鼓槌石斛的花是透明的，是可以食用的，可以泡茶、煲汤。石斛在湖北神农架称为金钗，是延年益寿的神药，金钗中“人字钗”最贵，2 万元一斤，据说泡的药酒喝了会使人身轻似燕，石斛（金钗）的传说很多，据说长在悬崖绝壁之上，经受日月天光的照耀，下临深潭，有鼯鼠的照看才有仙气。

这里是石斛的世界，又不仅仅是石斛的世界。这里同样拥有森林、茶山、峡谷、乡村旅游的硬件都有。这里还有石斛文化科普体验区、游客接待中心、仙草谷观景区、石斛养生餐厅、石斛文化博物馆、石斛基因库、石斛景观大道。穿过一条条石斛小道，可以看到这里的森林十分茂密，上百年的秃杉林，蓊翠高耸，干霄蔽日，在秃杉林中，有数百个大酒坛放在这里，正是这个庄园酿造的石斛酒，让其云雾雨露成就这一坛坛好酒，等若干年后开封，一定是一坛坛仙酒。

我们喝上了一杯石斛茶，这茶有植物的味道，有一种远远的、隐隐约约的森林气息，一种清香。据负责种植的技术员小杨说，他们的石斛种植全是生态有机的，不用化肥。因为大量的石斛是寄生在油茶树上的，管理也不是太麻烦。在红花油茶树上，一亩可以一年收获 50—80 棵石斛，一年采收一次。他们开发的石斛产品有很多，比方说，那些在林中阴陈的石斛酒，还有石斛鲜条、石斛金条、石斛茶、石斛花、石斛养生酒、石斛盆景、仙草饼等。公司与浙江大学保健食品研究院和云南农业大学两所院校签订了产品研发的合作协议，目前正在研发准备上市的产品有石斛口服液、石斛酵素、石斛破壁粉、石斛花精油、红花油茶花精油、石斛面膜等。在石斛餐厅，面对鸡嗉洼山谷的袅袅云雾，餐厅推出的石斛宴更是丰富多彩。有石斛烀鸡、庄园三宝（鼓槌石斛的叶、茎、花）、石斛煎蛋、石斛花秘制五花肉、石斛黄焖鸭、石斛花核桃包、石斛米线、石斛馒头、秘制石斛酒……

这个斛健庄园总种植面积 2228 亩，我关注的是它的定位：打造以石斛科研、优品培育、种植、展示、观光、加工、销售及品牌打造的农旅文融合一体化的石斛产业示范基地，全国最有特色的石斛庄园，推进石斛产业与旅游、文化、康养、教育等产业深度融合，使庄园成为腾冲唯一一个以森林石斛康养为核心，集养生养老、森林旅游、教育文化、休闲娱乐等绿色健康产业体系于一体的养生休闲度假胜地。

在与公司董事长赵孝华的谈话中，他说这种绿色产业，也是大健康产业。

他对植物，对森林，非常喜欢。石斛是中国九大仙草之首，他就是想在腾冲进行大规模的仿野生种植。腾冲的气候很适合石斛的生长，腾冲也是石斛之乡。仙草只能在仙境中生长，而腾冲，就是仙境。

腾冲作为云南的生态名片，境内森林资源丰富，森林覆盖率 70.7%，依托横贯全境的高黎贡山，木材储备量充足，活立木储蓄量 4872 万平方米，木材储量居云南省第二位，森林是腾冲最为骄傲的资源。翻看手机上拍的在腾冲雨季的照片，绿色植物张扬恣肆，云雾飘溢至街边溪畔，珠围翠绕，满眼鲜活，这个称为中国的“极边第一城”的地方，静谧如处子，仿佛在高黎贡的森林中穿行，所有街道和绿树都有深山湿漉漉的气息与韵味。

我到腾冲的第一天，看到大街上到处是花海，他们告诉我，腾冲有 15 万亩花海。有一个数字是，腾冲人均公园面积达 11.4 平方米，城市建成区行道树 2 万株，绿化苗木 789 万株、花卉 1000 多万株。这是一个县级市，而一个县级市已建成公园 21 个，全国绝对无二。欢乐湖、来凤山、植物园、腾越文化广场、瑷珲公园……不是小公园，而是城市大公园。

还有大盈江河道治理与水生态修复工程；下河村水生态湿地修复景观工程，有观赏荷花 700 多亩；海绵城市“三湖”建设工程（小西湖、如意湖、绮罗湖），万亩田园风光工程，绿道主环已建成 50 多公里；“三山融城”建设工程（东山、来凤山、宝峰山）；东湖扩建项目：游道、湖区、生态绿岛、凤仪楼、桥梁、水榭楼亭等。还有 2 万棵大树入城，让市民的平常生活与高黎贡森林完全接轨。

为打造康养城市，腾冲还提出打造全国户外运动目的地。吸引高端人士驻足，留住草根游客脚步，助推全域旅游经济，实施全民健康愿景。热情接待我的文联主席李成文曾是市体委主任，他对此有自己的深思熟虑。他说为了把腾冲建成户外运动目的地，在这个指导思想下，有五个中心。一是赛事。四个品牌赛：其一是越野赛；其二是马拉松；其三是自行车赛；其四是铁人三项赛。二是户外运动中心。世界上可以做的户外运动都适合在腾冲。户外第一运动是垂钓；第二运动是观鸟，这里有得天独厚的条件。要建户外运动大本营，建户外游客接待中心。三是国际夏令营中心。四是国际康复疗养中心。腾冲 88 处火山、99 处温泉世界独有。这里的温泉有治病康养的碳酸泉、硫黄泉、氡氟泉等，每年来此的国内外康复人群迅速增长。

李主席说，这里不仅是动植物王国，儒家文化在这里保存得也很完整。虽然腾冲是极边城市，西南边陲，但这里汉族占绝大多数，原因是腾冲人大多是内地在此戍边的军人后代，带来的中原文化传承，扎根很深，没有遭受冲击破坏。军屯、农屯、商屯文化非常丰富，汉族礼仪在这里突出，因为这里高黎贡大山，翻越太困难，避免了各个朝代各种势力的侵扰。而清代时，闭关锁国，但腾冲因为地理原因，成了比上海更繁忙的海关，进出口量超过上海，从缅甸、印度进来的货物源源不断，清政府管不着，这就叫山高皇帝远，也多亏了高黎贡的荫庇。中华人民共和国成立后修 320 国道，上海至瑞丽，绕过了腾冲。一个咽喉要冲之地，被井栏一样隔住了，但也因祸得福，腾冲保留了好山好水、好的传统文化，就是一块世外桃源。要体验原汁原味的中原文化，到腾冲找得到，这也是中原人记得住乡愁的地方。

毕争局长说，在发现大树杜鹃的大塘村，是高黎贡深处，伊洛瓦底江源头的一条支流，这里的农耕文化保存得很好，西南三省民间环保组织在那儿有一个年年都举行的活动“快乐农耕行”，就是让人体验渐行渐远的中国美丽的农耕文化。

腾冲人自谦是小地方，但有大乡愁。的确如此。

独龙江，奔跑的翡翠

贡山在高黎贡的北部。去往贡山的路，是去往天境。

云彩在爆炸。云之南方的云，一阵一阵，一排一排，以大阵势向天空卷去，它们是天空的天花板。群山聚首。这高旷邈远的高黎贡，太高太高，谁给予它们如此崇高的礼遇？生命如此庞大，谁能够铲除它们的存在？谁能够掐熄怒江的怒吼？没有仇恨，因为充沛，所以怒吼。生命如此，不可改变。那个命名者，是它唯一的知音。

从怒江傈僳族自治州州府六库出发，一直沿着怒江前行，过了腊玛登，怒江大峡谷更加深切，水流更加湍急，山色更加狂野，天空更加高远，气象更加凛冽。流石滩与瀑布直冲而下，树在拼命往山顶爬，巨大的石头也爬上了峰顶，蹲在最高处，像一尊尊传说中的巨神。这里是神的国度。

怒族人称怒江为“怒日美”，意思是怒族居住的大江。这条发源于青藏唐古拉山脚下的大江，在高黎贡山和碧罗雪山的猛烈夹击下，使滇西切开一条巨大的伤口，形成2000多米深的大峡谷，一路直泻，挟持着万山水流，粗壮的水流束成瀑布俯冲而下，像数万条液态的飞龙，森林中的异兽，从山褶中，从峡谷中孵化而出，仿佛这里是水的诞生地。它们由云雾、苔藓、树木、石头羽化为水，开始飞翔。向着怒江汇聚、成长，成为晶莹的玉色美人，浩浩荡荡，变成咆哮的怪兽，变成怒吼的江水，变成不可一世的怒江。这些水，愤怒的、飞旋的水，仿佛流动的宇宙，仿佛是青铜冶炼的声音。这些碎裂怒号的星球，正在整理它们的形象与尊严，不仅让更远的人听到，也让更远的人看到，总有一天。

一路白练轰响，有如撕扯的风雪，被鹰煽动的激情。飞越石头的寒冽，鞭笞的喊叫，冰凉的火花，割开的高黎贡的血管，鼓动翻滚的翡翠矿脉，沸腾的峡谷。在深夜，在我们耳边轰轰奔流的水，在雾气和昏沉的山影里呜呜作响，来自野性山脉的广袤呼吸，与沉重的石块和黑夜胶着一团，纠缠打斗。“怒日美”，你在我的梦里如此嚣张凶猛，像是永不能征服的恶魔卧在榻前。

无法航行，但它是江，不可驾驭的水。一个狂乱的巨人，在峡谷里嚣嚷。永不枯萎的喉咙，用漩涡垒砌的声音。冰凉的诅咒。诞生一万次，死去一万次。漆黑的羽箭，土地深处的滚烫语言。推送谷物、米酒、剽牛和文面，创造土地、习俗和女人的狂潮。大地身体中的红血球，赤裸裸的欲望之躯，苍穹下的野生歌谣。摧枯拉朽的岩浆，宛如穿过洞穴的巨龙，旁若无人。高举自己生命的磷光，日夜不息地赶往安达曼海。

怒江花谷是美丽的鲜花盛开的峡谷，是怒江州生态建设的鲜艳成果。这里沿着怒江，一路花开，五颜六色，花枝招展，花团锦簇，云蒸霞蔚，仿佛来到了神话中的国度，在汹涌奔腾的怒江两岸，形成温馨妖娆的花带，抵制着怒江咆哮的惊悚，安抚着旅人的心。

贡山县通过实施年度退耕还林工程任务、陡坡地治理项目及人工造林，以怒江可视范围道路沿线、田间地头、村庄庭院为主，以丙中洛镇田园风光打造为重点，以丙中洛村、怒江第一湾、桃花岛等景区景点为主线，其他乡镇重点打造乡镇样板林、田园风光种植。贡山的人工花海也是自然花海，所有的峡谷都是花谷。

而我在贡山街头，看到了另一个花海：独龙族、怒族、普米族、藏族、傈僳族……她们的彩虹般的服装让那些娇小的身影变得有些妖冶。使在安静的街道上安静行走的她们变得有些神秘，不知道她们来自哪里，从哪一座古老的宫殿里走出来？从彩虹上款款走下来的吗？那些色彩是怒江和高黎贡赐予的，是给民族严酷生活的一种文面和彩绘，也许是一个民族的另一种图腾。在神灵和法师们活动的区域，人们有权将每一个头饰、胸饰、滚边、袖口、纽扣、花纹、色彩赋予神性，让神和天地之灵住在身体里，抚护在身上。

夜宿贡山县城丹当，怒江就在枕畔。早晨，高黎贡偎在浓浓的、厚厚的云雾被子下，整个森林依然像黑夜那么黑。天空的颜色单调而寂寥。云雾一动不动，依然还在沉睡。只听得见怒江在峡谷夜以继日地嘈吼。在这片广大密林深处的中缅边境，仿佛只有它们是永远活着的，并且将永远活下去，带着它们与生俱来的力量和生命。这片传奇的大地，因为怒江的涌动，每时每刻都在微微战栗。人们无法无视它的存在，内心轰响，辗转反侧，或者安然大睡。一定有许多感激的和魔咒的传说。因为恐惧，因为赞美，因为无法靠近。石头在水下翻滚煎熬，穿过高黎贡层层叠叠的围栅，敲打着大地的子宫。我一夜无眠。

我坐在另一个奔涌的江边。这是另一条高黎贡山的大江，一条同样深刻的大峡谷，在更偏远更狂野的地方。独龙江。这里巨石累累，曾经有更加凶猛的洪水将这些石头推到此地，成为沉重的、不能腐朽的地球垃圾，成为千万年坚硬的浪渣。当然，也许是很久的冰川之力。现在，这些水依然猛烈，深耕着河床，将更多的石头拱向岸边，但是透绿透绿。

狂暴的独龙江，奔跑的翡翠，高黎贡女神的手镯。我在石头上用泥块写下了这几句话。走遍世界，没有见过如此碧绿的江水，它可能是世界上最美的河流。

高黎贡山巅使太阳过早地成为夕阳，阴影漫过独龙江。天空很矮，云朵触手可及，当它们划过山尖时，仿佛一把就可以抓下它。一个文面老妇在路上走，她的牙齿掉光了，但面色红润。我想起在贡山县城一次碰见 3 个文面女，我与她们合影，其中一个还主动搂住我，那种带点儿娇羞的热情，让我措手不及，她们年轻的时候也许有比现今更热烈的爱吧。贝克汉姆把自己文成那样，他一定觉得自己更帅，而不是糟践自己，网上看到的外国文身简直是恐怖，但对他们自己来说，这就是美，大美。同样，独龙族文面的女孩可能更野性，更性感，更妖媚。听说文面的理由是防外部落人抢，就像鬼子来了女人往脸上抹锅底灰一样。另外，独龙人相信文面后到了老年少皱纹，事实如此，原因不明。不管理由如何，在滇西与缅甸和藏区接壤的深山老林里，在高黎贡山和嘎娃嘎普雪峰下，还有这样一个文面的民族，它像历史的活化石，最后顽强地存在着。

悬崖峭壁上的公路只是一条印迹，这里整个森林充满了野兽的气味。古木参天，天高不可名状。高黎贡越来越威严，古貌磅礴。从山上往下看，独龙江就是一条大青蛇，在峡谷的底部游动。这里才是中国最后的秘境。在中国境内的独龙族人只有 6900 人，为人数最少的民族之一。这里与西藏察隅一山之隔，与缅甸也一山之隔。

守着一个火塘的独龙人，靠着那一丛升起的火，如何熬过了一个又一个四面高山紧逼的沉沉黑夜，如何熬过漫漫寒冬？高黎贡山和满头白发的嘎娃嘎普雪峰、碧罗雪山，将对生活的隐忍、煎熬和悲痛一股脑儿地压在他们头上，围剿他们。

独龙江乡是全国最闻名的乡镇，这里修一条隧道受到了全国人民的关注和支持，因为独龙族是一个“直过”民族，即直接从原始社会进入社会主义社会。不仅如此，还因为这里在高黎贡山和担当力卡雪山的莽莽林海深处，极其封闭，每年从 12 月至翌年 6 月间，大雪封山长达半年之久。这个乡在这个时段与世隔绝，行人路断，无法出来。也就是说，这个民族有半年时间是消失的民族。没有多少人能够走进独龙江峡谷，没有多少人来过。那些独龙族人，谁都不知他们怎么在冬天生活。是的，这里被人说是人神共居的地方，因为离天很近，离高寒也很近。

千百年来，独龙江上只有溜索，1965 年，在政府和驻军部队的帮助下，修建了穿越原始森林，翻越海拔 3842 米的南磨王山垭口，全长 65 公里的人马驿道。但要从独龙江乡政府所在地巴坡村到贡山县城，单边行程也要步行 3 天。从县城到独龙江乡最远的一个村子要步行 10 天。

1999 年 9 月 9 日，国家投资 1 亿多元修通全长 96 公里的独龙江简易公路，因为当时建设的公路隧道依然在海拔 3000 米的雪线之上，独龙乡在漫长的冬天依然被大雪阻隔。但独龙江公路通车，这条挂在悬崖峭壁上的路，穿越原始森林的路，虽然是毛路，却让 5000 多人口的独龙族与世界会合。

2010 年开工建设的独龙江公路改建工程总投资 7.8 亿元，路线全长 80 公里，其中建隧道 6680 米，比原有公路缩短 16 公里。这条公路中途的第 41—63 公里的高黎贡山独龙江公路隧道是整条公路建设的瓶颈。公路隧道的贯通，标志着独龙族同胞祖祖辈辈大雪封山半年的历史宣告结束。

在打通隧道前，这个民族还在刀耕火种。在通往独龙江的高黎贡山 23 公里路上，有 400 个拐弯，被称为世界上最危险最难走的公路。如果硬闯，碰上泥石流和雪崩只有死路一条。打通了通往独龙江的隧道，建了 4 个雪棚通道以防雪崩和泥石流。刀耕火种的时代结束了，砍伐森林的时代结束了，我们今天才能在独龙江一带看到真正的原始森林，感受到高黎贡山创世之初的风貌。

过了隧道，我们看到峡谷下的独龙江更加碧绿，在 5000 多米的担当力卡雪峰周围，每上升 300 米就有一个不同的植物带，景色殊异……

现在的乡政府孔当是个美丽无比的小镇，新建的木楞房保持了独龙族民居的原貌，用铝片创造的“茅草顶”是一大发明，永远也不会腐烂的“茅草”，却有着茅草覆顶的温馨、美妙的效果。但每个村也不同，比如，在靠近缅甸和西藏察隅的熊当村，设计的是仿古民居的石片瓦建筑，最下游的马库村已到了热带雨林，用篾片编织外墙，通风透气。一律人畜分离，配有专屋厨房，不再是火塘又烤火又做饭又睡觉。安居房工程由国家包揽全部费用，一家两套，一套自住，一套搞旅游开发。水电入户、村庄道路硬化、广场、垃圾处理、化粪池、邮政通信，一切按照城市建设标准。这种生态文明的生活，让他们一步跨入社会主义。他们种草果，种重楼，国家提供种苗和技术培训，不再毁林种地。

巴坡村独龙族村民王春梅一家四口，2013 年分到一套政府出资扶持建盖的 90 多平方米的漂亮新居，令王春梅没有想到的是，这套新居不仅让全家人住着舒适，同时还能带来一定的经济收入。原来，独龙江公路高黎贡山隧道贯通后，走进独龙江旅游的人越来越多，王春梅便用自家新房搞起了农家旅游接待，一个国庆黄金周，她家住宿和餐饮接待纯收入就有 6000 多元。王春梅所在的巴坡村村民小组 20 多户人家，家家户户基本都腾出一间房屋来进行旅游接待，每间房一晚收费 100 元。不仅住宿，他们家养的独龙鸡都卖完了，独龙鸡、野生木耳、竹笋等土特产十分畅销，独龙族这些年发展的草果种植，也能在家门口卖了。巴坡村斯拉洛小组 15 户 50 人，全是独龙族，2017 年种植了 237 亩草果，产值近 33 万元，人均收入达 6000 多元。

近几年，独龙江乡生态特色产业蓬勃发展，现已种植草果 7 万亩、重楼 1220 亩，2017 年全乡草果产量 1100 多吨，产值 1700 万元。

1988 年，英国生态学家麦尔提出了生物多样性热点地区的概念。这些热点地区，在很小的地域面积内包含了极其丰富的物种多样性。独龙江河谷就是这样的地区，它位于印度—缅甸、东喜马拉雅、中国西南山地三片生物多样性热点地区的交界地带，这里动植物种类丰富，区系成分十分复杂。来自伊洛瓦底江水系的充沛水汽使得独龙江流域森林葱郁，植被带垂直变化明显，与其西部数十公里外干燥阳热的怒江河谷、澜沧江河谷看上去就像两个世界。

顺便说一句，在确定三江并流时，人们在卫星地图上还看到一条江，独龙江，但由于太短小，只有 250 公里，未将其写入，客观上说，应是四江并流。由于交通不便，独龙江流域的生物多样性资源还未得到充分的认识，更谈不上得到深入的研究。20 世纪 90 年代，西南林业大学韩联宪教授对这一带的鸟类资源进行了调查，调查中发现了长嘴鹩鹛、楔嘴鹩鹛两个中国鸟种中的新记录。此外，这里更有着很多中国其他地方难以见到的珍稀鸟类，比如，灰腹角雉、丽鸹和大长嘴地鸫。在独龙江一带，羚牛、小熊猫、熊猴、亚洲小爪水獭等哺乳动物，会与你时常相见。这里有一种神秘的哺乳动物——戴帽叶猴，独龙江流域是它们主要的栖息地。

作为靠大自然生存的民族，独龙族与云南其他少数民族一样，也崇拜自然的力量，相信万物有灵。自然界的一草一木、一山一石都是有灵魂的，山精木魅遍地，他们将自己的安危命运寄托于神灵的庇护，崇拜着自然界的山川河流、树木岩石，也正因为如此，使独龙江畔生态的完整性得以延续至今，森林和水资源完全保持着原始风貌。

独龙族被称为“太古之民”，他们的刀耕火种就是一种传统轮歇农业，传统轮歇农业是独龙族传统文化和生物多样性的中心。1933 年，李生庄（哲学家艾思奇大哥）在《云南第一殖边区域内之人种调查》中说到独龙族："今年种此地，明年种彼地，将住屋前后左右之土地轮流种完，另觅新地栽种，因土地既一度栽种，则地力已竭，势非休息10年或8年，俟草木再行畅茂后，可以砍伐燃烧成灰时，即不能再种也。"

土地地力自然恢复是一种办法，人工植树恢复地力又是独龙族的一种办法。如新放火开辟的地，灰烬多，肥力高，他们就种植产量较高的玉米，第二年肥力减弱种苦荞，同时种能保持水土的水冬瓜树（桤木），形成混农林系统。就像哈尼人在梯田之上种水冬瓜树一样，此树成活率高，根系发达，是落叶乔木，可产生大量腐殖质。每到春天，独龙族便到天然林中将1米以上的水冬瓜树苗挖起，移栽到耕种了一年的火山地中。第三年在水冬瓜树苗间再间种一年小米或稗子。第四年补种水冬瓜树苗后便不再种粮食，土地进入丢荒休闲期。在独龙江高黎贡森林，5年后的水冬瓜树高可达8米，直径可达15厘米，下一轮的刀耕火种又在此开始，森林、土壤轮番休息，增加肥力，不会杀鸡取卵，竭泽而渔。

2003年以后，全国退耕还林、"天保工程"的实施，怒江大部分地区也纳入高黎贡山国家级自然保护区，独龙族村民可以获得8年的粮食补助，独龙江畔的生态也越来越值钱，金山银山，才是独龙族的靠山，也是一个民族飞跃的根基。

独龙江峡谷两岸的担当力卡山和高黎贡山，是野生动物的乐土，野牛、野猪、岩羊、麂子、马鹿、狗熊等，独龙族与它们和谐相处，历史上就适度狩猎，随着环境保护意识的增强，这里的猴子、狗熊、野猪等野生动物种群数量不断增长。在担当力卡山和高黎贡山上，有多处含有盐分的卤水大盐场，野牛在每月中旬月亮圆时，便成群结队、大大方方地来饮卤水，也知道人类不会干扰它们，暗害它们，这一美妙的景观一直到现在月月重现。

独龙族对火、对山、对上天的崇拜产生了伟大的至高无上的火神、山神、天神。独龙族人隆重的"剽牛祭天"和祭山神的"射猎"活动，围着篝火载歌载舞，是求火神对自己和族人的赐福护佑。

在这里我看见了巫师、长老。他们的脸上有树兜和苔藓的痕迹，他们是这块土地的通灵者。女巫师，很瘦，穿着简朴，唱着念着，撒着米，仿佛她是大地掌管稻米的女神。也许女神就是这种样子，劳碌、艰辛、瘦小、黧黑，但她关心与死亡和悲伤有关的事，关心灵魂的去处。她与天地间游荡的祖灵有神秘的联系。看见了剽牛的道具，但场面庞大，巫风翻卷。无数独龙人的心在剽牛场上开始激荡，开始在铓锣的指引下，在剽牛长矛的指引下，围成一团，唱歌，祝祷。

“我们来了唛，我们高兴咯，一杯水酒哟，表表心意咯。一杯酒，高黎贡山敞开怀，一杯酒，独龙江水情意长，远方的朋友啊，请喝一杯独龙酒，独龙儿女的盛情和祝福让您乐开怀哦。”在松毛铺地的隆重仪式中，独龙族青年男女唱着他们的迎宾酒歌，将我们迎入他们的“怒哇德噜拉姆”现场。

“怒哇德噜拉姆”为独龙语，“怒哇”指剽牛，“德噜”含有“召集全体氏族成员聚会”之意，“拉姆”为“舞”，意为“剽牛召集全体氏族成员聚会舞”，简称为“剽牛舞”。

剽牛之前要给牛披上五颜六色的麻布毯，并在牛角上挂上珠串，牵着牛在主人的房屋周围转上3圈，人们要举刀“投干脩”。

如今我们看到的剽牛仪式只是表演，是两个人在大麻布下装扮的“牛”。所有的仪式是完整的，剽牛的男巫师、撒米的女巫师、长老，酒、长矛，都是真的，都是平时村里剽牛场景的重现。盛大的场面，独龙人的祈祷、祝福、驱魔……这就是一个民族的信念、聚合、力量，这就是“怒哇德噜拉姆”。让所有的人，所有在场的人，被酒、魔法、长矛、鲜血激起野性的热情。在太阳下，在铓锣的敲打下和众人的念祷声中、手舞足蹈的狂欢中、汗雨中，完成了一场农耕时代的杀戮与祭祀。

从怒号的怒江里，从碧绿的独龙江里，从莽莽的滇西原始森林里走出来，怒江的声响，独龙江的绿，是沉淀我们梦境的明矾。云帆飞舞，烟霞激荡的高黎贡山，你的雪峰和森林是天堂的标识。侠客有长剑，众神有家园。没有了怒江和高黎贡，神灵将栖居和安息于何处？

我惦记着高黎贡的群山烈马，怒江之上的大水苍龙，独龙江上奔跑的翡翠，那里才是我想象的天境。

青山和老人

经过姚关的时候，施甸文联的杨潞伟主席说，要不要去杨善洲的老家看看？但因时间和不顺路，我们要赶往善洲林场，而且雨下得很大，路还很远。杨主席说，杨善洲老家的房屋还不如当地一个普通农民，破破烂烂的。当然，现在杨善洲去世了，他的老伴儿也走了，那个破旧的房子估计成了杨善洲的纪念馆。但去了善洲林场，我信杨善洲家住的不如一个普通农民。

他曾经是保山地委书记。

杨善洲的照片面善，清癯，本分。他一个地委书记退休，手拿锄头，面对荒山，开始栽树。那种天地里，讲话，指示，开会，陪客，敬酒，批文件，搞视察，端架子，维持表情，培养声调，每周按着办公室主任的安排走，这不就是个木偶吗？好歹结束了，那一个真忙碌假威风的场域离他好远了，他开始面对泥土和石头，种下一棵棵树，浇水，盼它生根，展叶，开花。

面对那些小小的树芽，这多么真实，多么暖心，多少宁静，多么投注。山风，鸟鸣，野草山花，阳光暖照，白云飘拂，过去何曾一个人这么细细地感受过，独处过？现在，他成了他自己，杨善洲，他现在才是真正的杨善洲，与山川草木自然恢复交流，手捧泥土回归真实生活的杨善洲。杨家祖先一定种过树，不然姓中为啥有木，而且善良，而且爱洲上水景，等到满山大树，清水自来。

看着这满目青山，白云袅袅，树林葱郁，走进大亮山的我也悄然老泪纵横了一把。

真不容易。

他带领乡亲把大亮山全绿化了，有56000亩，现在已经是7万多亩。其中，荒山3万亩，已成林2万亩，树种以华山松为主，杂木林有17万亩，茶园800亩，果林300多亩，其中，椪柑160多亩、龙眼70多亩，修筑林区公路26公里，架通高压线路15公里。这些山，不是一座山，经过近30年，已经有了森林的气派，就是一片森林，树上全裹满苍苔，过去森林覆盖率几乎为零，现在达96%。从他退休到八十四岁去世，在山上住了24年，去世的前一年，他将绿化好的当年的荒山秃岭全部交给国家，分文不取。

撇开他各种身份，如退休的地委书记，只想着一个老人与一座山，这个故事何等传奇伟大，简直是不可能的，像一个西绪福斯的神话，像愚公移山的故事，可这个老人做到了。他说，栽下一棵树，山上就会绿一小块，栽下几棵树，山就会绿一片。我就不信这山绿不起来。等到山绿了，风沙就会越来越小了。他说，我们一棵一棵栽，一片一片栽，十年八年总栽得完。我死了还没栽完，你们就接着栽。50年、100年，总够了吧?

他种了许多核桃和梨子，1000年、2000年后，它们依然会开花结果，杨善洲老人会成为这儿永远的传奇。善良的人，热爱山川草木的人，是伊甸园的耕垦者，必进天堂。老人已逝，青山不老。

老窝棚是杨善洲1988年3月上山时，搭建的造林指挥部的一小栋，杨善洲就住在这栋房子的中间一格，一直住到1997年的12月。这窝棚还在，也有他当年在窝棚门口吸旱烟的照片，没有造假，是真文物。就一些树枝做壁，稀疏的可以钻进去野兽，油毛毡顶，油毛毡围了一圈做壁。床是四个木墩、几根树棍铺上山里的草。为了御寒，床前一个火塘。住处也就五六平方米，跟叫花子住的没两样。蓑衣、草鞋、手电筒、收音机，就是这些。

后来，他住的房子虽然有所改善，但也就是五六平方米，一张小床、一个小桌子，小到像小学生的课桌，还有一个他自己打的柜子、两个手电筒、爱吃的梨子罐头、军大衣、毛毯、薄被子、雨靴，装东西的蛇皮袋子。床头挂着水平仪、黄布帽、手套、围腰，床下放着一双旧解放鞋、一双翻毛皮鞋、一双拖鞋。在墙上，贴着他亲手绘制的“第二个五年大亮山林区规划布局图”，上面有他要绿化的黄家山、木兰山、无木山、草坡、雷打山、背阴山、打石山等。还有一张他绘制的“大亮山林场各队植树面积图（1988—2005 年）”，有姚关队、华兴队、复兴队、雷打树队、坡场队、摆田队、哈寨队等。一个火盆，火盆上架着一把被火熏黑的烧水壶，旁边是用来煮药的两只小罗锅。火盆边有捡柴的小背篓，里面还有一把嫁接刀。火塘边的墙角摆放着雨伞、竹叶帽、蓑衣、马灯、小铁锤、砍刀、锄头、十字镐、钉耙、缰绳、马鞍——这些是马驮树苗上山用的……

实物、原样，没有任何挪动增减，就是这样。任何人来这里看到一个地委书记退休后曾经是这样生活的，都会忍不住哽咽。

我漫步在善洲小道上，这条道窄而长，18 公里，这里的台杉已经高大成荫，是杨善洲 1988 年带领 17 名职工上山栽树用双脚踏出来的小道。杨善洲亲手种下了四棵藏柏和两排台杉，由此拉开了绿化大亮山的序幕，也开始了他后半辈子的另类人生。

在他住的窝棚前，有一棵大雪松，是他在地委时自己栽培的盆景，后来退休就搬到大亮山来了，栽下后，在这里长成了大树，雄壮威武，高大挺拔。还不止这一棵，他的几十盆盆景全都移种到这儿，有雪松、玉兰、白梅、银杏，这些树虽然失去了主人的呵护，但在大亮山的雨雾滋润下，30 年后，都成了参天大树。

我在雷打山拍的照片，背景是他亲手种植的云南松林，树已成材，作为人工森林，气势已经出来。

这不是做做样子，这是要将后半辈子全部交出去，没有谁逼他，也没有什么老骥伏枥的豪言壮语。一个人，面对退休，他做出的庄重抉择，就是种树，种树是他晚年一切的寄托与安心。

杨善洲是个热爱花木的人，而且他懂嫁接，他出门下乡，随身带着嫁接刀。那么，我就想，他退休可以不听省委的，不到昆明去安度晚年，如果他喜欢保山，喜欢高黎贡的气候，他可以有众多选择，像众多老同志一样，在什么延安精神研究会、文化促进会、诗词学会、楹联学会、花木盆景协会担任一个什么会长，也会很幸福。要不，以他的人脉，他可以答应一些企业家，承包一个林场，入点儿股，搞花木开发、根雕木雕，弄个什么庄园，投入绿色产业。他只当个顾问，就有花不完的银子，享受不完的生活，而且依然风光。但是他避开了众人，避开了城里，来到一个远离人烟的荒山秃岭，开始为国家种树。

这种生活的反差让他安逸，在夜晚，这里只有跟随他一起上山的几个人，没有电灯，几间草棚，晚上的黑是深广的、真正岑寂的，仿佛是另一个人的另一种生活，不是地委书记杨善洲，是一个深山锄地的老农。他回归了本质。

一个人，他的本质是什么，他一定会回归。当然，有许多阻隔，许多观念，许多心理障碍，一个人想成为他自己太难，对于当过地委书记的人来说，几乎是不可能的。古时候有一个词叫解甲归田，杨善洲做到了。但，这个“田”，没有丝毫陶渊明的诗意，不是那种采菊东篱、悠然南山、荷锄月归的情景，他面对的是一片乱石累累的山头，他要刨开一个个坑，种下一棵棵苗。

杨善洲在退休时做出的这个决定一定是经过深思熟虑的，在之前他就前思后想过，不给他拔高，一个人在那个位置上退下来，落差是很大的，为了阻止自己心理的落差，为了让自己活得更开心，让自己更踏实，或者，他想退休后身体还好，也许可以还干些对得起自己也对得起乡亲们的事，想到了他时刻惦记的大亮山。在山里出生长大的农家孩子，他的想法可能与一般人不一样。

上山造林，老伴儿曾劝他说：“等你坟头长草了，树还砍不了呢！”杨善洲说：“我们死了，后代还可以享受。谁也不去造林，再过几十年连烧柴都找不到了，人怎么活？”

20 世纪 60 年代初，杨善洲在施甸县担任县委书记时，曾徒步在大亮山走了近一个月，大亮山的荒凉无疑给他留下了深刻的印象。退休前，他两次到大亮山实地考察时，当地农民多次劝他，要种树？你到别处去种吧，这地方连野樱桃和桤木树都不会长得活。

然而，他还是去了。

大亮山的冬天很冷，寒风刺骨，一个栽树人，会好到哪里去？他的手指头经常缠满了白胶布，伤痕累累。他的装束就是一个破衣烂衫、地里干活儿的农民，他绝对是回归农民，而且比农民苦得多。大伙儿看到他冬天那双缠满了胶布的手，都会劝他：“老书记，您的手都这样了，回家休息一段时间，开春再上来吧。您年纪大了，冬天应该歇歇。”杨善洲根本不会听，他说，没事的，人老了，手到冬天会裂口，白胶布好，裹上胶布，挖锄头、甩大刀就不会震着伤口。

关于为什么要到大亮山造林，杨善洲有说法，他家住在大亮山脚下，因为他十二岁丧父，与母亲一起孤儿寡母艰难生活，母亲常带着他在大亮山挖野菜、寻草药到姚关去卖，用卖得的钱再买一些纸和笔，买一些日用品。没有大亮山，他和母亲早饿死了，大亮山是养活杨善洲一家的恩人。那时的大亮山满山全是树，森林茂密，野菜、草药到处是，他非常怀念儿时的大亮山。但大亮山遭劫是在20世纪五六十年代，“大炼钢铁”只好砍树作柴，仿佛一夜之间，他记忆中的大亮山，突然从秀发飘飘的美女，变成了一个丑陋的秃子。没有了山林，当地百姓的生活完全改变了。过去靠山吃山的，现在山里啥都没有了，种啥都不长，没有了额外收入，百姓的温饱问题还没解决，政府操心也没用，致富无门。看着他们出外打工，盖不起房子，娶不起媳妇，他心里的郁结多年不散。他之所以要退休上山种树，就是还一个愿吧，大亮山是恩人，向山反哺，也是一种知恩必报。

20世纪80年代初期，杨善洲到大亮山做过调查，心里更是堵得慌。由于乱砍滥伐，大亮山一带没有树，地就薄，地不产粮，还没有了水。群众吃水要到几公里外的地方人挑马驮，在太平地、雷打树等村庄，村民结婚时，彼此不送红包，送的是几担水做贺礼。说起来令人伤心。

在他担任地委领导期间，有乡亲不止一次找上门，想要他为家乡办点儿事情。但杨善洲是个原则性很强的人，对自己的家都没管，更不可能给家乡施甸格外照顾。他说：“我是保山地区的书记，哪儿能光想着自己的家乡，但毕竟心里过意不去呀，是家乡养育了我。”于是，他就向他们承诺，等退休后，一定帮家乡办点儿实事。退休是个机会，为了实现帮家乡办点儿实事的承诺，杨善洲锁定了在施甸县城东南44公里处的大亮山，他的家乡就在大亮山脚下的姚关镇陡坡村。喜欢花木鸟兽、山川自然，这事儿正好满足了他的心愿。

有时回想起自己在地委书记这个位子上干了这么些年，又做了什么呢？

杨善洲说，面对山区人民，他常常深夜自责，扪心自问，我们虽然拼命工作，但百姓生活还是这么困难，生态破坏没有修复，山里人，没有树林，就没有好日子。他认为幸福的源头就在种树。有了树，就有了一切。他常说的一句话："把荒山绿起来，才能让老百姓富起来。""山上多种树，等于修水库。下雨它能吸，天旱它会吐。"是他成天挂在嘴边的一句杨氏经典名言。

他现在可以一门心思做这件事了。

1988年3月3日，也就是杨善洲退休后的第三天，他卷起铺盖就上了大亮山。他真的很决绝，从地委大院彻底消失了。首先带走的是他培育的20多个花盆中的树木，雪松、玉兰等，全部跟他一起去大亮山扎根。春寒料峭，他带着的一帮人赶着18匹大骡子，驮着行李、帐篷、锄头、砍刀、镰刀、大米、蔬菜、炊具，上了大亮山。

退休第四天，大亮山林场正式挂牌成立，场部安在打水杆坪子，是大亮山的中心，临时搭建了一个简易棚安营扎寨。

这一夜，狂风四起，他们的临时住处被狂风掀翻，倾盆大雨朝他们泼来，仿佛是在阻止他们的行动，考验他们的诚心。一行人只好钻到马鞍下，熬过了漫长寒冷风雨飘摇的一夜。

那一排简易的油毛毡窝棚，还是得益于上级拨款7000元，才好歹搭建成。窝棚能挡雨，不能遮风，今天看来，跟住在野外没有两样。艰苦创业，窝棚不讲宽敞，能住就行。站在窝棚前，真无法想象这个老人和他的栽树职工们是如何在里面住了近10年。

山上的湿度很大，衣服洗了，一定要在火塘边烘烤干，否则想在外晾干，就是一个星期也别想穿上。油毛毡窝棚，是用树根做的栅栏，能通风透光。有时一觉醒来，被子和头发会覆盖上一层湿霜，头发都变成直的，就像上了一层发胶。杨善洲冻病过，职工也有不少冻病了，林场才买了一些油毛毡做围墙围了起来。

大亮山平均海拔2600米，有民谣说："好个大亮山，半年雨水半年霜。前面烤着栗炭火，后面积起马牙霜。"这种苦是可以料到的，但从小就吃苦的乡下娃子，现在回过头来再吃这个苦，杨善洲淡然承受。杨善洲不仅转换角色成了种树人，还成了捡粪人，他每天提着粪箕到村寨路上捡牛马猪粪做底肥，山里的村民也不认识他，以为就是个放牛的。

他的规划，第一年要造林 1 万亩，到了 1988 年年底，大亮山林场造林 1.2 万亩，超了 2000 多亩。以后的 5 年中，林场平均每年造林都在 1 万亩以上。

杨善洲成了地地道道的农民，每天早上 6 点多起床，7 点干活儿，天黑回“家”。一天要走十几公里路，出工就是背着锄头，到了山上就是挖坑栽树，这就是一个地委书记退休后的生活。

杨善洲的本质是一个农民，也就是说，这一辈子，他没有变。任何人都会改变，没变的人寥寥无几。去林场的路上，同行的说到他的段子，说一次去省里开会，门卫不让他进去，一看就是个农民，他说他是保山地委书记，门卫左看右看不像，认为他是冒牌货，省里的高级干部会，农民进去干啥。杨善洲也不争辩，就在门口。后来会务组来了，才将他放进去。说在保山开会、吃饭，那时吃桌席，到处找杨书记，一把手不坐别人不敢坐，找到他，哪知他自己打了一碗饭，蹲到墙脚都吃完了，找他的人要他去坐席，他说已经吃饱了。

他虽然是地委书记，但一般不在大院上班。每到插秧季节，他就去地里帮农民插秧。有一次，秘书到处找他，终于找到他插秧的地方。农民还对他秘书说，这老头儿真好，天天帮他们插秧不要工钱。当秘书告诉他们这是地委书记杨善洲，农民不相信。

名花三千，独爱玉兰。关于杨善洲老人与玉兰的故事，太多太多。他的 3 个女儿有两个名字中有“兰”字。他在大亮山种下了玉兰、山茶、龙柏等几十种名花，最爱的还是玉兰。埋在玉兰下，竟是他的遗愿，后来实现了。

杨善洲从地委大院离开上大亮山，带来的一株白玉兰，栽在林场场部，与他的窝棚只几米远。这株玉兰开花后，每年春天花开得特别繁茂，一树白花，娇挺挺，油亮亮的。但有一根枝条伸过搭在了进出场部的门上，行人会经常碰到，进出不便。有一位职工小王就将这根长枝杈砍了，方便行走。哪知下乡几天后回到场部的杨善洲看到玉兰少了一根枝条，就责问是谁砍断的。

小王告诉他说是因为挡了道怕伤了行人，只砍了一小枝。可杨善洲不原谅他，恼怒地说，你想一个解决的办法，用绳子将它拉上去就行了嘛，以后谁也不许动我的玉兰树，弄得大家噤声不语。从此之后，大伙儿就知道，老人种的树是不允许随便动的。平常他待人宽厚，但在树面前，他不让人。

这棵玉兰，是他亲手嫁接的，他的嫁接技术没说的。对自己嫁接的树感情深厚，他每天都要坐在这株玉兰树下读书看报或者抽袋烟。

杨善洲从年轻时起就喜爱嫁接果木花草，不论树有多高都会爬上去嫁接，好像对嫁接有瘾。有一次，杨善洲在这株白玉兰下，突然叫职工搬两张桌子来。职工问："大爹，用桌子干什么？"杨善洲说："嫁接这根玉兰花。"当时这株玉兰有 4 米多高了，有人就说要嫁接他们来，您这大年纪了，上几张桌子不安全。可杨善洲就是要亲自嫁接，其实大伙儿知道，他不放心，怕别人操刀伤到他这棵心爱的树。

玉兰花特别香，到了春天，满场部都是玉兰的清香，云南人无论男女，都爱佩戴玉兰，但如果杨善洲在，就没有谁敢摘他的一朵花。

杨善洲想到林场建起了，守着树林不能砍，如何让林场的职工们有收入？种经济果林，种茶，是解决这些难题的办法。除了买果树苗，他因为掌握了一种"百日苗"技术，就带着职工或者一个人回保山、施甸时在大街上捡果核，桃核、杏核、李核。他说："捡果核不出本，省一分是一分。"有一次，他带着林场场长自学洪到施甸县城办事，办完事后，他俩顶着炎炎烈日，跑到街上捡果核。刚巧碰上了他的一位老部下（他在施甸当过县委书记），老部下惊讶地望着杨善洲问缘由，杨善洲解释说："山上缺少树种，来街上捡点儿果核到山上育苗。"

端午节是水果上市的季节，街上的果核最多，杨善洲就发动全场职工跟他一起下山到街上去捡果核，这已经是每年的惯例。

施甸原党校所在地有 2 棵一抱粗的苦楝树，楝树果成熟后就会掉满地。每当这时节就有一个老头儿在这里弯着腰捡拾苦楝果儿，党校一位姚女士以为这是当地老农捡了用作打糨糊布，看着他不好拿，给了老头儿两个塑料袋。老头儿走后，一个年长的党校职工告诉她，你可知道，那个捡苦楝果儿的老汉就是老地委书记杨善洲。

施甸县林业局施德彩说，很长一段时间里，单位开会用过的纸杯，她都要攒起来等杨善洲老书记回来拿，老书记要用这些作废的纸杯当营养袋育“百日苗”。

买树苗的杨善洲，全省到处跑。有一次，他打听到龙陵有树苗，就到了龙陵，可是人家的树苗已经卖完了。又听说昌宁可能有，他又马不停蹄地赶到昌宁，树苗买好后，他又连夜拉回了施甸。毕竟是六十多岁的人，几百里路各地来回奔波，杨善洲太累太累，林场的人估计他会在山下哪里歇脚，可是在睡梦中，场部外响起了骡马铃铛的声音，大家打开门，看到杨善洲和与他一起去买树苗的他的孙子，赶着马帮上山来了，马骡冒着汗，背上驮着一捆捆新鲜的树苗，大伙儿看表，已是凌晨3点多钟。他们与马帮走了大半夜。杨善洲对大家说：“天一亮就可以栽树了，树苗多耽搁一天，就会影响成活率。”

杨善洲为种树，真是拼了。

但想让所有树存活却并不容易，1989年，林场的茶叶基地长势良好，快要产生效益了，茶园却发生了一场没有预料的严重鼠患。这种老鼠过去很少见过，当地人叫它们“小枯老鼠”，小而枯瘦，啮咬力强，也不知道为啥要跟杨善洲的茶园作对。在短短几天，500亩茶树苗就咬断了2/3，虽然灭鼠药撒了不少，鼠死了不少，但茶园毁掉了。

对这位老人的打击是太大了，杨善洲看着满山狼藉，他满腹的心痛还不能表达出来，因为那些跟随他上山的职工在看着他，不能气馁，不能灰心。认定的事必须做下去，百折不挠。他安慰大伙儿，说：“茶园毁了不可怕，我们可以重新种植；但我们的精神不能垮，如果我们的精神垮了那才最可怕。”这话，也是在内心鼓励自己。

就在这一天，他让会写字的人在林场入口处的墙上写了一行大大的标语：“誓把荒坡变绿洲，欲叫瘠地流甘泉！”

职工们想，这是老书记在给大家打气，绿化一座山，建一个林场不是那么容易的，要经受各种困难，遇到各种灾厄，但既然想做，哪有一次就给打倒的道理！

挖掉残树，重新补种。一棵一棵，500 亩的茶园又恢复了生机。

但大自然不是那么容易征服的，与山的搏斗没有一刻停止。林场成立的第二年，1989 年，大家辛苦栽下的 1.2 万亩林木苗，因为那年雨水少，干旱，温差过大，土壤没有肥力，竟然有一大半没有萌蘖存活，只有 5000 亩活了。杨善洲看到山上的死树苗，有时一个人在山上一待就是半天，欲哭无泪，内心挣扎疼痛。他找来专家，进行诊断，解决出现的问题。后来，存活率才慢慢提高。

他知道要种树，不仅仅是种，还要养，得成为林业专家，杨善洲买了许多林业方面的书籍研究，有果木栽培管理的，有嫁接技术的，有生态科学方面的，订了《中国林业》《云南林业》《绿叶》《中国林业产业》等不少林业杂志，平时只要下山，就去施甸林业局找专家请教。

困难比想象的要大，建场 3 年，种下的近 3 万亩华山松，突然被一种叫紫荆泽兰的植物侵略，这是典型的外来物种入侵，它们疯狂繁殖，与华山松幼苗争夺肥、水和空间，向土壤释放一种物质，让其他植物无法生存。

虽然每天在树林锄草，还是让 5000 多亩华山松死了。但这吓不倒撵不走杨善洲，他决不会屈服。死了的树，拔掉再栽。

1999 年 11 月，杨善洲毕竟老了，在给树木修枝时，踩上青苔，不慎滑倒，左腿摔成粉碎性骨折。杨善洲回到了大亮山，人们看到，他手里除了锄头，多了一根拐杖。

祸不单行，3 个月之后的一天，杨善洲吃过早饭，准备到瞭望台值班。杨善洲从水塘边路过时，水塘刚刚涨水，塘边的小路全被烂泥覆盖。杨善洲的伤腿还没有全好，稀泥巴太溜滑，一下子在泥巴里滑倒了。这一回，摔断了两根肋骨。

杨善洲年老体弱，连续受伤，对他的身体是重创。可他要强了一辈子，不听劝阻，依然上班，栽树，看树，护树。

2009 年，杨善洲老人八十三岁，他身体消瘦，步履蹒跚，拄着拐杖，视力和听力都不行了，胃病折磨着他，走路会气喘吁吁。他可能知道来日不多，他有他的考虑，对后事也要有个交代，他终于做出了一个石破天惊的决定。

4 月，杨善洲把大亮山林场的管理权正式移交给施甸县人民政府。有人用比较保守的价格计算过，林场树木总价值已达 3 亿多元人民币，这么大的一笔财富，他完全无偿交给了国家。当时施甸县政府奖给他 10 万元钱，他没有要。2009 年 12 月，保山市委、市政府因为大亮山林场交给政府，奖给了他 20 万元，这算是他 20 年心血的奖励和肯定。但他对这笔奖金是这样分配的：2010 年 4 月 21 日，捐助给大亮山林场 3 万元，用于修缮打磨山哨所和为该哨所修建太阳能洗澡间。4 月底，给湾甸的嗡摆来露天温泉澡堂捐助了 3 万元，这是因为他了解到该澡堂是个免费澡堂，虽然方便群众洗澡和治疗皮肤病，但无遮无挡，造成诸多不便。2010 年 5 月 5 日，给保山第一中学捐助 10 万元。

他自己留下了 4 万元，这算是他给家人留下的一点儿慰问金，他们跟着他过了几十年苦日子。

2010 年 6 月，三女婿新买了一辆吉利海景小车，他就要三女婿送他上大亮山看看。三女婿杨江勇对三女儿杨慧玲说，你爸想大亮山了。

重上大亮山的杨善洲，在山顶上照了一张相，拄着拐杖，望着他栽下的莽莽苍苍的大亮山，他要绿化这座大山的愿望终于实现了。现在云雾缭绕，非常像他记忆中儿时上山捡野菜和寻草药的那座山，这种恍惚的相似让他心里一阵舒坦。他可以下山了。他 20 年的心血浇灌成的这片森林，是对他晚年的最大安慰，他应该无憾了。

雷打树村的村干部看到了衰老的杨善洲，这是他们的场长，是人人尊敬的保山老书记，他来看他亲手培育的山林，给他们带来了幸福生活的山林，村民们就跑到农户家买来一只鸡，想招待老场长一番。但老人坚持不让杀鸡，说，村里有啥吃啥，不要搞特殊化。洋芋、白菜就行。吃了一顿便饭，老人坚持向村里交了他和杨江勇 8 元钱的伙食费，才驱车去了林场总部。

临走，林场和附近村子里的人都来送行，大家聚集在老人过去住过的小屋门口，依依不舍。老人在自己住了 10 多年的屋子里，摸摸自己睡过的床上被褥，摸着使用过的锄头，又抚着粗大的一棵棵树，什么也没说，只是呵呵地笑着。大家看出老人眼里难舍的深情，还有一闪而过的泪光。

他最早住了10多年的窝棚，油毛毡在风雨中已经朽烂，房顶的席子也耷拉下来，连床腿也长满了青苔，火盆坑灰已冷。他在那儿站了好一会儿，是否想到他在这里的日日夜夜，在寒冷冬天的一盆火边，规划着大亮山的未来，或是在小憩时，在这牛棚样的窝棚子门口，坐在椅子上，吹着山林的风，抽一袋旱烟，看一张报纸……

这是老人最后一次上山。这一天，离他去世还有4个月。

杨善洲因为咳嗽久治不愈，去保山医院检查，结果患上了肺癌。住院治疗期间，也许是预感到自己时日无多了，就分别对组织、家人及林场的同事嘱托了3件事。

第一件事，惦记困难中的老百姓。由于他以前去施甸县摆榔乡尖山村时，看到那里的老年人平时很难有机会洗一次澡，所以，当市委书记到医院看望他时，问他对组织上有什么要求，他说："向组织上我就提一个要求，希望市里能拨5万元经费给摆榔乡尖山村，给村里的老年人修一个洗澡堂。"

第二件事，是关于老伴儿。住院期间，在他状态稍好些的时候，反复叮嘱儿女们："我这辈子最对不起的人是你们的母亲，她这辈子和我过得太不容易了。市里奖给我20万元，其他的我都捐了，专门留了4万元给你们的母亲。你们要好好孝敬她，让她能安享晚年。"

第三件事，还是大亮山林场周围百姓的受益。临终前，他把林场场长叫到了身边，用微弱嘶哑的声音嘱咐林场场长："你们一定要继续种树，管好林场，以后要把林场的收益按比例分给老百姓，绝不能让百姓吃亏。"

另外，他交代了他死后，把他的骨灰分成3份，一份埋在大亮山一棵雪松下，"你们哪天想我了，就到雪松下坐坐"。一份埋在姚关他母校清平洞的玉兰树下，他在那儿种下了一棵玉兰——他特别喜爱玉兰。一份埋到他老家茶园的祖坟地里，也是树下，给儿女一个念想，也终于可以天天陪老伴儿了。

他老伴儿张玉珍是典型的滇西农村妇女，杨善洲在外工作，她就在家带着3个女儿生活。大女儿三岁时发高烧，妻子和母亲冒着暴雨爬山路送去乡医院，结果3个人一起掉下山崖，差点没了命。3个孩子他几乎没管，3个孩子长大后，都为她们的母亲委屈。母亲是家里的顶梁柱，家里粮食不够吃，她就上山找来野菜度日，孩子没钱上学，她就清晨上山摘野果，夜晚熬夜编粪箕扎扫把，然后挑到街上去卖，一分一分地凑学费。这位伟大而平凡的母亲，经常自豪地对3个女儿说："你们3个，是我像小鸟度食一样，一嘴一嘴度大的……你们爸他当他的地委书记，我当我的农民，我们不拉扯他。"有人问张玉珍："你当家的是大官，你一家怎么过得这么苦？"张玉珍回答说："他当官是为国家当，又不是为我们家当。"

在他住院期间，老伴儿难得从老家到医院照顾他，照顾了3天，他就要老伴儿回家了，他对老伴儿说，你回去做你的事，我会好的。

2010年10月10日，是中秋节，杨善洲在保山市人民医院逝世，享年八十三岁。

大亮山真的亮了，这片7万亩的人工森林，成了施甸山水中的一个亮点。四季鲜花盛开，河沟泉水潺潺，树来了，水就来了，水来了，花朵鸟兽就来了。华山松、云南松、赤松、西南桦、栎木、桤木都在向天空伸展，玉兰、樱花、杨梅、五角枫、香樟占领了山坳高岭。红花木莲、大树杜鹃等珍稀植物物种，也随处可见。忍冬、茶藨、卫矛、铁线蕨、贯众、肾蕨和兰花在森林里茂密生长。森林生态及独特的气候形成。据专家在大亮山人工森林中调查，这里有植物486种，鸟类70种，两栖类5种，爬行动物12种，哺乳动物19种。由人工生态而最后成为自然生态，让荒山成为森林，枯河成为流泉，一个小气候就是这样改变的，一座山就是这样改变的。是在一个老人的手上，经过20多年的艰辛，终于改变了这一切。

我在施甸听到一首当地的新民谣："杨善洲，杨善洲，老牛拉车不回头，当官一场手空空，退休又钻山沟沟。20多年绿荒山，拼了老命建林场，创造资产几个亿，分文不取乐悠悠……"

高黎贡观鸟记

晚 9 点，从侯体国家中出来，高黎贡森林在响亮的夜雨中，深黑的百花岭村已经沉睡，雨一阵一阵拉动叶子的轰响，有些雨，发出像鸟一样的叫声。

我们下午 5 点先是进山，看到了雨中的高黎贡原始森林，一条坑洼的石头路有多处塌方。最后，一根倒伏的大树拦住了去路，车只好在两个轮子宽的路上倒车，一直倒到能勉强掉头的地方下山。

百花岭是中国观鸟胜地，缘于一个爱鸟农民侯体国。高黎贡 500 多种鸟在这个地方可以看到 300 多种。那些世上最美丽的生灵，就活在这片山冈上的森林里，鸟在海拔 1400—1600 米的地方活得最惬意，这里花果丰富，特别是浆果和核果，百花岭正在此海拔上。

我们住的民宿中有“鸟网”举办的“高黎贡山鸟类图片展”，让我对高黎贡的美丽鸟儿们有了一个基本的认识。这些在百花岭拍摄的鸟儿，是天下最美丽的鸟，有着任何人都想象不到的美色。罕见的通红的血雀，大盘尾鸟，两根细长的尾翎。美丽的红喉山鹧鸪、剑嘴雀的弯喙，火尾太阳鸟，像一道火光的尾巴。还有条纹噪鹛的头冠，一种黄冠啄木鸟的头冠，还有灰头鸦雀的绒帽似的头冠，还有斑胁姬鹛腹下一道道蓝色条羽，画家也画得没这样好看。还有白喉扇尾鹟飞竖的尾翎如一把团扇。还有仅见过三五只的褐翅鸦雀、点胸鸦雀，红喉山鹧鸪、绿喉太阳鸟、锈额斑翅鹛、黑胸太阳鸟……鸟是上帝的宠物，它们的羽毛如此漂亮，是上帝精心描画的，上帝毕业于美术学院。

在侯体国家的餐厅门口，挂着“鸟友驿站”，里面挂着“鸟网 · 云南省保山市百花岭旱龙寨鸟网观鸟基地”的牌子，“鸟网”是所有观鸟人的网站，侯体国是百花岭联络站站长。一面墙上的布写满来自世界各地观鸟人的签名，这些观鸟爱鸟的人，是世界最善良的人，不存恶毒之心，面对一只鸟飞翔的时候，他会像上苍一样仁慈，心像天空一样蔚蓝。如果你自己没有一个天空，鸟影不会闯入你的心灵。

去百花岭，要经过了潞江坝，这里傣族风情浓郁，一条条街都是傣族建筑风格，云南产小粒咖啡就生长在这里，在高黎贡山脚下、怒江之畔。这里的怒江没有在六库以上的那种咆哮激荡，但高黎贡依然在云端招摇，云遮雾罩，气象浩瀚。我喝了这里的小粒咖啡，浓郁醇厚的香味，有高黎贡的神秘口感，是中国咖啡之冠，畅销全世界。百花岭也属于种植区。

百花岭村在高黎贡山旅游度假区境内的高黎贡山东麓，海拔1400米左右，村民以傈僳族、白族为主。因为村庄之上有茶马古道，穿越高黎贡的户外运动也在这里。

一路上高黎贡山塌方严重，道路泥泞，很多地方大石滚落，十分危险。森林是真正的原始森林，大树怪异，苍苔满身，有的是浅苍苔，有的是寄生植物，像树长了羽毛，张扬着，几欲飞去，就是披着苍衣的鬼魅，化作古木的山神。

百花岭老侯是高黎贡观鸟的一张名片，是他带动了高黎贡的观鸟经济，带动了一方旅游，带动了百花岭山村的致富，人称“鸟疯子老侯”，百花岭总塘主。

侯体国生于1969年，跟妈姓，有2个女儿。他填的是汉族，但他祖上是景颇族，家谱记载是从缅甸过来的。他十五六岁就跟大哥一起学打猎，什么野猪麂子都打。有一次打一头大野猪，一枪没打死，大野猪冲过来，要不是他跳下崖，必死无疑。他也打鸟，他说这地方就是鸟多。另外，山不高不低，有乔木也有灌木，属乔灌和落叶与常绿的混交林。打鸟是用弹弓打的，一天打100多只。冬天特别多，这里一种金雀花，是冬天开花，这种花鸟儿爱吃，吃花蕊里的花蜜，常常是一棵树上有几百、几千只鸟，用竹扫帚可以刷下来。这些鸟有棕背凤鹛、蓝喉太阳鸟、红颈凤鹛、橙腹叶鹎、纹背捕蛛鸟、黑喉红臀鹎。

侯体国现在是真正的鸟类专家，高黎贡山的鸟难不住他，什么都认识。他说打野猪打鸟，都是自己吃，卖不掉。而美国人打了野猪是不吃的，他这儿美国、澳大利亚、俄罗斯、欧洲的观鸟人士很多，他见多识广。他说野猪吃果实，有些果实人吃了害脑子，野猪没事。凡是高黎贡打鸟的人，眼睛都会瞎掉，家里会有劫难。吃野生动物的人，是一定会得怪病的，一时不得，10 年、20 年一定会发病。他说野菌子万不可放鸡精味精，吃后必中毒。他说野兽吃再毒的果子也不会中毒，但如果它吃过一次人类的饲料再吃毒果，必死无疑。甚至，它不可吃人类精制的盐巴。他说，现在如果有野生动物卖，一般是用毒药闹死的，你吃了熊胆、熊掌，你一定会得病。他打得最多的鸟是野鸡、红喉山鹧鸪、白鹇、黑鹇、大研鸡。太阳鸟他们这里有好几种，打到了不吃，太小，就剥皮玩儿，因为好看。

他说过去野牛吃有毒的辣浆果不会中毒，熊吃了再毒的草也不会中毒，但如果它们吃过一次人工饲料，再吃毒果就会中毒。野牛只要吃过人类的盐，不是自然环境中的硝盐，再吃毒果必死。化学的东西会破坏野生动物的免疫力，他说这是外国的教授告诉他的。鸟类带来的禽流感，传给人会致命，所以万不可吃鸟。现在人因为体内有许多化学东西，比方说，过去蚊子叮人，没有疤，现在，你被蚊子叮一口，会留下一个大黑疤。他捋起他的裤腿儿，让我们看他蚊子叮后留下的瘆人疤痕。

他说以前吃知了，吃多少也没事儿，现在一吃就蛋白质过敏，蜂蛹也是这个道理。

侯体国说，他小时候放猪，到藤子湾，稻田里的大谷堆下有许多泥鳅、鳝鱼，放了猪，让它吃田里的剩谷，他就去盘鱼，盘一袋子，让猪驮回来。中午带点儿盐巴，将鳝鱼抹点儿盐巴架火烤了吃。因为走十几里路，猪很辛苦，他奶奶就烦他说，猪吃了什么，满嘴的沫子，是不是中毒了？其实是走路累的。他说那时还在河里抓白条鱼，捉石蛙，到山上去割野蜂蜜。他十九岁结婚，还打过麂子。

他说他打鸟是受了报应的，有一次打鸟爬柿子树上，打了 3 只，突然头晕，从树上掉了下来，头上砸了个洞，流了许多血。还有一次，他剪鞋子中的帆布，剪刀竟然反过来戳进鼻子里，流血不止。他父亲慌了，去找来一种“马皮泡”草药，才给他止住血。他说，过去山里的老猎户，打到什么时候住手呢？就是打到鸟出现怪叫声，他就不打了。高黎贡无论是什么民族，对大自然都有敬畏，在生活艰苦的年月，偶尔打猎，也不会满山乱打，把鸟兽打光。

侯体国是有生意头脑的，他说他读书不行，但头脑灵活，十四五岁还在读小学五年级，每天装一书包紫胶树去卖，一天卖七八元钱。后来卖过黄金、药材，还卖过翡翠、卖过古董。他说赚了钱就玩儿，一次打气球，打了1200元钱。

与侯体国聊天的时候，高黎贡的雨在夜晚越来越猛，山潮的呼啸漫过天空，鸟儿们在煎熬着，它们美丽，所以被欺凌，这些美丽纤弱的生灵。侯体国说，一到雨季许多鸟儿会死去，因为没有食物。这是多么悲伤的山林，但阳光里，鸟儿会啁啾如雨，高黎贡一定会保佑它们。

百花岭是如何成为高黎贡山最早的观鸟大本营的？这事儿得从1989年讲起，那时他二十岁。有一个中国台湾人，观鸟拍鸟的，在昆明亲戚家玩儿，在电视上看到高黎贡山上好多漂亮的鸟，于是慕名上了百花岭。哪知碰到一群熊孩子用弹弓打鸟，只听“哎哟”一声，打到他了。这时在林中打鸟的侯体国听到有人的惊叫，应声出来一看，一个背着相机的陌生人在路上龇牙咧嘴喊疼。侯体国察问此人情况，得知他没有打伤，就把五六个村里的小孩呵斥了一顿，要他们好好回家读书，好好学习以后才能干大事。此人说是台湾省来的，从电视上看到好多漂亮的鸟，红彤彤的，花嘟嘟的，问侯能不能找到这种鸟。那时侯体国在柿子树上打了鸟，有5只，用树枝串着提起。台湾人说，你也打鸟啊，他说，打呀，不打不得吃。那人说，你别打鸟了，给我当向导，一天50元钱。侯体国不要钱，热心地给他背上大背包，带他到最好的地方看鸟，陪他走了十几公里，那个台湾人拍到了许多珍贵的鸟，侯体国将自己积累的鸟知识告诉那人认识高黎贡的鸟，台湾人很高兴，回来就住在侯体国家里，睡在地板上，自己的帐篷、睡袋，当天看到了60多种鸟。侯体国整了酒与此人喝，交上了朋友。第二天，他又带台湾人上山，那天带台湾人看到了160多种鸟，有难得一见的血雀，就是那人说的大红鸟，还有斑胁姬鹛，让台湾人兴奋得不行。

第二年，台湾人又来了，还带来了一个英国人来，还有一个翻译，也是观鸟拍鸟。后来，英国人又介绍了四个美国人来，这四个美国人都自己背的睡袋，其中有一个女的，会一点儿汉语，侯体国说，上山他就抢着帮他们背东西，带他们去看鸟，不管多远，他都会陪着他们，接待热情真诚，这也是高黎贡人的特点。他给我说，你只要待人真心真意，用心去处朋友，会有一条路你走。

他说，他做新房，没有钱，深圳的一个朋友，常来高黎贡观鸟，高老师撺掇他把观鸟事业搞大，说你要有地基证，我就借钱你。侯体国把地基证给他看了，高老师说你想借多少？侯说借50万元。高老师说，借100万元才能干大事。侯说，我怎么还啊？高老师说，你想什么时间还就什么时间还。这就是朋友，用心去交，别人就会用心待你。

侯体国是百花岭第一个鸟导，后来成了全国第一有名的鸟导。高黎贡百花岭的观鸟路，就是侯体国真心待人走出来的。

这个山村生态环境保护得很好，村里的人不砍树，过去打鸟，但现在不伤害鸟，鸟成了他们的衣食父母。这里有人共记录鸟类343种，分别属18目，52科，另4亚科。所录鸟类总数约占云南省记录鸟类总种数的43.3%。其中，属国家一级重点保护种类5种，国家二级保护种类33种。百花岭在世界上已有名声，是“中国的五星级观鸟圣地”“中国观鸟的金三角地带、摄友飙鸟的最好地带”。

中国台湾朋友给他说，你做鸟塘，会有很多外国人来的。侯体国记住了，认为这是个商机。因为来他这儿的人没地方住，于是他自己设计，建了新房。房子刚建好，央视七频道给他拍了《深山老侯的昆虫梦》，国内外就传开了。来了一些教授，也是来研究鸟的，找他，怎么找鸟，怎么诱鸟，侯体国有办法，他于是建了鸟塘。是根据鸟的习性，鸟有两个习性，一是有食就来，二是爱干净要洗澡。

侯体国说，过去讲靠山吃山，现在讲是靠山赚山。有资源才能赚钱，要用心保护，大家的保护意识不用宣传也懂了，增强了。怎么保护好资源，比方说，他就种一些果树，有花源，鸟就会来，要给它们营养。

自从百花岭观鸟有了世界影响，侯体国就把他在昆明上班的女儿弄回来打理民宿、餐厅，但云南师大毕业的大女儿不想回来，昆明毕竟是大城市，在这高黎贡深山，吸引不了年轻人。但侯体国说，你老爸文化水平不高，找别的人怕被骗，我保证你在昆明上班每月多少钱，我给你多少钱。现在侯体国的房子够大了，又在建更大的民宿，如今的“老侯农家乐”已经拥有45个房间，价格30—198元不等，并在网上挂出了“高黎贡山百花岭老侯家观拍鸟指南”，并细心地提醒鸟友，在什么拍摄情况下带什么样的镜头及设备。

不管怎么说，观鸟是非常有趣的户外运动，仅次于垂钓，为户外运动的第二大运动，队伍日益壮大，各地观鸟协会如雨后春笋，有时游客蜂拥而来。现在他们的服务做得非常周到，从保山机场开始接站，一直到观鸟结束，再送往保山机场，游客全程无忧，吃、住、行、观全包，背包、鸟导、送饭服、销售、物流，一条龙服务。

除了观鸟的收入，侯体国的核桃每年还可收入七八万元。侯体国现在是名声在外，也是高黎贡的鸟类专家、鸟塘专家，德宏州甚至缅甸、尼泊尔也请他去做鸟塘。从他的言谈中，他知道的鸟类知识完全不输一个教授。他的专业设备也齐全，有好的照相机、望远镜，有3万元的长镜头。

他说到刚开始搞鸟塘观鸟时，保护区是有顾虑的，是反对的，他们的担心有道理，因为人工投食可能对鸟有伤害，破坏了自然生态。加上大量的外来人员涌入，也会造成环境破坏，还有不法分子混进来捕鸟。但当时高黎贡自然保护区的姜明局长来看过之后，给予了支持，批了3万元，让他们修路建鸟塘。

为什么要观鸟，有的不远万里来观鸟，他问那个中国台湾人，那个人说了一句话，让他印象深刻，他说：鸟比人美。

的确，鸟是比人美，没有任何外饰，自身带来的美，这是上帝给它们披上的华丽羽毛，画家也无法画得这样漂亮，鸟是世界上最美丽的生灵，是风水，是仙子，是神灵的化身，所以我们爱鸟。

他说，做鸟导，这些年学到了许多鸟的知识，也学到了许多生态保护的意识。外国来的观鸟人，总会将他们留在山上的垃圾一点点都带下山。中国台湾的客人，上山后，见到什么垃圾都会捡走，给他说，这些是比赚钱更重要的东西，生态一定要保护好。

侯体国讲，高黎贡的植物许多是靠鸟传播花粉，还有的种子是靠鸟吃进肚中排泄后传播种子的，鸟可以飞 3 个月，飞得很远。他说他的鸟塘种的果树，到了开花和结果时节，可以吸引十几公里的鸟来，有的候鸟飞几万公里。有的鸟是从澳大利亚来的，飞来 3 个月孵化，然后再带幼鸟飞回澳大利亚。

他说，一棵树的果实可以养活 400 只鹦鹉。

百花岭现在家家建鸟塘，户户办民宿，开餐馆，卖土特产，红红火火。百花岭也是神奇，是绝佳的观鸟地点，各个鸟塘都有独特的“明星鸟”。如 1 号鸟塘是绿背短赤鸫，3 号鸟塘是剑嘴鹛，8 号鸟塘是纯色噪鹛、酒红朱雀，10 号塘的明星鸟是剑嘴鹛，15 号鸟塘是斑胸钩嘴鹛和灰翅噪鹛，18 号鸟塘是环颈山鹧鸪，32 号鸟塘是短尾鹪鹛、凤头雀嘴鹎，86 号塘明星鸟是血雀……

百花岭的鸟塘都掩藏在高黎贡山上浓密的森林中，山道险峻，每个鸟塘在不同村民自家的山林里，分别修建一个 1 平方米大小不等的水坑，这些水塘多数都建在狭小的山坡上，用伪装网搭成非常简陋的隐蔽式拍摄点，每个机位也由山林的主人按地点的大小不同编上号码。为公平起见，鸟友还需要事先买票确定自己的机位。到 2018 年已经有 47 个鸟塘，在百花岭所有鸟塘中，有 10 个明星鸟塘，每个明星鸟塘年收入 10 万元左右，一般的鸟塘收入 5 万元左右。

政府也顺势而为，引导和支持农民的观鸟产业，2017 年帮助村里在山上建了 10 个鸟塘，并在百花岭连续两年举办了高黎贡山国际观鸟节，其间举行了中国鸟网国际野生动物摄影年赛、高黎贡山国际野生鸟类摄影大赛、全国雉类摄影大赛颁奖，高黎贡山生物多样性保护顾问聘书颁发，“保护生态、保护鸟类”高峰论坛，高黎贡山百花岭观鸟摄影实地采风和自由观鸟等系列活动。邀请来自全国各地的鸟网会员、鸟类摄影大师、鸟类保护者等 900 名“鸟人”相聚百花岭，百花岭观鸟的知名度迅速提高。

侯体国不仅自己致富，他还为本地培训了几十位“鸟导”，爱鸟护鸟的队伍越来越壮大。他的 2 个女婿叶雪林和葛宝智都跟随丈人学鸟导，也成了有名的鸟专家，大女婿小叶还兼任翻译。

侯体国家有 3 个鸟塘，A1 塘，巧妙利用架空的走廊和水冬瓜树及藤类植物，有热带雨林的样子。马鹿塘，可以拍到很多种太阳鸟。

又是一整夜的雨，永远是雨，高黎贡山浸泡在雨水里了。先是有鸡叫，接着听见了鸟的叫声。拉开窗帘，天发亮了，雨淅淅沥沥，屋顶上，2 只早起的松鼠来回奔跑，卷着长尾。我按时去后面农家乐吃早点，可人家还未开门。我打着伞站在那儿，看鸟和松鼠。高黎贡全在雨雾中，雨奋力地、冷酷地下着。快 7 点，我和高黎贡管委会小鲁和施师傅吃到了饵粉、鸡蛋。我们先赶往老侯的鸟塘，即在全世界都有了名气的马鹿塘。雨势溢肆凶猛，路上塌方甚多，等我们停在一个地方等老侯，突然后面山垮了，泥石流轰隆而下，一棵树倒在了路上。我们想着怎么回去，我和师傅便去搬树，好在树不是很大，我们搬开了树，让车退了下去。小鲁说此处不可久待，尽快下山。

老侯来了，背着长枪短炮，还有一把长刀，说是山上防野兽。

我们跟着他往鸟塘走，下坡时，一不小心滑倒，一身泥水不说，右手触地，疼痛难忍，本来手腕伤过。爬起来，手腕痛得不行。到了老侯的鸟塘观测点，所有早起的迷糊和困倦和摔伤的手痛都没有了，因为鸟儿来了。老侯架上 3 万多元的摄影器材，然后去观鸟棚前的空地撒黄粉虫和苞谷沙。他在往一个铁架上穿苹果时，大雨中的灌丛小平地突然涌出了一堆鸟，哇，从未亲眼见过如此美丽的鸟，大大小小，先认识的是赤尾噪鹛，太漂亮，个头大，听说名字要改为七彩噪鹛。大仙鹟，一身蓝色，白尾蓝地雀来了，灰眶雀鹛来了，棕颈雪雀来了，白颊噪鹛来了，绣额斑翅鹛来了，翠金鹃来了，点胸鸦雀来了。它们争食，啄苹果。2 只松鼠也来了，老侯烦它们，它们食量大。

他这儿的鸟塘，就是一个脚盆大小的水池，鸟是要喝水还要洗澡的，鸟爱干净，防寄生虫，见沙则浴，见水也浴。一个鸟塘两个水塘，有人说这么小，不应叫塘，应叫池。都行。

我惊叹这么多鸟，老侯说出的名字又写不出，因为老侯只有小学文化，读了五年级，留级5年，10年还没读完小学，可他成了鸟博士。又来了一批鸟，黑头奇鹛，栗臀䴓、褐色雀鹛，竹鸡。松鼠抢食凶，吓跑了几只。啊，红喉山鹧鸪来了，老侯不拍，说别急，小鹧鸪会来的，是只雌鹧鸪。但红喉山鹧鸪不是我们见到的鹧鸪，太美太美，神经质地走动。还有红翅薮鹛叼了几条黄粉虫飞走了，去喂雏鸟去了。老侯指着飞来吃苹果的一种有红有绿的鸟说，那鸟叫金喉拟啄木鸟，这儿有5种啄木鸟，这种好看。太好看，它不停啄木头，一分钟五六百下，不会脑震荡，因为它的小头有三层防震装置，伟大的造物主！

啊！纵纹丽鹎来了，山鹡鸰也飞来，栗翅短脚鹎也来了。顶顶漂亮的山椒鸟也来了，蓝头黑翅红腹。他又小声说太阳鸟来了，在金铃花树下，我顺着他手指的地方，终于看到了我小说中多次写到却未见过的太阳鸟，那么小。大拇指大，吸食花蜜的鸟。金铃花是老侯种的，老侯这里种了上百棵鸟爱吃的开花结果的树，有一棵还是从缅甸偷带回来的，结的小红果会引许多鸟。他是在缅甸参加观鸟活动时看到的这种树，就扯了一根，已经有15年，很粗壮。老侯说，你这里若有鸟喜欢吃的食物，它们几里、几十里也寻得到。鸟是灵物。我看呆了，那种黑胸太阳鸟，那么小，太神奇了。他说太阳鸟这儿有5种，最漂亮的太阳鸟是火尾太阳鸟，一条红色长尾长过身体数倍，我说昨天看到了图片，它飞翔时像拖曳过一道火光。这些大自然的精灵，飞翔在高黎贡之上。后来看老侯的微信，他那天终于守到了红喉山鹧鸪带着几只雏鸟来觅食，一家子其乐融融。

侯体国说，他有很多奇怪的感应。他有一天晚上做梦，梦见一个人提着一桶乳白色的东西倒进了他鸟塘的水里，第二天早上去鸟塘，果然闻到了一股气味，是谁投了毒。他很气愤，想下兽夹，如果坏人再来，腿要夹断的，但别人劝他，好在发现及时，将水换了，鸟儿们才躲过一劫。

我在侯体国的鸟塘里跟他一起看了两个小时的鸟，鸟越来越多。他告诉我，今天是下雨，如果晴天，鸟还会多。我们走的时候，侯体国还在守候着他想拍的鸟。雨下得更加响亮，鸟儿们却要在雨中觅食，它们这么美丽，却这么辛苦。

祝福那些鸟儿吧，就像祝福我们自己心中的天空和森林。想起美国环保主义理论家奥尔多·利奥波德的话："这个世界的启示在荒野。"这个世界的美丽也在山野。

迷人的原始雨林

出西双版纳的机场，看到长长的走廊里有一块关于西双版纳的广告：你在都市森林，送你原始雨林。

这个广告词好。说不出的好，就是好。都市的森林是水泥的丛林，人欲的丛林，生存搏斗的丛林，冰冷、灼热、亢奋、争斗、枯燥……但雨林是湿润的、温情的、慈祥的、和蔼的，被植物的气息包围的，被鲜花点亮的，是雨滴和溪河的漂洗，是一场身心解放的大自然艳遇。

我不知道茶树是否为雨林树之一种，但我知道的是，普洱茶的古六大茶山、新六大茶山，都在西双版纳，只有一个在普洱的景迈山。我问他们，为什么思茅改成了普洱，而西双版纳没改在前头，让思茅抢走了？他们说，西双版纳历史上归思茅管。原因明白了，当作一个说法。但我想说的是，西双版纳的绿意也是十分汹涌的，这里，全国来此置业买房的人很多，文化人在此定居的更多。著名作家马原在南糯山定居，用南糯山的山泉水治好了他的肺癌，成为天下奇闻，也有力地证明西双版纳的山水是养人的，是治病的。而南糯山的古茶林遍山都是，在离马原不远的二三里地，就是布朗族众多的2000多年历史的古茶树，而马原30亩的小森林里，古茶树也不少。

西双版纳是上天垂青的一块土地，在这个纬度——北纬21°—22°上，几乎全是沙漠，如新疆、伊拉克等。但西双版纳绿潮澎湃，主要原因还是距离海洋较近，受印度洋西南季风的控制和太平洋东南季风的影响，得两洋之风，雨水充沛，也是受横断山脉的影响，让暖湿气流回旋于此，雨季漫长，成了植物王国。

至于承认西双版纳有否热带雨林，经过一番争论，那个英国女王的丈夫爱丁堡公爵菲利普亲王在1986年，担任世界爱护野生动物基金会主席时到了这里，看到了七八十米高、被称为“热带雨林标志”的望天树，于是世界才承认中国除了海南，西双版纳也是热带雨林，500万亩。后来他的孙子，即戴安娜的大儿子威廉王子也来到这儿，亲手喂了救治的小象羊妞和然然。现在这片热带雨林保护区在西双版纳3个县——景洪、勐腊、勐海境内。

傣族寨子有水源林、薪炭林，竜林——就是一个村寨的神树木，那是不可以动的。曲靖作协主席段平曾下放到西双版纳，他说，竜林真的很神秘，他们一起下放的知青，有两个跑进傣族的竜林，结果一个精神失常，一个得病死了，你无法说清这其中的蹊跷。在薪炭林里，种的是一种铁刀木，黑心的。《西双版纳日报》副总编、傣族才女玉康龙女士，就向我讲到了傣家人种黑心树，当地人把它称为“迈戏烈”，学名铁刀木。每年秋收季节，粮食入仓之后，傣家人就开始砍伐黑心树柴薪。黑心树寿命长，生长速度快，萌芽更新力强，植株生长旺盛，燃烧火力大，几年一砍伐，就足够全年烧柴用了。她说，西双版纳是我国目前保存面积最大、物种资源最丰富的一片热带雨林。这片热带雨林之所以能保存下来，其中原因之一，是居住在热带雨林旁边的傣家人，没有靠山吃山，祖祖辈辈种植黑心树，不到热带雨林中去砍柴烧。傣家人常说，黑心树真好，黑心树火炭烤出来的鱼肉最香。黑心树的种植救了热带雨林。

我在傣族村寨如热带雨林中的曼掌村看到，村民家家种着花草树木，古木成荫。村中心有千年的菩提树、大杧果树、大榕树，盘踞在村中心。每家几十盆甚至几百盆（罐）花，有的放在门口，有的吊在屋檐，有的放在屋顶，有的鲜花夹道，有的是陶，有的是木，有的是瓷，有的是塑料。凡是露土的地方一定要种上花草。有荷花、文殊兰、黄姜花、黄缅桂、鸡蛋花、地涌金莲、马厉筋、红黄花、曼陀罗、飘香藤、蓝花草、马缨丹花、仙人掌、紫薇、鹅掌藤、千年木、朱芋、棕榈、观音棕竹、虾衣花、千佛手等，结满了各种甜果的柚子树、杨桃树、芭蕉、枣子树、杧果树，雨林里到处是破土而出的竹笋。这里的花瓣可以摆成画框出售，妇女们都佩戴着香袋，头上插着鲜花，服装也很鲜艳，每个人都像是一蓬盛开的、行走的花丛。

我们看了村里古井“喃香”井，还有寨神林、寨神道。为什么植物要茂盛，在傣族人选择居住地，建寨一定要有林和箐，建勐要有河与沟。寨前渔，寨后猎，村寨依山傍水。山林、河流、平坝，是傣族祖先建寨时最看重的三要素，按傣族古老的谚语说 :“森林是父亲，大地是母亲，天地间谷子至高无上。”但森林永远是被傣族排在首位的，人们的生活资源来源于森林，来源于这热带雨林和村里遍植的各种神奇植物。

傣族把很多花草树木神化甚至被尊为图腾。傣族尊崇了千百年的“五树六花”：菩提树、大青树、贝叶棕、槟榔、椰子树；荷花、文殊兰、黄姜花、黄缅桂、鸡蛋花、地涌金莲。为了保护箭毒木这种珍贵树种，使其免遭砍伐，傣族弄了一个传说，箭毒木就是打虎英雄波洪沙的化身，于是没人敢砍了。许多树木如大青树、望天树、菩提树都有美妙的传说和故事，有了神性。在傣族和西双版纳各世居民族这里，孔雀、野象等动物，都是美丽、善良、吉祥和力量的化身，不得伤害。

走进西双版纳的景洪，大街上到处是大象的雕塑，到处是大象和孔雀的图案，而且把它们描绘得金碧辉煌，可爱至极，异域风情扑面而来。

玉康龙女士与我聊天说到过去傣家村寨的往事和傣家人的禁忌，她回忆起她们寨子旁边有一大片杧果林，有几百年的历史了，属于整个寨子，熟了大家去摘，风吹掉了拿盆去捡。她说挖竹笋要留一些，不然新竹就少了。她们也经常去隔壁的哈尼寨子带着弟弟找苦笋，去收割后的稻田里，翻开稻草找田鸡、螃蟹。溪沟里的鱼，一波一波游着，你根本捉不完，就跟梦幻一样的感觉。捡田螺，捉螃蟹，吃不完就做螃蟹酱。到 8 月，田埂上到处是螃蟹。她们还去河里捞青苔，晒干，烤了，混在糯米饭中吃，煮鸡蛋吃。她说傣族虽然信佛教，也是自然崇拜，禁忌很多，比如与树木有关的，筷子不能乱敲，板凳不能用脚踢，山上的树都是有灵魂的。人死后与树木在一起，称“到橡胶林施肥去了”。

云南山地民族的信仰与文化，是与森林和生态紧密纽结在一起的，他们对绿的图腾和对树的崇拜无处不在，神山、神林，当作一种非凡的力量来顶礼膜拜，对自身之外的生命的敬畏，蕴含着高深难测的生存伦理与道德，所谓“蒙昧”的外表下，深处是不可言说的生态哲学与真理。

在西双版纳国家级自然保护区的勐腊保护区望天树景区，这里的植物就是高大，叶子就是阔大，什么都是大。在雨林，植物是疯长的，就像是老天爷用了超级膨胀剂，滴水观音的叶子可能有几米大，望天树有七八十米高，简直不能叫树，叫人工矗立的超级木头，太高，望断蓝天。为了不让这么高大的树被狂风吹倒，这树长出了固定树蔸的板根，四个方向都有，板根宽大，高到几米，比人工的固定更科学，而且绝对没有豆腐渣工程，上天全心全意地在帮忙。上天为了不让望天树的种子掉落时摔碎，给种子安上了四片大叶子，降落时就跟降落伞一样旋转着从几十米空中慢慢下降。遇起风时，这些种子还可以飞翔，传播到远处。造物主真是太伟大，什么都给想好了。难怪傣家人相信雨林里有一个神的，不然，我们无法解释这些现象。

雨林中除望天树外，还有山红树、八宝树、大叶木莲、黑毛柿等珍贵树种。林中层次分明，林上有林。有一种眼镜豆的豆荚，长度竟可达到 1.5 米，是木质大藤本植物，攀缘在热带雨林的大乔木上，也是热带雨林非常神奇的植物之一。我还看到一种扁担藤，像树一样，比树还粗，保护区的朋友用刀子划了个小口子，水竟然像喷泉一样流出来，我品尝了一点儿，这水清凉微甜，听说营养价值很高，含各种微量元素，只管畅饮。有巨龙竹，七八十厘米粗，当地百姓将它砍了，一节做一个饭甑。这里有最长的藤本白藤，长到几千米，太不可思议。这里的古椿树数人合抱。分泌毒液的毒剑木，俗称“见血封喉”。有一种西米树可以分泌出纯度很高的淀粉。这里的香蕉树起码有 5 米高，这里的旅人蕉张扬高飘，火炬姜的花像荷花，却比荷花更大。虾脊兰的花叶同样巨大。野芭蕉叶子辽阔，小小的芭蕉熟了，一串串的，但籽多肉少。倒伏的大树和板根也有死的时候，烂在溪沟里，上面长满了白色和蓝色的蘑菇。有两棵望天树，有一千三百岁，高达 80 米，因此成了树神，成了游客的许愿树。有一个地方有 5 棵古树，叫五指擎天，两棵是绒毛番龙眼，一棵是猴欢喜，长满红毛果，有点像红毛丹果。这 5 棵大树为雨林的顶层树。

有一棵琴叶风吹楠，高达 24 米，种子含有一种固体油，可以使坦克在零下 40 多摄氏度中运行，是国防工业机械润滑油降凝剂。

在雨林里，藤本绞杀木本太厉害，好像它们有世仇。大叶榕也在绞杀大树，攀缘向上后，将树如蛇一样死死缠紧，让它不能呼吸，里面的树最后缠死了，烂掉了，留下一根树的空洞，这大叶榕就在空洞外生长着，看得触目惊心。有一棵见血封喉大树，在保护区的旅游小广场边，可惜已经死了。这棵树少说几百年，同行的蒋书记说，这棵树的死，是小生态破坏了。一棵树，是一个生态系统。就是你搬走了一块石头，你扯去了一根草，它的小生态环境就改变了，树就会死去。生态是神秘的、脆弱的，我们必须小心伺弄它们。但在这里的热带雨林科普馆里，我看到了一套见血封喉树皮做的衣服，白白净净的，看着很柔软。这套衣服有上衣、围裙、帽子。这毒剑木虽说剧毒，但纤维细长柔韧，剥下树皮后，要在水中浸泡一个月，再反复捶打，冲洗，除去毒汁，做衣，做被褥，都非常好，弹性十足，如今在雨林的人家还偶尔有人穿这种衣服。

在这个保护区里面，有一种神奇的动物叫鼷鹿，个头比较小，它有一个特点，就是在涉水之后行走能力短暂丧失，倒地不起。因此它常常在过溪河后被猛兽吃掉，或被人捕捉。

我们爬上了空中走廊，是在望天树的树腰搭成的。20 世纪 90 年代，美国植物学家摩尔为了近距离、多角度观察望天树热带雨林，建议当地政府修建了这条凌空 36 米，长 500 米的空中走廊。啊！这真是登高望远，但这条高空栈道距地面委实太高，因为绳索的晃荡，走廊的长度，令人恐惧、不安，揪心，太难走，虽然步步是风景，虽然我们体验到了雨林的宏伟、神奇，脱离了溽热的地面，凉风习习，人如飞燕，但对于雨林，我们不应该站在它们的腰间，而应在地上仰视。对这片热带雨林，我们必须向它们脱帽致敬。

这个时代，在过去的 20 世纪，经济的起飞，科技的进步，人类的生活彻底改变了地球的面貌。人类从来没有如此便捷和幸福地生活，也从来没有这么疯狂地对资源的攫取，对生态的破坏。人口爆炸、环境污染、资源枯竭、战争蹂躏，整个世界面目全非，工业化带来了严重的恶果。所谓城市化，就是对环境的掠夺，对生态的剿灭，城市是一个人造的生态系统，一点点绿色，不过是对生态破坏后的小额补偿，杯水车薪。而未被惊扰毁灭的“净土”，只在云南这些少数民族地区保存着，譬如，西双版纳的原始热带雨林。

感谢这里的人民，保管守卫着地球和人类的优秀遗产，守卫着大地最后的荣耀与尊严。

野象记

象是吉兽，象永远是温和的、友善的。它庞大，粗糙，长相怪异，长鼻子，但它带给人们的是安全感，与人为善，载物负重，任劳任怨，仿佛是人类的奴仆。但象更是佛教中的神兽和瑞兽，普贤菩萨的坐骑是灵牙仙的六牙白象，六牙白象是菩萨所化，以表威灵，象征着“愿行广大，功德圆满”。

我们想象的野象，地球陆地最大的巨兽，徜徉在西双版纳的热带雨林里，它们扇着蒲扇般的大耳，踏着石礅般的巨脚，气吼吼地行走，在水中嬉戏、滚泥。它们吃香蕉，吃杧果，掰玉米，糟蹋庄稼，与野兽搏斗。它们也被人驯化，进行表演。如果在东南亚密林深处，这些驯化的亚洲野象只剩下悲惨的一生。从生下来就训练拉木材，在深山老林里，它们拉着沉重的原木，在深沟泥泞中跪着拖曳，而主人用大棒抽打着它们，那哀惨的叫声回荡山林。在一个视频中，外人问他们为什么要这么抽打象，主人说不打它不听话。那些人养一头象就等于养了 10 个奴隶，伤痕累累的亚洲象的一生，就是劳役的一生。而我在电视上看到的非洲象也很悲惨，那就是每天为寻找食物和水源而在骄阳下不停奔波。在毒辣的太阳下没有阴凉儿，小象会活活晒死，大象会生生渴死。

可在云南西双版纳的热带雨林里，生活的数百头野象太幸福了，浓密的雨林食物丰富，永远不缺水源，也没有人侵犯它们，没有任何天敌，它们就是林中之王，这儿是它们的天堂。

野象谷在西双版纳国家级自然保护区的勐养片区，这个山谷里生活着 50 群大概 350 头野象。它们的祖先一直在这片雨林中生活，在基因记忆更远古的时候，它们曾经生活在黄河以南、长江流域，气候变化和人类的捕杀，它们的栖息地被洗劫蹂躏，它们的祖先带着家眷开始了漫长的溃逃和迁徙，来到了云南。在这里，它们遇到了善良的人类，腾给它们一片土地，让它们永久避难，繁育生存，成了这儿的主人。这里的人们爱上了它们，赋予它们许多传说和神话，把它们塑造成神的化身，让它们免遭杀戮，休养生息，成为如今国家一级保护的对象，成为我国的旗舰物种和明星物种，而且被列入《濒危野生动植物种国际贸易公约》（IUCN）附录Ⅰ物种，严禁国际贸易。所谓旗舰物种，是因为热带雨林中的许多种子非常坚硬，必须经过大象的肠胃消化排出后才能发芽，大象是雨林植物繁盛生物链中的顶层生物。

如今，它们的栖息地还有约7000平方公里，除西双版纳外、普洱、临沧都有亚洲野象的身影。我在普洱采访的前两个月，一头野象闯入了普洱城中。这头成年野象在深夜城市的马路上大摇大摆，目中无人，像一辆坦克碾压着城市人们的神经。因为它太庞大，所以被城市人排斥，在连续两天出现在城里之后，它被麻醉枪击倒，“请”出城市，抬回森林。这证明什么？唯一证明的是，在这片区域，野象群正在扩大，它们没有受到过人类的威胁，所以可以在城市长驱直入，也许，这个城市也曾经是它们生活的地盘呢。

西双版纳是亚洲象在中国唯一的栖息地，野象谷，是生活在勐养自然保护区东、西两片区的野生亚洲象交流汇聚的中心通道。野象谷内自然资源丰富，汇集了热带雨林、南亚热带常绿阔叶林及众多珍稀动植物种群。在这里，旅客时常会看到野象群出现于沟谷中，几个象群相互驱赶的吼叫声此起彼伏。它们毕竟是野兽，而且体形巨无霸，那种群象的怒吼回荡在雨林的时候，会让人胆战心惊，不寒而栗。据野象谷的朋友介绍，2018年6月1日，这沟谷里发现了40多头野象，2日发现了58头。最多发现了60多头。

我们去野象谷的“中国云南亚洲象种源繁育与救助中心”，看望和了解那里救助的野象。接待我们的大象医生保明伟，是全国农民工模范，是保护野象的功臣。他说他们干的工作就是救助在野外遇险的野象，但帮助这些庞然大物不容易，何况它们野性未泯，在清醒时会攻击人。而且野象是记仇的，同行的段部长说到1973年，上海科教电影制片厂在这里拍《捕象记》纪录片，记录上海动物园在西双版纳捕捉一头小母象的过程。为了捕捉一头小象，当时动物园专家找了当地村民配合，打死了五头大象才抓到这头合适的小母象。在这部纪录片拍摄过程中，有的象是因为麻醉时间长，没有醒来；有的是因为没有养殖经验；有两头小象还没有运出西双版纳，不到一个月就死掉了。据捕象队的人回忆说，他们捕捉这头后来取名“版纳”的小母象时，它们的妈妈一直在叫。它一叫，整个象群都在那儿吼叫，在那山沟里面象群的叫声惊天动地……

据科研人员观察和当地百姓反映，自从捕捉小象打死几头大象后，这个象群家族重新集结，疯狂报复人类，捕捉地有两个寨子，一个是上寨，另一个是董寨。大象在上寨的时候，它不从农田里穿过去，从很窄的田埂上走过去。偶尔一条腿掉进去它会很快上来在田埂上走，不踩庄稼。到董寨以后，它非要到长势很好的秧田里打几个滚，把秧苗踏坏。因为，董寨就射杀过它们的同伴和亲人。还有一个真实的传闻：半年后为虎作伥帮上海捕捉小象的村民家里所有家畜都被野象搞死，家人和亲戚天天被野象侵袭，庄稼颗粒无收，这个村民被搞得精神失常，几年后就死了。当然这些事情在纪录片里都没说。

保明伟告诉我，大象的智力相当于人类九岁的儿童，无比聪明。比如，今年它吃过庄稼的地方，明年它一定还会来。农民为躲避野象把粮食埋地下，用瓦盖上，野象也会找到并扒开瓦吃粮，吃饱了再把瓦盖好。

保明伟说，他感到野象是因为祖辈被人类猎杀过，仇恨的基因被传了下来，所以救助非常困难，一是它们体形庞大，要用吊车、大铁笼，有时可能会攻击人。一头成年亚洲象的体重可达 3 吨。

这些在此救助的大象是如何受伤的？有的是在搏斗中受伤，有的是从山上跌落受伤，有的是心脏问题等先天性疾病而被成年象抛弃。保明伟说：“大象很聪明，它们会有意把生病的幼象放在人类居住的村庄附近，指望人类来救助幼象。”

如果接到野象的受伤报警，查看伤情后，他们会派出大约 60 人的浩荡救援队伍，有时还会动用起重机和直升机。受了轻伤的大象在恢复后不久就会被送回森林，但有些身体欠佳的不适合放归森林的大象，只能继续在救助中心接受治疗。救助中心的每头大象都要安排两名象爸爸，每天 24 小时照顾它们。象爸爸每天都要带大象去野外进行野化训练，以便它们适应野外的生活。

2008 年，中国云南亚洲象种源繁育及救助中心在野象谷建成，到目前为止，救助中心已成功救助了 18 次（头）野生亚洲象，并成功繁育了 5 头小象，目前仍有 10 头野象在这里接受康复训练。

这些待在救助中心的野象，在这里优渥地生活着，每天要花掉 1500 元的生活费。一天喝羊奶 1 万毫升（10 公斤），吃草 200 公斤。这么吃，根本没消化，排的粪便就是草丝，许多昆虫大爱，连蝴蝶也爱在象便上飞舞，昆虫钻进去当成寝宫，等粪便干后还被一些鸟当成天然鸟巢。

我们进入野象的生活区要进行紫外线消毒，进去第一个看到的就是网红小象羊妞。羊妞三岁，是在 2015 年 8 月 18 号因脐带感染已休克后，在普洱思茅的橄榄坝救助成功的。那时它出生才 10 天，2015 年 8 月 17 日，野象谷亚洲象种源繁育及救助中心接到普洱市林业局的紧急电话，称在思茅港镇橄榄坝村委会坝卡寨小组，发现有一头刚出生不久的小象，误入一户农家，急需救助。野象谷立即派出 1 名医生、5 名技术人员组成救助队，准备好车辆和救护笼、药品等救助所需物品，于第二天一大早，赶往坝卡寨救助。小象被关在一家村民的柴棚里，医生发现小象瘦弱不堪，营养不良，身上多处肿块，脱水严重，脐部严重化脓感染，并伴有腹泻和心律不齐等症状，生命危在旦夕。医护人员精心救治，但找不到象奶，决定给小象喂羊奶。征寻羊奶的消息发布后，有好心人赠送了 4 头哺乳期母山羊到救助中心，羊妞得救了。因为羊奶的成分接近象奶。象和羊都是喝奶获得某些抗体的，不像人，生下来就自带抗体面对世界。因为喝羊奶长大，于是就叫了羊妞。在门口屋主的信息栏中，有羊妞的自我介绍：我叫羊妞，我是一个美丽的女孩子，我是羊年出生的，是羊年救助的。我从小喝羊妈妈的奶长大，民间一直有个说法，名字越土越好养活。

等羊妞长到一定时候，象爸爸们就想给它找个“妈妈”。救助中心物色了两头正在康复训练的母象然然和平平担任羊妞的妈妈。但因为羊妞是吃羊奶长大的，身上有一股象们不喜欢的羊膻味，只要它一靠近，两位临时妈妈就驱赶它。象爸爸们想了个办法，他们找来然然和平平的象粪，涂遍在羊妞全身，终于奏效了，被临时妈妈认了同族，接受羊妞。此后然然和平平就喜欢带着它野外玩耍了。

说到羊妞的玩耍，它在雨林山坡上用四肢玩滑梯的视频在央视播出过，但最初是象爸爸随手拍的，哪知放到网上，让羊妞成了超级网红。有一段它撒娇的短视频在“抖音”上总播放量超过 3300 万次。

我们一去羊妞就迎了上来，当然是它的象爸爸带着的。壮实的肥羊妞跟来时瘦骨伶仃的图片模样判若两个，象爸爸走哪儿它跟哪儿，真是脚跟脚，手跟手。我们进入羊妞生活和睡觉的地方，房子很大，有空调，而且象爸爸是与羊妞睡在一起的，玩儿更在一起，要从小就与羊妞建立起女儿与父亲之间的关系。刚开始，象爸爸睡的是高低床，羊妞睡在旁边的草垫上，但它慢慢康复与象爸爸建立感情与信任后，就很调皮撒娇了，甚至要爬到床上和人一起睡，半夜把象爸爸给吓醒了。

羊妞的房间常年保持在 18—20℃，打雷时，为防羊妞害怕，也必须陪伴在它身边。我看到这些象爸爸记录的羊妞的日常饮食起居数据，有一个表是每天必填的：

> 2018 年 6 月 13 日，体温 36.6℃；进食羊奶 10000 毫升；日常饮水 20000 毫升；入睡次数 1 次；睡眠时长 7 小时；大便情况 6 次；小便情况 6 次；户外活动 5 小时。
>
> 签字：象爸爸：王波、李涛。

所谓户外活动，就是野外康复，要 6 个小时，让它更快地适应野外环境，包括采食的本领与技巧，应付紧急情况等。保明伟说现在羊妞长大了，就用全脂羊奶粉来喂，这些羊奶粉是专门定制的。

这时羊妞要喝奶了，象爸爸用塑料大奶瓶灌满了一大壶，他先给羊妞喝了一些，交给我，让我体验一下给象喂奶的感受。我拿起奶瓶，大奶嘴对着羊妞，羊妞就含着奶瓶咕噜咕噜地喝起来，就像饥渴的孩子一样。是的，它们就像孩子，只不过，模样与我们不同罢了。

我们往前，就是一头叫然然的十六岁母象的家。它是2005年7月7日被救助的，是亚洲象种源繁育基地及救助中心收留的第一头野象。然然个头很大，俨然是一头成年母象，显得淑女乖巧懂事。它的发现是在2005年7月7日，营救它更是一场惊心动魄的事件。野象谷护林员在溪谷中的一条河道内发现了一头受伤的小野象，走路一走一瘸，护林员终于看清它的左后腿被夹野猪的兽夹牢牢夹住了，伤口已经溃烂及骨，伤口上满是蝇蛆。救助的医生和专家组赶到，两个神枪手提着麻醉枪，用了一个半小时才找到合适的角度举枪瞄准。但第一发麻醉弹射程太远，从小象肚皮下擦过。第二发打在屁股上，马上被小象用尾巴刷掉。这时候象群动怒，几头公象朝着救助组掩藏的方向猛冲，七八十个救援人员落荒而逃，赶快撤离以自保。

枪不行，大伙儿商量还是用传统吹管麻醉的办法，驯象员张家旺号称天下第一“吹”，他的吹管技术稳准狠。吹管是他自己做的，1.2米长，可以吹10米远，百发百中。他自己琢磨改造了平衡飞镖，15毫升的麻醉药，加空气，从侧面开口，加空气后用胶封好，改造的飞镖可以扎进2厘米厚的皮肤。张家旺果真厉害，来后一口气吹出去，准确射进小象的大腿。而这时候在远处的象群发觉伤象倒地，马上转回来，6头野象护卫着倒在地上的小象，其余都朝着张家旺和西双版纳大象学校刘德军校长他们冲过来。好在他们经验丰富，立马滚下斜坡奔逃。恼怒的象群吼叫着，甩动长鼻子把射击位置的树木全部咔嚓折断。

因为麻醉药只有2小时，不注射解药小象将会窒息而死，还要将小象装进吊车运走。现场的民警不停鸣枪示警，但野象们将生死置之度外，毫不理会枪声，4头成年大象一同向前伸出鼻子，各自卷住昏迷小象的一条腿，欲把它拖走。其余大象则排成一行，和营救队员对峙着，不时发出绝望愤怒的吼叫。

民警们打光手中的子弹，象群依然不离不弃，护着昏迷的小象，最后民警只得发射催泪弹。浓烟和刺鼻的气味让野象群慌乱起来，各自哀叫着退向密林深处。

小象得救了，慢慢痊愈，因为来自大自然，他们给它取名然然。

后面的故事还是然然家族，在然然获救的20天时，然然家族的十几头野象冲进野象谷景区，将路边的铁质路牌和垃圾桶全部捣毁，把带人用麻醉枪击中然然的刘德军校长追得东躲西藏。

然然被调教得非常懂事，我用小篮给它喂香蕉，给它一个，它用长鼻子顶端卷去你手中香蕉，丢入大嘴中。没门牙，有臼齿。牙齿一生换4次。有一口好牙才能咀嚼，才有高寿，象的寿命与人类同。你给它吃一根香蕉，它绝对用鼻子拍打一下地面，是向你表示谢意，吃一根拍打一下，有礼貌，懂规矩，能调教，会感恩，比一些坏人好多了，不会恩将仇报。虽然它鼻子发力达300公斤，要坏起来一般人根本受不了，将你踩成肉饼是很容易的事。然然的左后腿留着一块凹进去的小碗大的伤疤，走路好像没有了太大的问题。现在然然经过野外训练，准备让它重返密林。

这时运送象草（就是王草）的车来了，保明伟告诉我，一头象每天要吃掉160公斤草，大的要吃200公斤，还要补充苹果香蕉等食物。象主要吃禾本科植物，他们救助中心一天要进20吨草，这些草都是当地村民种的，一公斤0.8元。有3个村共20户种象草专卖给野象谷，农民也因此致富了。

救助野象的故事，每一个都很精彩，也很惊险。比如，还有昆六的，有强强的，有平平的，有依嫩的……母象平平的救助，保明伟讲，它的家族在中国和老挝边境密林中穿梭，是一头国际象。他们定制的笼箱长3.8米、宽2.15米、高2.8米，用了9个多小时才拉回这头象。因为肛门和尿道撕裂感染腐烂，救助中心第一次给野象做大手术。省林业厅请来昆明动物园专家包燕芬和昆钢职工医院妇产科医师马焕仙，参与我国历史上首次为野象施行妇科手术的专家和工作人员就有36位，分成5个小组，第一组负责野象的麻醉和监测心率、呼吸。第二组4位壮汉迅速用绳子拴好平平的两条后腿，将其吊在房梁上以便手术。第三组负责输液，共输入60瓶青霉素和消炎药。第四组有4名医护人员配合产科专家马焕仙，为平平进行产道清创和阴部囊肿切除手术。共清除和引流脓腐血水1000毫升，两处手术完成后，对臀部伤口进行清创、消炎、缝合。还有第四组和第五组同时配合工作对平平腿部、颈部和牙齿进行治疗。这台成功的野象妇科手术，为我国救治亚洲野象积累了十分宝贵的经验。妇产科医师马焕仙虽然累趴了，却兴奋地说，“没想到从未同野生动物接触过的我竟能给野象做一次妇科手术”。

的确很神奇，我说我也未想到今天能与野象有如此亲密的接触，喂它们奶喝，喂它们香蕉吃，还让野象给我回敬了十来个礼，森林中的动物却有人类的礼节，而且周到谦和，它们是上天派来的亲善大使吗？它们是来向人类表达雨林的问候和爱意的吗？

我问保明伟，你们的工作危险吗？这是明知故问。保明伟憨厚地笑着说，哪有不危险的，他就在救治野象时摔倒受过伤。他回忆说救助昆六时，昆六是头成年公象，攻击力强。他们吹过麻药管后，要在一定时间让公象昆六站起来，如果躺的时间太长，会压迫心脏使其窒息死亡。那一次，他们 3 个人在等待昆六醒来时，被象群包围，有一个后来者被吓病了，很久才治好。面对野象发怒，必须将身上的东西马上扔掉，要往下跑，斜着跑，45° 角跑，有坡就连摔带滚，什么都不顾。如果还不能甩脱野象，最好是爬树，要大树。人与野象的安全距离是 100 米，如果离 30 米，基本能跑掉。大象的时速是 60 公里。摆脱野象要引开它们的注意力，扔东西要扔远点，让它们对你扔掉的产生兴趣。

他说：“在雨林里待久了，掌握了野象的习性，也能与它们相安无事，它走它的，我们走我们的。”

我们在野象谷的“想象吧”吃了一顿象餐，就是野象吃什么，我们吃什么，让我们体验一下野象们的生活。胡萝卜、黄瓜、香蕉、西瓜、雪梨、菠萝、刺五加、水香菜、水蕻菜、龙爪菜（开水焯一下即食）。这个象餐厅的桌布是用芭蕉叶铺的，用芭蕉叶包的年糕，用苦藤花苞清炒，清热降火的。刺五加炝肚片。水果拼盘里有荔枝、黄瓜、波罗蜜、杧果、菠萝、小西红柿、紫薯……这些水果雕刻成各种花朵。菠萝挖空里面是糯米饭，当然还有西双版纳的烤肉烤鱼。野象吃的东西都是绿色环保的，好吃的，野象们唯一不吃的是肉鱼，是荤腥，就这一点与人类不同。

为了保护这片雨林和雨林中的野象，西双版纳州森林公安局的干警们每次都在救助野象的现场，不仅参与救助，还一直同犯罪分子进行着机智顽强，英勇持久的斗争。李水泉副局长回忆说，象牙买卖在 20 世纪 90 年代曾经疯狂一时，西双版纳也受到了波及。

早在 20 世纪 60 年代，西双版纳州就为保护亚洲野象划定了 85 万亩的保护区，但由于制度与机构不健全，保护区受到人们的蚕食。到了 80 年代，西双版纳州开始重视生态建设，调整保护区，建立了相应的管理机构，保护区的面积扩大到 362 万亩，保护区因由孤立的五片组成，西双版纳境内的亚洲象被分割在相隔 200 多公里的勐养保护区和尚勇保护区内，成了两个孤立的群体。这时，中国的《野生动物保护法》颁布实施，作为中国重点保护物种之一的亚洲象，在法律上得到了保护。

进入 20 世纪 90 年代，市场上的象牙及制品价格大幅上升，国际上猎杀野象、走私象牙的活动十分猖獗。这股杀戮之风从东南亚迅速卷入相邻的西双版纳，在过去漫长的时间里，西双版纳的各族居民无论从信仰上还是从能力上都不敢猎杀庞大的野象。但在 90 年代象牙走私高额利润的驱使下，西双版纳雨林的野象成了犯罪分子疯狂掠杀的对象。

1994 年上半年，在西双版纳勐养国家级保护区发生了一起特大猎杀、走私野象犯罪团伙案。这年的二三月，勐养自然保护区内的 20 头野象连续遭到猎杀（16 死 4 伤，其中公象 19 头），给我国亚洲象造成严重的浩劫，损失史无前例。国务院领导作出专门批示，要求严厉打击猎杀国家重点保护野生动物的犯罪活动，依法严惩犯罪分子。当时，公安局连续接到报案，公安警察赶到现场，有新鲜的死象，也有腐烂的大象尸体，全是枪杀，肉不要，只取象牙。专案组到现场排查走访侦破，老百姓说听到过枪声，看到有人背着冲锋枪和半自动步枪。通过对犯罪分子语言的分析，对他们遗留在现场做饭吃的生活习俗分析，傣族与基诺族是不同的。傣族上山干活儿，包盐巴辣椒，傣族的辣椒面很细，筷子也很精细。而布朗族辣椒剁得很大。通过他们砍伐竹子做盛饭的器皿，从他们挖坑用吊锅做饭，警察确定了基诺族的寨子土乐寨为重点对象。进寨有人说，一个叫布鲁先的村民有冲锋枪——当时对枪支管理不严格，而且看到他使用过那支枪。而且此人经济上反常，吃的烟很好，过去没钱吃好烟。还有就是他家有几个人半夜三更喝酒，再是外出时喝酒。布鲁先八九天回来一次，回来后又出去了。后来传唤布鲁先，案件告破。

事过 20 多年，参加破案的当时勐养派出所所长、现西双版纳州森林公安局副局长李志平和常宗波主任先后给我讲了当时破案的情况。猎杀地点在雨林深处，他们去破案的某一天，犯罪分子还没有收手。他们开着吉普车进入森林，听到枪响，常宗波和贾洪林他们就循着枪声跑去，跑了十几分钟，到达现场，一头象已经倒地，还在淌血，鼻子被割掉了，象牙被割走了。这让他们义愤填膺。他们在作案现场提取证据是很辛苦的，常宗波说，象的尸体猎杀者不要，在尸体里找弹头，有的尸体已经高度腐烂，大家戴口罩，洒酒精，还是被熏得窒息。他们泡在那条牛屎河里翻象尸，蛆虫到处爬动。大伙儿只能轮流工作，有撕象尸的，有刨象尸下泥土的。大象腐烂后，尸体下的草全死去一大片，证明腐烂尸体的毒有多大，可警察们要将尸体一块块撕开，一点点摸捏，雨林闷热难当，奇臭无比，手上全部是蛆，要多恶心有多恶心。

在密林里开车，有一次车还翻了，好在大家命大，没人受伤。带着犯罪嫌疑人去查看现场，要走七八天。有一次，带着后被枪毙的曹健去，因为雨林中没有人家，他们一路要自己埋锅做饭，让曹健背着一袋米，这家伙竟然把那袋米丢进了河里，让大家饿了两天……

案件在 3 个月后顺利告破。犯罪团伙一共 19 人，最后判处了 5 人死刑，1 人死缓，3 人无期徒刑，10 人分别被判处 1—16 年有期徒刑。收缴象牙 11 支、半自动步枪和冲锋枪各 1 支。

这一大案是西双版纳保护野象的重大转折，甚至促成了我国刑法的修改。因为过去大家认为猎杀野象不算什么大事，通过这次判决，老百姓才知道，野象是一类保护动物，猎杀它们是要判死刑的。而当时刑法判决，猎杀一头象顶多判 7 年。判决不仅震撼整个西双版纳，也震撼全国及全世界。从此，西双版纳的野生动物进入全面保护期，杜绝了境内大规模猎杀亚洲象、走私象牙出境的现象。

当地政府和百姓也通过这起大案开始重新审视野象的保护问题，云南省政府向西双版纳州派驻了一支武装警察部队，加强对这一地区动植物资源的保护。居住在西双版纳的少数民族都有狩猎的习俗，男人们几乎个个都有一杆土猎枪，这对野生动物来说，无疑是个极大的威胁。西双版纳州痛下决心，颁布了《关于禁止猎杀野生动物的通告》和《关于收缴猎枪的通告》，全面开展收缴民用枪支工作。

这项工作由西双版纳州森林公安局实施执行，但对山区群众，少数民族来说，枪支是男人的标配，枪就是他们的生命。收缴难度相当大，为了保护热带雨林，所有警察进村入户，深入村寨，反复宣传，得到当地少数民族干部的帮助，最后收缴了 7 万多支枪，并集中进行销毁，直播宣传，造成了巨大影响，为亚洲野象充当了坚强的保护伞。西双版纳境内的亚洲象得到快速的繁衍，野象的种群数量不断增加。

近年来，由于保护措施得力，野象增多，它们生活的地方与人类生活的区域重叠，糟蹋庄稼，伤人伤畜事件不断发生，野象毕竟是野生动物，而且是巨兽，如果惹恼它，灾难就会发生。在人类活动的地方，同样充满着危险，会付出生命的代价。有一次，一头公象到村寨附近觅食，长鼻子触到了高压线，被电击而死。有一头象不小心掉进一片农田高高的引水沟里，无法爬起来淹死了。它们与人类争夺食物，人们不得不驱赶它们，但会受到野象的攻击。2018 年 1 月 22 日夜里，勐海县勐往乡坝散村附近，一头野象阻拦在公路，攻击过往车辆。2017 年 11 月，同一个地点，又有一头公象进入公路，拦截过往车辆，踩踏、蹭靠七八辆轿车，掀翻了一辆轿车，将一辆中巴车上的挡风玻璃用头顶碎，车里的人吓得乱喊乱叫。

近年来，野象伤人的事件屡屡发生，1991—2016 年，记录在案的云南野象肇事造成的损失约 3.27 亿元，致 53 人死亡、299 人受伤。为了保护这些野象，西双版纳各族人民付出了巨大的牺牲和惨重的代价。

解决人象冲突的矛盾，是西双版纳的艰巨工作。2017 年 7 月 20 日，西双版纳国家级自然保护区启动了亚洲野象防护栏试点村寨项目，亚洲象防护围栏建设是中国云南亚洲象保护项目的一个子项目，旨在缓解人象冲突。他们先后投入 172 万元在关坪村试点，建成亚洲象防护栏 1350 米。香烟箐村围栏项目总投资 104 万元，建成围栏长 800 米。三六队村防护围栏项目总投资 68 万元，围栏长 550 米。粗大的铁围栏有效地阻止了野象进村，毁物伤人。

西双版纳州继续实施村寨搬迁计划，把保护区内的部分村寨举寨搬迁，让出空间给野象生活，如勐满镇南坪村，一个瑶族村寨，因饱受野象袭击之苦，只好从保护区核心区全部迁出。

不管怎样，西双版纳热带雨林中涌动的野性，是云南生态环境蓬勃向上的标志。这片野性的大地上，自然的力量逐渐强大而强悍，左右着雨林的今天和未来。为此，我们的一切努力都是值得的。有了雨林的动植物，有了雨林的雨水，西双版纳才能永远优美。

景迈茶山

我是从景迈茶山进入普洱的。景迈茶山有岗哨，岗哨是不允许山外的茶运进景迈茶山，防止以假充真，以次充好，不允许在景迈茶山里包装后，运出去冒充景迈茶山的古树茶。

为了申报世界自然文化遗产，景迈茶山这2.8万亩古茶树，严格地保护起来，修建了通往茶山之路。因为是小方石铺路，汽车被硌得左冲右跳，犹如颠簸在大海上，十分坎坷，问缘由，是怕沥青铺路对茶叶质量造成影响，也不知真假。但这一定是一条通往深山和高山的路，在盘山公路上盘旋了许久，云雾升了起来，夕阳变得巨大，晚霞浩浩荡荡，洒满了景迈群山。海拔在升高，我们的车经过一个大寨子，看房屋就知是傣族寨子，而且看到许许多多的茶厂，是景迈茶山的茶叶加工地。云雾开始漫上道路和村庄，四围群山齿齿，壮阔无边。上了一个山头，碰上了赶街的集市，这已经是到了收市的时候，当地穿着各种民族服装的村民仍骑着摩托聚集在这里，卖自家的农副产品。也有摆摊卖衣服、杂货、小吃的。有猪肉摊，有彩票摊，有电信摊。听卖衣服的口音，竟然是我家乡湖北来的。

我们继续往前开，终于在一个极深邃、僻野的地方下车。啊，这就是景迈茶山的中心。

我终于得见这漫山满岭的古茶树，这树龄有2700年的古茶树，也有几百年的古茶树，但都是古的，古代，古老，但不古稀，因为太多。2700年以前，是东周的春秋时期，群雄争霸天下，刀枪剑戟在中国的大地上闪烁，人头滚滚，血流成河。可是，在滇南的一隅，有一群人，与世无争，种着茶树，品着有兰花味道的普洱，过着他们慢吞吞的生活，享受着与天地和谐相处的日子。

古茶树并不是太大，因为要采摘，所以都只有三五米高，也不粗，茶树长得很慢。是否经过人工的矮化，不得而知，但因为生长在高山云雾深处，这些茶树虽不事张扬，但沧桑内敛，树干遒劲，虬枝如龙，造型山重水复，如人工培育的盆景，叶片青绿。上面寄生了许多苔藓、石斛等附生物，特别多的是一种俗称“螃蟹脚”的寄生植物。在普洱，或者喝普洱的茶客，“螃蟹脚”也是他们的一爱。常见他们将“螃蟹脚”与普洱生茶拼配在一起冲泡品饮，别有一番滋味。此物形似螃蟹的脚爪，这东西还有枫香槲寄生、枫树寄生、桐树寄生、赤柯寄生等。但景迈茶山上的“螃蟹脚”最好，而且专指景迈茶山上的寄生物，只寄生于树龄较大古茶树上，也被统称为“螃蟹脚”普洱茶，其形卷曲伸展，细分出若干节，似扁杆灯芯草，闻之有浓烈的菌藻味和茶香味，这便是《本草纲目》中所言的“形如蚱蜢脚者佳”的“螃蟹脚”。此物常饮可防止血管硬化，有消炎祛痰、清热利尿等功效，是景迈山古茶之外另一大产品。

我摘了一棵古茶树的几个芽子放在嘴里嚼，有一股老清香味，有点涩，介于苦和甜之间，但没有真正意义上的苦，几乎是甜的，味道很醇厚。那天在傣族村寨的晚餐喝了景迈古茶，确实苦后带点儿甜的余味和兰花的香味。这么说吧，有兰香的茶，就是景迈茶山的古树茶，茶汤可泡 20 泡，浓郁持久，清凉旷达，回味悠长，有野山茶的气韵魂魄萦绕杯沿，久久不能散去。

不知有没有叫“野韵”的景迈茶，我认为，野韵是这里茶的独特韵味。野山之茶，让杯中群龙竞舞，松雪万点，高香喷薄，正是山野深林的神韵，大千世界的绝饮。李白说，茗生此中石，玉泉流不歇。石中茶有玉泉声，说的是有什么样的环境，生什么样的茶。这里的古茶林是挟了千钧的绿潮，汲了万山的香魂。沉雄静壮，遒劲旷远，无他茶可比。这里的古茶树，造型古典，是它的意境影响了中国的亭台楼阁水榭回廊，这些茶树上的叶片，最终飘向了小桥流水的庭院，飘向了文人雅士的案头，飘向了仙风道骨的生活。中国文化的典雅神秘的一面，有这片茶林的贡献，中国人味觉的形成，也可能与这片茶树有关。

景迈山是中国六大茶山之一，千年古茶树的面积堪称茶山之最。这里产有一种茶叫“景藤腊告”，傣语就是千年古茶的意思。景迈山茶属乔木大叶种，十二大茶山中乔木树最大的一片集中在这里，也有中小叶种，混生在这一片大山之中。

景迈茶山是茶树生长的圣地，茶人心中的圣山。2003 年，中国科学院有研究报告称：这里是世界茶叶的发祥地，是目前世界上保存最完好、年代最久远、面积最大的人工栽培型古茶园，是世界茶文化的根和源，也是中国茶文化发展的历史见证，人与自然和谐发展的缩影，传承民族历史文化气息的活化石。同时它所具有的病虫害自我控制机制，对于研究生物多样性、生态环境保护、茶叶驯化和种植起源都具有十分重要的科研价值。2013 年，国际茶叶委员会确认景迈茶山为“世界茶源”。2013 年 11 月，国家文物局将景迈山古茶林列入《中国世界文化遗产预备名单》。它还被称为“古茶园的自然博物馆”“东方的普罗旺斯”。各种誉词都可以给它。

在景迈茶山的古茶树林和其间布朗族人干栏式建筑的村寨，有一种特别的情调，这是个不可不去的地方。这话是我在云南林业厅采访时，一位对景迈茶山有特别感情的老领导深情地对我吩咐的。中国的干栏式建筑如今只保存在景迈茶山的布朗族村寨里，特别是翁基村。

我在景迈茶山申遗的材料中看到，布朗族人开始人工驯化并小规模栽培茶树，最晚在公元 7 世纪，至少已有 1300 多年历史。

在景迈茶山，有布朗族和傣族等少数民族。布朗族是云南三大原始族群之一的“百濮”，也称其为“濮人”，与德昂族、佤族有族属渊源关系。景迈山傣族是元末明初由勐卯地区（瑞丽）迁来。不过在同一座山上生活，有史载故事称这两族是亲戚关系，西双版纳土司把第七公主南腊米嫁给了布朗族头人、他们的民族英雄岩冷，共同管理茶山。这里布朗族人的后代也有傣族血统，所以两族在一起生活，亲密无间，形同一家人。

因为有 1000 多年的种茶史，布朗人掌握了多种茶叶品种的制作：“腊告”

（干绿茶）、“腊拉”（大粗叶茶）、“腊贺”（糯米香茶）、“腊各信”（小雀嘴尖茶）、“腊广”（圆形的紧压茶，也就是后来誉满天下的普洱茶）。这些茶都是难得的精品，在景迈古茶园，在翁基村，随时可以喝得到。

布朗族与哈尼族一样，自然崇拜，信万物有灵，当地每家每户都崇拜茶魂树。尤其布朗族将“一叶两芽”茶抽象成符号作为一种图腾，应用于民居建筑的屋顶装饰上，突出了对茶的感激与敬畏之情。

景迈山莽莽苍苍的古茶林，也有一些其他古树。我进入茶林，抬头看到高大、雍容华贵、有神秘感的另一种树，他们告诉我，这叫移依果树，结满了果实，但据说果硬难嚼，酸涩难咽。布朗族人一般会加入盐、辣椒、白糖等腌制凉拌后吃，舂碎，拌以各种调料吃；还有一种长尾单室茱萸，也是高古乔木，挺拔英俊，郁郁苍苍。

古茶林集中分布在海拔 1250—1550 米的山地上、村寨周边、次生林之中。景迈山现有 3 大片古茶林，面积 1231 公顷，分别以翁基寨和景迈大寨为中心。在翁基村寨里，我学到了一些知识。古茶园是一个庞大完整的生态系统，是珍贵的物种基因库，古茶林生态系统植物多样性丰富，植物有 125 科 489 属 943 种。古茶林层次丰富，具有乔木层、灌木层（茶树主要分布层）和草本层，形成上—中—下的立体结构。上层有构树、菩提树、桤木、西南木荷、红椿、乌墨、云南石梓、翠柏、腊肠树。中层有白花羊蹄甲、中国山樱花、楠木、苦竹、翠叶金合欢、龙须藤、芭蕉、大果榕、云南梾移、漆树、番石榴、普洱茶、鸟舌兰、骨碎补、大叶梅、石斛、扁枝槲寄生。下层有薤白、草、辣椒、薄荷、宽叶韭、烟草、密蒙花、蕺菜、水芹、灰肉红菇、干巴菌、奶浆菌。

古茶林内有茶树 327 万株，是个什么概念，在这片云海之上，布朗族、傣族，还有哈尼族和佤族，守着这几万亩古茶树，生存得那么优美，并保持着各自浓郁神秘的民俗风情，让文化和族群都焕发出历久弥新的活力。

我徜徉在这片阒寂如远古的茶林里，地衣湿滑，植物葳蕤，有大树被时间掏空了树干，树洞里深不可测，应该有野兽光顾过。在这里，人类与自然共同演化的过程中，景迈茶山，真正是天人合一的典范，这里的人们尊重自然资源，活在自然里，活在古茶林中，让那些祖先栽种的茶成为他们永远兴旺的源头，是他们的生存法则和生态智慧。

我必须赶在天黑前到达千年古寨翁基村。我们在一片夕烟腾起的时刻进入了这个中国干栏式建筑仅存的传统布朗族村寨。这个村寨被云海托着，在傍晚的炊烟里沉醉。古木成群，房舍特别，好像进入了一个与当下生活无关的世界。没有一栋水泥建筑，听不到一丝喧嚣，停车场的许多汽车才让我们回到现实。看车的牌照，都是从各地各省来这儿住下避暑的客人，爱好自驾游的潇洒人群。有的在这里一住就是半年甚至长期生活在此。村寨在一个山坳间，村子的上方是一座佛寺，旁边有一棵巨大的古柏，这种柏就叫翁基古柏。有几个巨大的树干，高达 20 余米，蓊郁浩大，胸径 3.3 米，根部径围至少有 11 米，已有二千五百八十岁。何人所植不知，但出生在春秋时期是一定的，一棵树为什么伟大成神？因为它基本见证了一个国家的历史，这么久远的生命难道不值得我们尊敬吗？

在这个村寨寺庙的高处，可以看到翁基村的全貌和下面的山谷，那儿还有几个寨子如芒景上寨、芒景下寨、芒洪，这些布朗族村寨，陡峭黑挂瓦下的干栏式建筑笼罩在古老的茶香中，深偎在古茶林里。

这里的云海非常神奇，在山谷中，平静如摊晒的棉花，如堆砌的冰块，盘桓在寨子的旁边，流连不去。

进入石头铺道的寨子，干栏式建筑的楼下是敞开的，楼上也是敞开的。楼下是养猪、养殖鸡和安放杂物的地方，现在是放摩托车和拖拉机的地方，干干净净，清清爽爽。屋檐下，有燕子窝和蜂箱，有花钵，有芭蕉丛，有废弃的碓窝，有狗，有鸡，有红色的消防栓，穿着布朗民族服装的男女在村里来往。女人头上包着彩色的头帕，穿着绿色的裙子，斜背着手工编织的包，穿着拖鞋，皮肤较黑。更多的房子成了民宿，有更为时尚的装修和布置，布朗族的民族元素被扩大放在民宿的门口，比如，布朗族的大葫芦一排排挂在栏杆上。

寨子中心的一个建筑前是族人们祭祀的祭台，石头垒砌的台子上插着高大的竹子，挑着白幡。

寨子的活动中心，是一些斑驳生苔的老石头，有一个大平台，有一个卖肉的摊子，用铝盆装着猪肉。猪肉不肥，卖肉的是本寨子里的人，用的弹簧秤，12元一斤。围在这摊子前说话的寨子里的男人和背着小孩的妇女都说，这是绝对的绿色食品，没有喂饲料的，是放养的。同行的朋友买了几斤，带回城里去。

翁基，布朗语的本意是看卦，意为看卦选址的地方。虽然布朗族的先祖带领族人迁徙到芒景这个地方时，卜过卦，但这地方本来就太好，如今又遇到更好的时代，政府加大了对传统古村寨的投入，村寨的“古村落、古民居、古树群、古老的布朗族文化、古老的茶文化”五古一体，有着深深吸引外界的魅力，它的布朗族传统建筑、传统制茶工艺、民居体验馆、民族节日，都是独一无二的人文景观和自然景观。而且结合得那么好，保存得那么好。

在翁基村的家家户户木屋檐口顶部的翘角处，都能看到完全一样的三叉形茶叶图案，这是翁基村的图腾。寨子里每年都会举行祭茶祖活动，村民也保留着近乎原始的布朗族烤茶传统。茶是大自然给布朗族的馈赠，也是村民自然崇拜的对象。

布朗族是茶的民族，翁基人世代与茶树为伴，与密林草木为生命的依托，是茶养育了他们，水攻、火烤、陶煨、竹酿，在生活的幸福美满处，被茶香环绕着梦境。如今，翁基古寨的茶叶名满天下，加上这里的名气，更多的人来到景迈茶山，布朗人家的年收入许多已超过了10万元甚至20万元。古茶树，成了布朗族永远的摇钱树。

这里独特的“茶祖”信仰仍深刻影响着布朗族的生产生活和精神心理。布朗族人每家的茶林里，都会有一棵高大的茶魂树，树干上捆绑着用竹篾编成的小篓子，用来盛放祭祀品。茶农们采摘茶魂树上的鲜叶时，都要先祭拜茶祖帕哎冷。每年春天，家家户户把各自茶林里的茶魂树鲜叶采摘下来后，制成“茶魂茶”，供奉在祖先也是茶祖帕哎冷的雕像前，祈求年年茶叶丰收。

制作茶魂茶充满了森林的神秘感，必须由家庭中的年长者来采摘，采摘前要斋戒、沐浴、更衣，然后跪拜在茶树下，献上泡好的茶和饭菜，点上蜡条并开始诵经祷告，诵经完毕方可上树采茶。每棵茶魂树的茶全部是采用传统工艺，纯手工制作，杀青、揉捻、晒青都以树为单位独立进行，不得混杂。

在翁基村，最热闹的节日是“山康茶祖节”，为了保住幸福祥和的生活，不忘根本，每年 4 月，翁基村都要举行山康节，就是祭茶祖的节日，也叫茶祖节。这个节日布朗族又称“好够龙”，节日历时 4 天。正式的祭茶魂仪式据说始于景迈山种茶后的一百年，茶魂树就是第一棵种下的茶树。山康茶祖节，全村的男女老少都穿着节日的盛装，前往古茶山祭拜茶魂。祭拜茶魂的地方在景迈古茶山原始森林的深处，高大的古木遮天蔽日，古树下是成片成林的古茶树。在高大的古树下，人们用竹子搭一个供台，供台上插着各种祭祀用的纸花。供台也叫茶魂台，人们把所有的供品都摆放到上面，大佛爷和寨子里最有威望的老人站在供台的中央。祭祀的人在供台前跪下，点燃手中的蜂蜡，双手合十，在大佛爷的诵经声中，人们三呼茶魂，声震山野，对给予他们富裕和幸福的古老茶山顶礼膜拜，然后，整个村寨的男女老幼，在象脚鼓的鼓声中，人们高举手中的茶树枝，跳起欢快的舞蹈，迎接采茶季的到来。

景迈山古茶林是自然与文化高度复合的特殊生态系统，充满了茶一样的活力。

景迈茶山，在我们的杯中，永远是一年一度的绿色诱惑，绿色怀古。

百草根节

头天晚上住在澜沧县城，遇上了 3.2 级的地震，竟然没有醒来。临睡前看到漆黑天空上有一块亮云，匆匆向东飘去；接着，又出现一块亮云。早晨起来，听说闹了地震。

终于赶上了普洱的百草根节。这是一个第一次听说的草根节日，也是全世界仅此一家的节日。

面对着满街嫩生生的各式各样的草根，你可以知道的知识有：一是新鲜草根是可以吃的；二是普洱的山水间有这么多种草根和草；三是热带雨林的植物太丰富，因为不可吃的草根应该更多；四是一般农民都能认识这么多可以治病的草根；五是这里可能是我国中草药最丰富的区域；六是普洱百姓的饮食习惯太奇怪。所谓百草根节，就是吃草根，普洱人的口味真的太怪。话又说回来，如果没有这么多好吃的草根，如果这儿的生态环境遭受了破坏，你又到哪儿弄这些草根吃呢？

草根节始于何时？问了几个人，都说不知，说普洱自古就有端午吃草根的习俗，跟汉族人喝雄黄酒的道理一样。可是汉族在端午时，也有喜欢草如蒲草、艾草，只是挂到门口驱蚊避邪，这个习惯也有几千年了。在普洱生活的无论是汉族还是傣族、拉祜族、彝族、布朗族、佤族，到了端午前后，都要买一堆草根炖鸡或排骨。有的是一天炖一种，有的是买一堆一锅炖。根有细有粗，有大有小，有的一团乱麻，有的理顺成束，有的是茎，有的带叶，有白的，有红的，有黄的，有绿的，有硬的，有软的。这些山上挖出的热带雨林的根，千奇百怪，都可食用，大部分看着就可生吃。这些根，至少一半在南方的平原山林间是可以挖到的，但其他地方为何没有这个习俗？我百思不得其解。

中午市委宣传部请我们吃了一顿百草根饭，在鸡里面煮了一些草根，如牛蒡子根、当归根、茴香根、鸡腿根、麦冬根等。然后，我来到草根节的主卖场，还没到端午，但草根节已经开始了几天，各种热闹的活动过去了，如上海大世界基尼斯纪录的现场认证，在普洱思茅区阳光悦城七坊街的“原生药材展示一条街”以总长度 1648.5 米被认证为“规模最大的药用植物展卖会”。这条长街上，摆摊卖草根的展位数量达 1099 个，主要参展的草药根有鸡刺根、土党参、野当归、牛蒡子、生藤、小红蒜等 200 余种。这一天，现场摆了 130 桌“百草根”宴，千余名市民一同品尝了百草根炖生态猪脚、百草根煮生态牛排、百草满山香炖生态瘦肉、新鲜石斛花炖蛋等数道由不同草根搭配烹饪的美食。

我去的时候依然是很长的摊子，摊子摆到了会展外的大街，所谓草根，是很贱的，草根群体就是下层人群。但这儿的草根那么鲜亮，五颜六色，真是让人大开眼界，十分养眼。且每一种都是中药，其实中药就是根茎为主，较多也好分辨的有牛蒡子根、天冬根、麦冬根、绿葱根（不是我们吃的葱）、小红参根、臭参根、当归根、鸡刺根、茴香根、古登根、露水草根、铺地丹根、老泡参根、生藤根、牛膝根、马尾根（一坨坨就是黄精）、防风根、五金子根、毛丹花根（炖鸡蛋的）。这些根难以下咽，主要是喝汤，煮在一起，也是祛湿提气，滋阴补阳，防病治病。但满街卖草根，把各种植物翻个底朝天，有的是专门种植取根。在汉族有些地区，吃点儿鱼腥草根之类很平常，像云南普洱这么吃几百种根，大张旗鼓，风卷残云，闻所未闻，这也是普洱奇俗。

普洱人的话说，端午节吃百药，换了肠肚一身轻。到了农历五月，普洱这地方地处热带、亚热带，溽热、潮湿，万物生长迅速。听说这里的思茅松一年要长两个年轮，在植物界也是十分神奇。因为天热，虫蛇出动，细菌繁殖，植物腐烂，瘴气弥漫，严重影响人的健康。这个季节，人会茶饭不思，浑身无力，于是吃点儿草根就会增强免疫力，滋补阳气，调理阴虚。

草根都不贵，三五元一斤，贵的有 10 多元钱的，属好药。山里农民去挖采，洗净，再挑进城来，一个大摊的上百斤，也卖不出多少钱来，只是强壮了市民的筋骨，滋补了他们的气血，满足了他们的口福，对中草药的认识与发展起到了推动作用。老妪早晨提着篮子上街，就可以买一堆回去，家里的人是什么体质，适合吃什么草根，炖什么东西，老人都心里有谱，成了半个中医师。一般来说，炖猪蹄和鸡的较多，一锅中，应该有 10 来种草根，这炖出的汤才有药效。五筋姜伸筋络，当归补气血通筋络，鸡刺根排毒，党参、公鸡果根和茴香根补气（常言说，3 年茴香根，赛过半支参），山白枝根、石菖蒲、鸡肚子根消食健胃，百部根润肺腑止咳嗽，九股牛（羊角天麻）清热解毒，露水草止咳镇痛，何首乌益肾乌发（想起在楚雄满街是何首乌炖鸡的餐馆），黄牛犀补肝肾强筋骨，绿葱根清热利尿，牛蒡子根疏风散热、解毒消肿，水牛犀散瘀消肿，天冬根、大白芨润肺止咳，小白香、菜当归、小红参根和小红蒜根都是补气血，白花蛇舌草、粉果根、野生鸡刺根和重楼根都是消炎排毒，红白解根解百毒，红毛丹根活血祛风，猴子背巾叶根补肾壮阳、活血调经，回心草根养心安神，麦冬根润肺清心，爬树龙除湿除风，苤菜根清热利水、养胃止渴，蒲公英消炎利喉，山乌龟根散瘀止痛，生藤根祛风散寒、行气通络，岩七根治胃痛……

在普洱街头，你不买草根，就是逛逛，植物嫩根的气息弥漫在大街上，沁人心脾，微甜，微苦，微腥。那些嫩生生的根，五颜六色，看着就能感受到深山草莽的氛围，感受到云雾深处的水灵。

关于植物的故事，关于草根治病救人的故事，在卖根人和买根人中间，都可以说出一串又一串，非常传奇。普洱人对草根的迷恋，说穿了是对自然的迷恋，医治人疾病的、养生的药都在草根中。我听说这里有一种可食的草根叫“脱腰药”，是健腰的，腰疼、腰肌劳损，吃了就好。这是老天独赏给人类的，如果是牲畜动物吃了它，马上会受到惩罚“脱腰”，因为它们不配。上苍赏赐给人类的青山绿水，包括美丽的草根，就是我们百宝箱，我们珍惜并守护着它，它也守护着我们健康的生活。

普洱市良好的生态，使之成了云南的绿色明珠。普洱是我国和世界生物多样性最丰富的地区之一，森林覆盖率高达 69.4%，有高等植物 5600 多种，已知的药用植物 1000 余种，属国家重点普查的药用植物有 302 种，被我国中医药专家称为“国内石斛、龙血树、灯台叶树、美登木、滇黄精等多种道地药材生长条件最适宜的地方”，有“云南核心药库”之称。

普洱也是全球北回归线上最大的生态绿洲，全国首个国家绿色经济试验示范区，全市共有自然保护区 11 个，其中，国家级自然保护区 2 个，省级自然保护区 5 个，县级自然保护区 4 个，自然保护区面积 96510 公顷，正在打造“绿色能源、绿色食品、健康生活目的地”三张王牌。普洱享有“天赐普洱，世界茶源”“中国咖啡之都”“绿海明珠”“天然氧吧”之众多美誉。这个地方保存着全国近 1/3 的物种，空气中的负氧离子含量高于世界卫生组织“清新空气”标准 12 倍多，被联合国开发计划署和世界旅游组织誉为“世界的天堂，天堂的世界”。

天堂的模样就是有几百种草根可食，就是有最好的古树普洱好喝，就是有纯净的空气，遍地的山花，清洁的流水。

太阳河

太阳河，我以为是一条河流，一个湿地。当然，我来之前已经知道了它是一个国家森林公园，而且在云南省林业厅听到的是，这个国家森林公园在体制改革方面，在建设国家森林公园方面，有自己的探索，他们提供的经验对今后全国的国家森林公园建设是有启发的。

太阳河原来叫“菜阳河”，改名是因为要建国家森林公园，有个好记的名字。

我们进入犀牛坪景区，介绍说，这里是融“山、林、水、人”四大主题为一体，集中展示云南丰富的动物资源与北热带、南亚热带季风常绿阔叶林景观的综合性山岳型景区。让游客在以生态为主体、以森林为依托的自然环境中，与各种野生动植物进行亲密接触，充分满足现代人向往自然野趣，力求亲身体验、深度感知的目的。有犀牛归隐、猕猴乐土、鱼影溯溪、桫椤小径、嬉猿半岛、鱼鹰戏水、蝴蝶溪谷、旅行的小熊猫、嬉鸟乐园、兰花幽园十大景点和民族歌舞演艺。

我们深入森林深处，最先在路边的树丛里看到有鹿的影子，普洱国家森林公园旅游有限公司总经理刘方给我说，这是马鹿。我突然想到神农架有个叫马鹿池的地方，传说过去神农架到处是马鹿，说大九湖水边有一种大草鹿，都灭绝了，肯定是人为灭绝的。就是这种动物吗？答案是肯定的，我亲眼见到了马鹿，又看到了梅花鹿，它们在低头吃草，似乎并不在意人与车的到来。为什么不怕人？刘总说是驯养的结果，因为这些草食动物要吃盐，就经常给它们在路边撒盐，久而久之，鹿们就会聚集到路边吃草。马鹿很大，犄角交叉，呈灰色，马鹿的全身也是灰色，很容易在森林中隐蔽。梅花鹿是黄褐色的，有明显的斑点，个头儿与马鹿相当。这些鹿非常温顺淡定，静若处子。

湄公河集团是浙江做管道的公司，在普洱经营投资多年，与当地结下了深厚情谊。做国家森林公园，怎么做，没有经验可以借鉴，像香格里拉的普达措，也是一种模式，但浙江人有他们的想法。这一块有 32 万亩原始森林或次森林，有 7 个澳门地区大。有南亚热带季风阔叶林，还有一部分针叶林，最高海拔 1707 米，属于热带亚热带过渡区。这里有 10 万亩无人区，还有 10 多万亩生态保育区，可适量开发的核心保护区、过渡区、核心景区、一般游戏区，如何划分，没有答案，都在摸索。在国家公园里是不允许经营的，但没有经营，国家公园就难以为继，无钱投入，没有收回，就不能永续利用。国家森林公园固然要保护，但也是一个绿色生态产品，要让所有人共同享受。什么样的消费才是值得消费的，可持续发展如何进行？这是我们要思考的。

刘总说，生态旅游也是一种自然教育，并不仅仅是经济活动，让市民感受我们的地球是怎么回事，比如，气候变暖，极端天气增多，雨季提前，温度比以前高了许多，这些变化也是大自然遭受破坏产生的恶果。刘总说，他 10 年前来普洱，六月是非常凉爽的，现在热得很。

太阳河是一个省级保护区，也是省级公益林，这片森林是普洱的生态屏障，也是一个生态孤岛。他们的太阳河国家森林公园，是由太阳河省级自然保护区、太阳河国家森林公园、大尖山—老金田河南部森林区域三大部分组成。其中，云南太阳河省级自然保护区面积 700 亩，占普洱国家公园总面积的 32.5%。这片森林中已知野生动物有 41 目 159 科 812 种，其中，兽类 102 种，鸟类 222 种，两栖类 40 种，爬行类 51 种，昆虫 397 种。国家重点保护动物 57 种，有爪哇野牛、金猫、云豹、金钱豹、水鹿、猕猴、菲氏叶猴、平顶猴、红面猴、熊猴、苏门羚、大灵猫、穿山甲、原鸡、白鹇、冠斑犀鸟、双角犀鸟、蟒蛇等。其中，国家一级保护动物 10 种，国家二级保护动物 47 种。公园内森林覆盖率达 94.5%，空气负氧离子每立方厘米超过三万个，比普洱市的每立方厘米 1 万个多了 2 倍，而普洱的每立方厘米 1 万个超过了国际标准的 12 倍，这里是 36 倍。

这片森林，是普洱生态环境的一个象征。

我们进入路边的森林，有几只马鹿蜷在地上反刍。刘总去接近它们，马鹿旁若无人，想着自己的心事。刘总伸手去摸一只马鹿，这马鹿个体大，少说有 100 公斤。刘总让我慢慢靠近一点儿，我终于接近了马鹿，闻到它身上的一股气味。我摸它的脸，光滑的，微温的，又摸了它的鼻子，摸它的下巴，这马鹿一动不动，它知道我不会伤害它，这来自它长期与人接触后的信任。我触摸马鹿的时候，几只梅花鹿远远地打量着我。作为一个生态作家，写过多种动物，非常不好意思，从没有与动物亲密接触过，没有感受来自另一类野外生物的生存，对它们的身体一无所知，它们的体温、它们的肌肤，远在另一个星球。

动物的呼吸熨在我的手上，我感到它的气息也毛茸茸的，它柔软如笋的犄角，它黑色的嘴唇，它长长的害羞的睫毛，都有着森林中神秘的伦理与道德规范，它甚至比人更容易琢磨，有一种纯净的东西与我们对流，虽然它来自深邃的森林。

不知不觉，我们来到了犀牛区，刘总打开一道栅栏，特地为我开放了一条通道，让我与犀牛也亲密地接触。这片森林河谷，曾经是犀牛的家乡。据记载，1933 年最后 2 头犀牛被捕杀以来，普洱长达 80 年没有发现犀牛的踪迹。太阳河国家公园 2010 年 7 月 25 日，从南非引进了 7 头犀牛到云南野生动物园。2013 年 3 月 30 日，犀牛终于再现普洱，在普洱太阳河国家森林公园生活。不过，在普洱生存的犀牛是亚洲犀牛，是独角犀，而这是非洲犀牛，也叫宽吻犀牛。因为滚了泥，就是条庞大的泥牛。这些犀牛引进时四岁，现在有九岁，正进入发情期。一头有 3 吨重，简直是兽中巨人，无论雄雌前额都长有两个长吻，也就是双角。但母犀牛的角尖锐，犀牛发情，争斗的是雄雌双方，往往是母犀牛用它比公犀牛犀利 10 倍的角去挑公犀，挑得头破血流，遍体鳞伤，再行交配。这残酷的打情骂俏!

我给犀牛添草料，吃的是进口菖蒲草，铡过的，一天要吃 30 公斤，还得添本地的草料。吃着草的犀牛不再亢奋，我摸它的角，真的锋利，有刃。但它们气味太大，也许是要熏走虻蚊，才出如此下策。过了一会儿，犀牛鼻子里发出响声，刘总说，它们又要打斗了。

我们离开犀牛，上坡来看到了蜂猴，蜂猴就是我们常说的懒猴。蜂猴躺在树上，正在酣睡之中。现在蜂猴就在我触手可及的地方，两只蜂猴，一大一小。饲养员这时用竹签挑了一只蚂蚱，放到蜂猴的嘴边逗弄它，蜂猴这才醒了。但饲养员故意不给它吃，让它来抓。这蜂猴伸出人掌一样的五指小手，来抓蚱蜢。它的动作迟缓，眼睛突出，褐色，像玻璃珠子镶嵌在眼眶里，好像没有眼珠，不见转动，跟瞎子一样。刘总说它的眼睛是一个凸透镜，白天瞳孔缩小，到了晚上会放大，蜂猴是世上最懒的灵长类动物，整个白天都在树上睡眠，达 20 小时。蜂猴的生活习性一点儿不像灵长类，它太懒了，白天把身体蜷缩成一个毛茸茸的圆球睡觉，晚上在树枝上慢腾腾地爬行觅食，见什么吃什么，有吃香蕉的，吃鸟蛋的。由于它很少活动，地衣或藻类植物竟在它身上繁殖生长，有时披着一身青苔，很难被天敌发现，所以又叫拟猴。它本身有对付天敌的办法，就是它腋下有毒腺，唾液也有毒，舔到毛上，谁吃到它谁死，难怪它是懒洋洋吊儿郎当不在乎的样子。

大蜂猴吃了一个蚂蚱，饲养员又挑了一个逗它，让它抓不到，这蜂猴也不急不恼，最后抓到，又吃下了，接着蜷缩身子睡去。太可爱了，灵长类竟然可以有毒，上帝在制造它懒惰的时候，也给了它生存的武器。动物如此千奇百怪，我们有什么理由不去爱它们。

睡吧，睡吧，懒猴们!

我们离开它们再继续前行。行走的地方都在森林中，一下子看到这么多野生动物，真是没想到，森林里本应该是飞禽走兽，可往往我看到的许多森林基本上没有了禽兽们的影子，让森林失去了本应有的热闹和丰富。

有许多大树，有太多的植物，有西桦，有刺栲，有球花石斛，有巴兰藤，有茶栎，有苏铁蕨，有圆叶米饭花，有三桠苦，有茶梨（这种梨很苦），有深绿山龙眼，有猪肚木、野柿、隐距越橘、云南草蔻、乌蕨、柊叶、尼泊尔桤木、珍珠荚蒾、楠藤、野姜、岗柃、白檀、红木荷、多脉冬青、羊蹄甲、木姜子、见血封喉树、决明子、远古的植物桫椤……我一路认着，记着。这里有国家保护的珍贵树种被称为活化石的树藏、大王杜鹃、帧捕、绒毛番龙眼、红椿，珍贵树种假含笑、团花八宝树，药用植物野砂仁，花卉植物山海棠、兰花等，仅兰花种类通过采集标本经鉴定的就达153种，被称为“天然花园”。

走过桫椤小径、蝴蝶溪谷、兰花幽园……一路上我们认识了很多热带植物，在阴凉的森林中，我们仿佛穿越进远古西南边陲的深山密林，感受人与动植物的浑然一体，不可分离。

在蝴蝶溪谷，我们果然看到飞绕在我们眼前和花丛中的不少蝴蝶。刘总翻开他手机中的图片，都是他随手拍摄的，告诉我这里有金裳凤蝶、云南丽人蝶、中华枯叶蝶、巴黎翠凤蝶、中华翠凤蝶、红角大粉蝶、裙纹蛱蝶，等等，还有一些奇怪漂亮的昆虫。

我在山坳里看到有巨大的滴水观音，比我平时看到的大了几倍，完全是疯长在这儿。

看到一只豪猪睡在一个水沟里，它的刺歪七扭八，估计是与谁打了一架，在沟里面壁石头生闷气。

又看到了猕猴，这些猕猴在这里显得很干净，眼里没有忧郁与隔阂。而且这里的猕猴也不好动，它们是一个群体，没有打斗，小猴依偎在母猴的怀里，显得可伶可俐，乖巧柔顺。

路边，有一窝窝菌子，我只是拍了一下照片，不会去采摘，这里的一切，不可动它。这里是所有生物的乐园。突然有人喊，树上有猿猴！我循声看去，一只白颊长臂猿正在高高的树上荡来荡去，身轻如燕。这就是我们的近亲，它们的两颊各长了一条白毛，虽然个体较小，但手抓食物的方式与人类同，长相接近人类，除了毛发较长和手臂较长。它们向饲养员索要食物时，用的是招手，像是一个哑人与他人的交流，仿佛可以开口说话。因为身轻似燕，它们一辈子生活在树上，不会下地，这样可以躲避肉食动物对它们的进攻。而且它们有五岁孩童的智力，是我们森林里的亲戚。

这些灵长类动物，类人猿，至今还存活在云南的大山里，让我们能看到我们的近亲。想起在神农架的野人的魅影，据说它们是南方巨猿和拉玛古猿的后代，但只是飘忽的传说。而这里的白颊长臂猿就分明攀缘在我面前的丛林中，让我们想到人类远古的童年，在森林中生活的情景，它会提醒我们回忆起人类最古老的乡愁，我们的森林和森林的生活，是多么悠闲自在，恍如天堂。

我看到了平顶灰叶猴。灰叶猴和白颊长臂猿是热带雨林中的标志性物种，也是普洱丛林中的土著物种，都濒临灭绝。如今保护力度加大，但愿它们与人类相亲的日子更加久远，它们的身影永远跳跃在普洱的雨林中。离开时，听到白颊长臂猿悠长的尖叫声。这声音在山林，在山谷里，是凄怆的，难怪古人有“猿鸣三声泪沾裳”的诗句，这是它们的呼唤和诉说。

我们正走着，突然思茅文联的熊主席说他闻到了糯米的香味，刘总说这就是糯米熊来了。糯米熊的身上会散发出煮熟的糯米的味道，是浣熊科，学名叫熊狸，它一般躲着人。熊狸在受威胁时会变得异常凶猛，而在开心的时候会发出咯咯的笑声。熊狸以嗅觉与同类交流，嗅腺分泌的物质气味有类似热糯米的气味和爆米花的气味。

前面是一片开阔的湿地，叫茭瓜塘湿地。我看见了一只屁股对着我们的黑熊。这头黑熊在它的小窝棚里，刚睡醒出来。刘总说，黑熊也经常与旅客互动，因为它们丰衣足食，就会与人为善。蒲草摇曳，波光潋滟的湿地中有水禽和涉禽在此散步觅食，有牛背鹭、小白鹭、大白鹭、灰鹤、白枕鹤（头上也有一点丹红）、黄嘴鹳。刘总说黄嘴鹳会把长嘴插进水里，用脚赶鱼到嘴边，还有东方白鹳。

我们拾级而上，迎接我们的是几只小熊猫。哇，好可爱，这几只小熊猫肥得圆滚滚的，它们吃得太多。饲养员给我一只一次性手套，让我喂它们，是切好的苹果片。我端着盘子，这些小熊猫就围上来了，抓着你的裤腿，像是老熟人一样。刘总也喂食给小熊猫，但他故意逗弄它们，不真给它们吃，小熊猫就缠着。我刚坐下，有一只无耳小熊猫就扑上我的膝盖，找我要吃的。这只小熊猫生来无耳，饲养员就给它取了个贝多芬的名字。小熊猫脸真有点像熊猫，但有长长的褐黑相间的尾巴，它们站立时，就以尾巴作为支撑。我的苹果喂完了，这贝多芬还找我要。它们吃得太多，公园准备为它们减肥。

小熊猫全身红褐色，它们常栖居于树洞、石洞和岩缝中，早晚出来活动觅食，白天则在洞里或树叶间睡觉。睡时头蜷缩在四肢中，前肢抱住头部，以尾覆身。小熊猫与熊猫的食谱差不多，喜欢吃箭竹的竹笋、嫩枝和竹叶，野果、树叶、苔藓，甚至捕食昆虫、小鸟或鸟蛋，也爱甜食。小熊猫是非常可爱的动物，可以用形容熊猫的词“憨态可掬”，它们天生是要得到人类的垂怜和喜爱的。

动物，这里的动物包括黑熊，都没有狰狞的面孔，一律憨厚可爱，无论臃肿、懒惰、乖巧、憨厚，都是可爱的，没有丑陋的动物，人类完全可以与它们和谐相处，玩耍逗乐。

接着的惊奇，是有那么多雏鸟，从来未见过的。在一根朽木上，看到了笨笨的小鸟，却很大。猫头鹰的雏鸟，白毛绒披身。有翠绿色的大拟啄木鸟的雏鸟。我看到一只大猫头鹰藏在幽暗的朽木洞里，朝外瞪着眼睛。它有个诨名叫“鬼瞪哥”，它把喂雏鸟的任务交给了人类。还有一只林角鸮，一只小红耳鹎——它有冠羽，头是黑的，当地叫黑头公。而这些雏鸟的父母，比如，一只大的鹞鹰、一只黑林鸮、一只林雕鸮，就歇在不远处，虎视眈眈地注视着自己的孩子，也注视着别人的孩子，想把它们吞了。

这些毛茸茸的小鸟，朝天张着要食的黄色大嘴巴，饲养员用小勺子给它们喂着公园精心配制的食品，这些雏鸟享受着饭来张口的幸福生活。

兽可爱，鸟更可爱。刘总给我讲了一个故事：一次暴雨后他们发现了一只死鸟，掀开它的翅膀，底下还有两只活的雏鸟。动物与人类没有什么两样，都生活在一个世界上，有着一样的行为，有着一样的爱心。它们曾经是我们的邻居，人类是从森林中走出来的，终将回到森林中去。

一路上我拍到了许多菌子蘑菇，有些刘总也说不出名字，那些撑着大大小小彩伞的森林小精灵，像童话中的镜头，生长在密林中，腐叶间，草地上。

我们再去看了下小熊猫庄园，是一个各自独立的单元客房，森林小木屋，隐藏在森林之中，但里面的装修精制大气，大大的露台，直接延伸进了森林，小鸟在头顶歌唱，在这儿喝茶、聊天，落叶会飘落在桌上，甚至会遇到来桌上偷香蕉的小猴子。如果你从这一栋到另一栋，会遇到踱步的小鹿，你可以同它打个招呼，拍一张合影。这里的房子最贵的 1980 元一栋，便宜的 1280

元。据说全是满的，特别是周末，一家人带着老人孩子，来进行森林浴，是与大自然的亲密接触与私语。刘总要我这晚就住在这里，我很想尝试一下，但我还有很重的采访任务，谢绝了。

我们在路上看到一些骑山地自行车的年轻人，也有老年人，他们在这里面的车道上享受着纯净的空气和悦人的环境。刘总说，我们就是想让人进入森林深处，体验野趣和野性的生活，让人在这里待一两天，与平时的工作和生活造成巨大的反差，让他们爱上自然与森林，洗濯尘心，逃避世俗。他告诉我说，有一个企业大佬在这里说了一句很有意义的话："太阳河是灵魂私奔的地方。"

这里真的是一个灵魂可以私奔的地方，同时也是肉体可以私奔的地方。

太阳河国家森林公园，汲取国内外国家公园的成功经验，结合本土文化提出"园内保护、园外开发"的模式，以园外盈利性的项目运作补贴园内保护性、公益性的项目，使普洱太阳河国家公园内与周边珍贵、独特的自然、文化资源得到持久的保护，使之成为生态环境保护良好、资源禀赋、旅游体验最佳的"全球南亚热带森林生态系统科普教育基地"、"全球南亚热带珍稀动植物救护基地"、"全球普洱文化体验胜地"和"中国南亚热带首席康体度假地"。

这儿的国家公园不是简陋而为，而是高端气派，有国家的脸面和实力。普洱市先以国际标准编制了国家公园规划，通过在国际网站发布规划方案竞赛国际竞标公告，先后有阿特金斯公司等实力雄厚的国内外 50 家规划单位报名参赛，广纳创意新、理念先进，定位准确的概念性规划方案，在特许经营中，普洱市先后与多家有实力的机构进行接洽谈判，通过筛选最终与经验丰富，资金和相关专业技术团队实力雄厚，具有 AAAA 级景区建设、经营和管理经验的浙江金洲集团合作，合作期限为 70 年，企业付给政府特许经营费，公司投资 4.5 亿元，将普洱国家公园打造成省内一流，国内知名，世界有名的森林公园精品和典范，争创国家 AAAAA 级景区。高投入，高端打造，高水平建设，科学化的经营管理，这种特许经营成功的模式，在全国产生了巨大影响。保护与开发，政府与企业，各得其所。

在公园里，我看见许多徒步穿越森林的年轻人，他们背着睡袋，一身彩服，精神抖擞，兴奋莫名，有一种重回森林的开心。人类曾是森林中的一员，人类诞生在森林中，有400万年或者700万年的漫长居住史。约1万年前才开始离开森林进行耕作。人类在如此漫长的岁月中靠森林养育，靠森林塑造，靠森林进化，这久违的家乡，早被我们抛弃遗忘。如今，太阳河的森林有一种让人重返的渴望，将森林稍微打扮，就会让我们如此亲切，唤醒和激发基因中的记忆，让我们有拥抱和投身的冲动，动物、植物，都是我们家庭中的成员，它们那么可爱。森林，人类最广阔温暖的家，在这里，每一片树叶的踩踏，每一声鸟叫，每一株蘑菇，每一颗水滴，都是对我们深情的呼唤。

景东的天籁之音

去往景东，是一趟艰苦的行程。

景东是联合国表彰的绿色经济发展示范区，中国黑冠长臂猿之乡、中国灰叶猴之乡。

景东在无量山和哀牢山腹地，但是，从大理走，它又与大理较近，接受了最早的大理国文明，高考升学率非常高，文化与教育在普洱领先，景东人被称为普洱的犹太人。可是从普洱出发，几乎是千山万水。

这是 2018 年的 6 月，雨季来临，通往景东的路泥泞难走。快到镇沅时，我们的车又被拦住了，拦路的人说，要我们后退几里路，绕过这段修路工地。我们上了他所说的山，山路异常狭窄，好在夏师傅在部队开过车，有丰富的经验。可是上了一个荒凉的岔道，我们无法再前行，手机无法导航，没有问路人。我们凭着方位，商量了一会儿，决定往下走，果然还走对了。

走着走着，走进了一条小溪河，汽车只能在水中破浪前进，好在水不深。又进入一个与世隔绝的村庄，我们在村里探路，见一个人问一个。我无法确定车是开往哪儿，风景很美，村庄很安静，有一些零星的农家，干净整洁，木柴垛得整整齐齐，鸡在喝水，狗在打盹儿。这一趟竟走了 9 个小时。但我们在山里绕来绕去，像是开往梦一样的地方。往常，从思茅到景东，要 5 个小时，但我们从早晨开到下午，还没有看到尽头。一路青山叠叠，溪水潺潺，没有见到荒山秃岭，各族人民在这儿安详生活，即逢端午，每过一个集镇，街上到处是卖菌子的，牛肚菌、青头菌、铜锈菌、奶浆菌、刷把菌。我们在中途吃到了寸长的山溪小红鱼，做汤，非常鲜，也有许多水果。

走到一个危桥边，是一个可以走汽车的吊桥，但前面分明写着“危桥封闭，禁止通行”。我们不能后退，只有这条路，这座桥。夏师傅说，试试看。车小心翼翼地开上桥，桥在晃动，但我们还是开过去了，勇敢的夏师傅不愧是军人出身。又回到修路的工地大抚河边，我们看到，在高高的悬崖上，在云端之上，工人们正在修边坡，这太令人惊悚了，但愿他们安全。

一路上，许多大树古树就在路边，在田间，没有人砍伐它们。这些老龄树，在云南的大地上可以活两千多年，是它们的福分。两千多年，谁登基，谁下野，谁造反，谁称帝，谁有三宫六院，谁吃人参燕窝，与树没有关系，它们在云南深山里苍苍地活着，吞云吐雾，枝繁叶茂。

景东县城是少有的干净，县城大街上少有闲人。爱整洁是我对景东的最初印象，城市规划也很大气，街道宽阔，景东虽然是彝族自治县，但县名是傣语，景是城，东是坝子。景东，就是坝子城。

景东之所以有名，在于它的两个国家级自然保护区，还在于它是中国首个 TEEB 项目示范县。

所谓 TEEB 项目，是由联合国环境规划署（UNEP）主导的生物多样性和生态系统服务价值评估、示范及政策应用的综合方法体系。它综合了生态、经济和政策领域的专业知识，在揭示生物多样性与人类福祉关系的基础上，评估和宣传生物多样性价值，促进生物多样性保护和可持续利用政策的制定，最终为生物多样性等自然资源的管理提供新的理论、方法和技术支撑。

生物多样性也就是我们常说的生态系统，这个系统是所有生命的摇篮，更是人类衣、食、住、行的依赖。但目前地球的生物多样性现状已经被破坏，动植物栖息地的锐减、环境污染、人类生活的过度干预和过度开发，外来物种入侵等都严重威胁着生物多样性，地球上的物种正以超过正常水平 1000 倍的速度消失，地球环境，人类生存，都受到毁灭性的威胁。为了拯救地球的生态，国际社会已经行动，组成强大的防线遏制生物多样性的进一步丧失，而 TEEB 则被广泛认为是展示生物多样性价值的有效工具，目前全球已有 30 多个国家和地区启动了 TEEB 国家行动。

中国 TEEB 项目将景东作为示范县，是考量了景东生物多样性在全国具有的特殊地位。这些年，景东因为生态文明建设的硕果累累，有底气积极申请加入中国生物多样性和生态系统服务价值评估项目，开展生物多样性与生态系统服务评估示范。2014 年 7 月，景东县邀请中国环境科学研究院专家对县内生物多样性和生态系统服务价值评估项目进行调研，11 月向国家环保部提出申请将景东县列为项目示范县。经过联合国环境规划署、中国环境科学研究院、国家环保部等专家的实地调研，座谈评估，2015 年 1 月 8 日，中国环境科学研究院下发了《关于建设生物多样性国际项目示范县》的函，把景东列入全国首个生物多样性国际项目示范县。

TEEB 项目，就是有一套县域生态文明建设考核激励办法，探索建立自然资源资产产权制度和用途管制制度，建立健全资源有偿使用制度和生态补偿制度，划定生态保护红线，创新生态环境保护管理体制，同时，借助 TEEB 宣传和示范平台，集中打造县域生物产业和康养旅游产业，让“生态景东”的绿色名片叫响全国。

景东县的生态文明建设考核激励办法中，考核指标涉及生态经济、生态聚集、生态设施、生态涵养、生态文化、生态制度和生物多样性 7 大类，共 37 项指标。现在，景东县的生态文明建设考核激励办法，成了云南省制订考核的主要参考依据，也推广到了全国。

加入 TEEB 项目，为了保护环境，景东一年工业产值要少 20 亿元人民币，但景东的生态系统服务和生物多样性价值却高达每年 545.06 亿元。这一笔账聪明的景东人会算，也会告诉全县人民。

景东的生态底气太足了，景东森林覆盖率高达 66.8 %，有森林面积 377.19 万亩，其中有 50 多万亩为原始森林，无量山、哀牢山两个国家级自然保护区，在景东的总面积达 35167 公顷。其中，无量山 23355 公顷，哀牢山 11812 公顷。无量山哀牢山两个自然保护区，一个在景东之东，一个在景东之西，两山对峙，南北并行，气势夺人，苍郁漫卷，名震中外。无量山、哀牢山两个自然保护区内有高等植物 209 种、1039 属 2574 种，其中有国家一、二级保护植物 34 种，境内主要有壳斗科、樟科、茶科和木兰科等亚热带常绿阔叶林的基本科组成有许多特有、珍稀濒危国家级保护植物，如云南红豆杉、长蕊木兰、水青树、红花木莲、思茅豆腐柴、景东翅子树等。森林的原始生态基本没有改变，所以这里成了动物们的避难所，野生动物有许多珍稀种类，甚至未认识的动物物种。目前，两栖动物已发现了新种多个，如哀牢蟾蜍、哀牢髭蟾、景东齿蟾、高山掌突蟾、腹般掌突蟾。这些稀奇古怪的名字可以想见它们身体的稀奇古怪，千奇百怪。现记录哀牢山北段有两栖动物 26 种、爬行动物 38 种、鸟类 384 种。其中，不乏国家一级保护动物黑冠长臂猿、灰叶猴、马来熊、云豹、绿孔雀、黑颈长尾雉和蜂蛇等。如果说景东是动植物王国的大本营，也名副其实，毫无夸饰。

2008 年 6 月，景东被中国野生动物保护协会授予“中国黑冠长臂猿之乡”；2017 年 1 月，中国野生动物保护协会再次授予景东“中国灰叶猴之乡”称号。

黑冠长臂猿、灰叶猴、黑颈长尾雉这些极其珍贵的动物，只有无量山和哀牢山配保护和藏匿它们，两座大山白雾直腾，云似飞鬃，万山昂立，野气笼罩，是西南边陲对抗现代文明的大杀器。其黑冠长臂猿之啼声悠扬，清亮，婉转，神秘，穿透森林云空。猿者，无尾，猴者，有尾。猿越来越小，是空间越来越小。曾经在中华大森林奔跑的拉玛古猿和南方巨猿早已灰飞烟灭，但闻说它们的后代还如魅影飞跃在神农架大山中，谓之“野人”。但愿这是事实，不是幻觉和古老的愿望。

黑冠长臂猿同样是我们的近亲，孑存在景东的森林中，被这里最后的属地庇护着。它属国家一级重点保护野生动物，被世界自然保护联盟（IUCN）列为极度濒危物种，数量比大熊猫还要少。目前，黑冠长臂猿在全球仅存 1000 只左右，在景东县境内哀牢山有 9 群、无量山有 80 群，共 500 余只。

灰叶猴也是国家一级重点保护野生动物，亦称菲氏叶猴，体重 7—8 公斤，银灰色，脸部黑色，眼、嘴周围的皮肤苍白。四肢细长，头顶的毛浅银灰色，呈冠状。IUCN 评估为濒危物种，主要栖息于原始常绿阔叶林中。景东无量山现保存灰叶猴 43 群约 2000 只，可能为国内最大的印支灰叶猴种群，占到我国灰叶猴种群数量 1/3 以上。

而哀牢山国家级自然保护区因为在植物学、生态学、森林学以及环境科学上都具有十分重要的研究意义，是一个侥幸存在的、完整稳定的生态系统。特殊的地理位置、地貌类型、多样的山地气候，给哀牢山的生物种类提供了良好的生存繁育环境。植被具明显的垂直带谱，经中国科学院推选，哀牢山自然保护区被列为联合国“人与生物圈”森林生态系统的定位观察站。

景东加入 TEEB 项目，其实是景东人的眼光。从保护黑冠长臂猿到灰叶猴，这是历史形成的生态文明民风，不然，有多少猿与猴不被人偷猎灭绝，这样的例子还少吗？我们的灵长类近亲被善良的景东人保护至今，这难道不是巨大的功德？破坏一座雨林，就是无数生灵涂炭。

在景东，我读到一块清代的碑刻，立于路东村石岩社，碑为大理石质，高 0.65 米、宽 0.49 米，镶嵌于大庙内的山墙上。碑首刻有“勒石垂久”四字。碑立于清道光二十二年（1842 年），碑石上写明石岩村禁伐林的四至范围，说“蓄树滋水禁火，封山不数载而林木森然荟蔚可观”。碑文严格规定：“禁纵火烧山犯者罚银叁拾叁两；禁砍伐树木或修树枝罚银叁钱叁；禁毁树种地违者罚银叁拾叁两；禁在公山砍柞把犯者罚银叁两叁钱……”170 多年前的“封山育林碑”，告诫子孙要保护好森林，有林才有水，有林有水才有好生活。

景东无论是彝族也好，傣族也好，对生态环境的保护深入民族的信仰中。祖宗们不砍伐森林，是因为他们认为树是他们的神。传说在很早以前，生活在无量山下澜沧江畔的少女沙壹捕鱼时触木有感而怀孕生十子。这十子中有一人即成为后来彝族的祖先，沙壹也被尊称为彝族太始母。彝族也是树木的后代，彝族人每年都要祭祀树神。又传说，后来彝族的首领在一次战争失败后，无处躲藏时，首领就用自己的肉身化作大森林，让子孙们躲在森林里逃过民族的灭顶之灾，这是多么有象征意味的传说。后来，彝族认为天下的大树就是自己首领，每年设竜祭祀，不得随便砍伐树木。从此，祭竜设竜头，保护树木设有树长。

彝族的树长制是中国最独特的生态制度，在景东也有一块碑记载选举树长的事，始于清嘉庆二十年（1815 年）六月二十六日，无量山文旧村，出台一系列禁止乱砍滥伐的规章制度，决定设立刘应举、李如松等 9 人为树长，并且勒石为誓，景东各地争相效仿。有文章回忆，1958 年“大炼钢铁”，又遇饥荒，景东人饿死不毁林开荒种地。为保护一株老树不被砍伐，村人誓死守护，让时任云南省委书记的开国上将阎红彦大为惊叹，极力推崇。树即是神，木不可伐，这些执拗的信仰与情怀，为景东留下了青山绿水，无边财富。

我在景东还听到一个护林员讲的故事。护林员叫陶政坤，过去也是猎人，他说事情发生在 20 多年前，当时，陶政坤的大哥，在山上打中了一只母长臂猿的肚子，等他靠近才发现，母猿带着崽子，双眼满是泪花，一只手指着小猿；另一只手左右摇摆，似乎在说：“不要打我，我还有孩子。”陶政坤大哥被这个场景震惊了，他打猎一辈子，从来没见到过长臂猿流泪，野兽也有母爱，堪比人类，他终于放过了长臂猿母子，把枪丢在了崖下。回来后他就要求弟弟们绝对不能再打猎了，野兽也是通人性的。多年以后，他大哥出现了剧烈的腹痛，怎么也治不好，他总叨念说这是那一枪的报应，前不久，他大哥死于腹部剧痛。

黑冠长臂猿的确是山中的精灵，是有仙灵之气的，不可亵渎，更不可猎杀。黑冠长臂猿成年的可达到 8—10 公斤重，臂长是身体的两倍，它们在树冠荡悠如闪电，转瞬即逝，很难发现它们的身影。公猴全身都是黑色的，头顶上有一块短而直立的冠状簇毛，母猴背上有灰黄、棕黄或橙黄色，基本是白色毛发，头顶上有菱形的黑褐色冠斑，幼猿淡黄色。杂食性动物，动作敏捷，能抓住松鼠、鼯鼠。它们的一生全在树上，绝不下树饮水，以防天敌，仅靠树叶上的雨露补充水分。因此，有长臂猿生存的地方，一定是生态系统最为完好的地方，长臂猿是生态最好地方的指标性物种，它们与猩猩、大猩猩、黑猩猩被称为四大类人猿的高级灵长类动物，它们的叫声被称为“天籁之音”。在景东的时间里，我无缘近距离听黑冠长臂猿的叫声，因为它们太“鬼”，神出鬼没于深山。但在当地护林员录制的视频中，我听到了这些猿们神秘、悠长、凄厉、灵异、高耸的嚣叫，在森林的上空，在我们看不见的地方，它们固执地发出它们存在的声音，向天地诉说着它们无言的心声，真是无比的美丽遥远。这些森林中来自远古的歌声，莫非不是我们人类曾经呼喊过的回声？

在这里我听到救助一只黑冠长臂猿幼崽的故事，这只猿崽活了9个月零3天，它的妈妈不知为何失手让它掉到崖下，树丫将它的一只手穿透。它的母亲守了它几天，后来放弃了。我们的“追猿人”护林员发现这只受伤的小猿后，立即对它进行包扎，把它背出森林，送到县医院。但因为感染时间长，最后死了。这只长臂猿幼崽，现在制成标本，陈列在县林业局的展示馆里面。

景东林业局介绍那些保护黑冠长臂猿的优秀护林员如刘叶勇、熊有富，这些追猿人，人称“人猿泰山”，过去都是当地的猎人，现在是守护生态的卫士。还有一位叫黄蓓的江南女孩，中科院昆明动物研究所的女博士，为追踪黑冠长臂猿，写她的博士论文，在无量山上待了4年，多次遇险，有一次差点被泥石流埋了。那一次，有3位村民遇难。整天在山野追踪黑冠长臂猿，她攀爬悬崖比当地男人都灵巧，平均一周穿破一双袜子，一月穿破一条裤子。她终于与黑冠长臂猿结下了深厚的情谊。4年以后，黄蓓要离开无量山监测站了，临别前的那天，她特意买了一只羊，邀请当地11户老乡到监测站告别聚餐。那晚，她跟村民一起都喝醉了，她跑到后山上，向夜晚的森林高声呼唤：“长臂猿，长臂猿，下来呀！下来呀！”她不停地呼唤，泪流满面，长跪不起。第二天一早，满山便回荡起长臂猿美妙高亢悠长的啼叫声，像是在回应着黄蓓的呼唤，也是在表达着它们对这位相伴4年的女博士恋恋不舍的情感……

一个人的森林

一

太冷，只好把护林员的迷彩服外套借了一件。往小羊街狭窄的公路爬去，大雨滂沱，浓雾紧锁。雨小歇时，往四山望去，山竟如此美丽。山冈层次分明，全在云雾之中，而雨又洗绿了山，山像嫩嫩的小黄瓜，一山比一山高远，一壑比一壑深切，山清树醒，申独村、上细独村和下细独村，为瑶汉混居村寨，都在云雾深处，悬崖之上。那个申独村在悬崖最高处，像一个古堡群，树木高大，历历在目，成群屹立于山峰。此处尚在信息之外沉睡，但已美丽了千年。如果不把这儿的美告诉世人，是有罪的。

小羊街村是师宗县高良乡笼嘎村委会下辖的一个苗族自然村，海拔 2300 米，27 户 123 人，全是苗族，南盘江林业局小羊街森林管护所就在村里。

先说这天晚上离开秃杉箐，在高良乡南盘江边吃过晚饭后回县城，100 多里的山道上几乎无车无行人，雨下得天昏地暗，车灯照着路旁的山，树林，河水，这样的黑夜在云南存在了 1 万年。虽然一些人家中有了电灯，但黑夜的格局和本质没有任何改变，黑夜就是这样。在护林员孙应祥的住地，10 公里内荒无人烟，那条几乎被泥石流填完，被雨水掏空的几十年前的林中乱石路，似乎是通往不存在的地方。他怎么住在密林的不通人烟处，犹如一个野人？他在秃杉箐（这个地名简直像是虚构的，根本不可能有地名），周围的夜晚同样是1000年前的夜晚，如果他吹掉油灯或蜡烛，就一个人埋入了几千年前的黑夜，并且每天将经受这样的夜晚，他的活着是有意义的吗？他会不会进入虚空，成为被这古老森林黑夜惊吓的人，成为酒鬼，疯疯癫癫？

雨水在这高海拔的地方越下越冷，我去看护林员们在火炉上烤鸡，也是去烤下火，这个六月山上还如此冷，没有想到。我正烤着火，就见有人说："您旁边的就是孙应祥。"我一看，是个中年人，不声不响的，他戴着军帽，迷彩服，背着军用挎包，上面有"为人民服务"几个字。他健硕，红脸膛儿，眼睛眯着，眼神憨厚，说话不太利索，谦逊。不说话是在山上一个人独处时间太长造成的，因为说话的时间太少。但他没有长时间在森林中独处的痕迹，就像是一个山里汉子，一个朴实的、正常的农民。

我们在小羊街森林管护所吃午饭，护林员们烤的鸡，是当地苗寨的土鸡，大雨如泼，天地混沌一片，路上水流成河。小羊街苗族村的村支书罗自林也来了，跟管护所的人很熟，大家笑称他是这里的苗王，他也乐呵呵的。他的一个表妹还嫁给曾经也是管护所护林员的童文宏，童是全国劳动模范，与孙应祥一样，一个人守护一片森林，因在巡山中摔坏了脑袋，脑髓成了豆腐渣，虽然没死，影响了智力。高良乡壮族苗族自治乡的女乡长项兰仙也来了。

大伙儿吃饭时，孙应祥喝了一小杯酒，他说他戒酒了，但想喝一点儿。他抽烟，烟瘾很大。他热情地给我们奉菜，特别是护林员们烤的鸡，还有护林员们自己捡的菌子，还有腊肉和野菜。菌子是奶浆菌，这种菌把它切碎了炒，味道很好，脆、甜，加了些辣椒、姜末儿。护林员们说现在是吃菌的季节，这森林里有青头菌、干巴菌、灰老头菌、麻母鸡菌、老人头菌、白老人头菌、黑老人头菌、奶浆菌、石灰菌（这菌辣，慎吃）。讲菌的品种，太多，能吃的有几十种。

我看护林员们都很正常，但这一路走来，在哀牢山、无量山、高黎贡山、白马雪山、玉龙雪山，都听说但凡在山上森林里做了几年护林员，再下山回到社会，就失去了正常交流的功能，喃喃自语，行止古怪、语言简单，无法合群。但孙应祥和他的同事们不是这样，至少孙应祥有强大的精神力量支撑住了他，这种力量我想应得益于他当了6年半兵，得益于这片原始森林，这片山水，也得益于他对家庭的责任。他过去酗酒，但能克制自己，他可以最多喝上 2 公斤酒，却没有成为酒鬼。要知道，一个人在森林里，没有任何管束，又没有时间概念，可以从早喝到晚，成为酒鬼是非常容易的。他没有酒精依赖症，没有成瘾，没有颓废，而是像一个普通的山民一样，在森林里安静勤劳地生活。人类的故乡是森林，最终的归宿还应该是森林，浪子回头，而孙应祥应该是最早回到森林的人。

他们的局长对我说，在这里生活，会多活几年，但事实是没有人会愿意在这里。1 天可以，1 个月可以，1 年可以，15 年在这里，是不可以的，没有人能够坚持，在一个荒野中，会把人变成荒兽，森林中的寂寞会摧毁一个人。好在，这儿有树木，有野花，有鸟兽，有白云，有泉水，有雨雾，有人类生活所有的一切，除了现代人生活没有的电，有的却是当下人类最亟须的，这就是大自然。

孙应祥是从他的管护点秃杉箐开车来的，一个 130 农用车，林业局作价 7000 多元给他的，他说可以运点儿东西。小羊街海拔 2300 米，因是三省交界之地，过去曾很热闹，但现在，只是大山顶上的一个村落。

从小羊街村往孙应祥的管护点去，路已不是路，是 20 世纪 60 年代伐木点的简易道路，路上坑坑洼洼几如地震废墟。路边森林越来越深，没有一户人家，路边全是遮天蔽日的参天大树，有华山松、秃杉、红心杉、云南松、西南桦、三角枫、五角枫、酸枣、云南樟、青冈树、麻栗栎、桤木、篦子杉、黄杉、红花木连、核桃、茶树等。他们给我说，这里的青冈栎和一些古树，两米多的直径太多了，如果不是下雨，可以带我去看一些古茶树、古秃杉，几个人合抱，千年古木在这片森林里到处都是。

看到路边有一栋房子，但全是空的，透出瘆人的荒凉，同行的人告诉我，这曾经是一个林业管护点，但后来撤了。孙应祥每次往这儿经过，他的心里会是一种什么滋味呢？他会不会感到恐惧和无助？这是往一个有人烟的地方开吗？山越来越深，大雨从山上流下，如飞瀑一样，路上水流汹涌，间或有泥石流从上面冲下。我们的车东倒西歪，打滑。这条被泥石流填满，被雨水掏空的所谓路，已经不是路，像是通往一个不存在的地方，通往一个危险恐怖的去处。临行前林业局的领导就劝我，最好不要到孙应祥的管护点，下雨很危险，特别现在是雨季，雨下了几天，根本没有停下的迹象。但我执意要去他那儿，我来曲靖的目的就是要到孙应祥的森林里看看。

完全是我们想象的原始森林的深处，好像没有尽头，这片10万亩的原始森林，正在云南的雨季中尽情洗浴和成长。植物碧翠铿亮，似乎绿出了响声，云雾乳白漫漶，犹如到了一个虚幻的神魔世界，也不知我们将遇到什么。这已经进入无人区了，森林的无数种可能开始激发我的思维和想象……

有人说，到了，到了。我看到在路的尽头有了房子，有一块儿平地，有了亢奋的狗叫。4条狗，争先恐后地跑出来对我们的车和人一顿猛咬。孙应祥拦住狗说，客人来了，莫叫。狗有的上了链子，可能是凶狗，但大家一停车，狗就平静了，偶尔叫上几声，也是对天干吠，没有实际内容，只表示它们的尽职尽责。这里没有狗，简直无法有胆量生活——如果换作我的话。

我们看到了两间新平房，平顶白墙，有铁门、不锈钢窗，有红绸扎着的明亮竖牌：师宗县南盘江林业局小羊街管护所秃杉箐森林管护站。旁边是三间老房，墙上有刷过石灰的白色，但墙脚已经风化、驳落，门窗几近老朽。上有“护林防火，人人有责”的标语。也有一块牌子，写的是“瑶人沟管护站”。这是过去的称呼。瑶人沟管护站早搬走了，这里的地名全称就是瑶人沟秃杉箐。但这么荒凉的地方，荒无人烟，不应该有地名。

这个管护站过去有5个人，都熬不住这种无休无止的死寂，走了，现在就剩下孙应祥一个人，有15年了，他就一个人在这儿待了整15年。15年太漫长，但我们来时，说到15年，也就一瞬间，一句话。15年多么漫长遥远，这15年，国家发生了翻天覆地的变化，世界在飞速向前，可孙应祥依然在这儿每天走他的巡护路，喂鸡喂猪，劈柴做饭，用手电筒，穿水鞋，在烟熏火燎的、漏雨的厨房里炒菜，吃自已捡的菌子，喝从高良乡场上驮来的苞谷酒，唤狗，唤羊，栽树，观察森林中的火情，制止农民的盗伐和采挖。他来时三十八岁，现在五十三岁。

孙应祥生于1965年10月，有两个孩子，一个在重庆打工，一个在宁波打工。

二

孙应祥的管护站海拔是1800米，这里是珠江源头，南盘江流域，南盘江林业局就管理着这上游的大片森林，其中有10万亩原始森林，是珠江上游的涵养水源地。所谓原始森林，有五大特征，一是有自然倒伏腐朽的树木；二是有藤本绞杀现象，藤蔓丰富；三是树上有菌菇类植物；四是地面有苔藓植物；五是林下有喜阴的兰科植物。

南盘江古称温水或盘江，发源于云南省曲靖市乌蒙山余脉马雄山东麓，全长914公里，流域面积为56809平方公里，在100平方公里以上的一级支流44条。南盘江中、下游，纵坡陡峭，水流湍急，礁石丛生，人迹罕至，有着很好的植被，是我国生物多样性丰富的地区之一。它承担着珠江流域水生态的安全责任，这一地区与贵州、广西三省交界，属十万大山山脉，群山连绵，横亘天际，野兽出没，野空荒远。孙应祥一个人就管理着这罕见的10万亩原始森林中的4万亩。他过去管一个点，现在管两个点。秃杉箐管护站是南盘江林业局20多个管护站中的一个，也是平凡的一个。

三间土屋的一间门口，有一副对联："看日出日落都是锦绣山河，听林声涛声真如壮丽人生。"横批一个字"家"。是用毛笔蘸墨写上去的，字迹已有些模糊，孙应祥告诉我，这是南盘江林业局前任局长张友芳写给他的，张局长任上八九次来这里，是个才子型领导，能诗词能楹联。

三间土屋破烂陈旧，这过去是同事住的。一间他说养鸡，门关着；一间是他的厨房，里面有万里牌蓄电池，有电视锅，有一台老电视机，有一些放泡菜咸菜的坛坛罐罐，有酱瓶、剁椒瓶，有白菜、西红柿，都是他自已种的。有高压锅、铝锅，堆在地上，碗放在木头墩上，有甑子、水壶。他说这里的水好，水是从山上引来的泉水，烧了10年的壶，换了几次壶把，壶里面没有一点儿水垢。这水太好了，不用烧就可以这么喝。一张床也歪了腿，上面散堆着生活用品。他说，他老母亲来这儿过夏天，就是睡这张床。另外一间放的是粉碎机，因为他种了苞谷，又养了那么多鸡、猪、羊，自己粉碎了给畜禽吃。还有一些种子、农药、化肥。有背篓、箩筐、生锈的铁锅，各种生活用品一应俱全。但天花板已经掉下来了，有许多雨渍。这3间老房子原本是要拆除的，因为给他建了新房，可他不肯，说留着有用。新房有一间是他的卧室，一间是荣誉室，四壁都是关于他的报道、照片和事迹。还有瑶人沟管护站简介，最珍贵的是前局长张友芳写给他的一首诗："一人居住在深山，方圆十里无人烟。清晨窗外听鸟语，夜来孤枕思儿妻。画眉声唤春来早，猿鸣夜归枫叶飞。林声涛声颂春秋，此山有我不再孤。十年护林如1日，佳节难与亲人聚。无怨无悔承父志，再献一生为林业。"孙应祥是"林二代"，南盘江林业局的职工基本都是林二代。按他们的话说是：献了青春献子孙。当年他们的父辈从四面八方来到这里，砍伐木头，支援国家建设，曾经的辉煌已经过去，退耕还林和"天保工程"让这些伐木人的后代改行成了护林人，也是时代变化风水流转的结果。

我们同去的人对他屋前屋后果树上成熟的李子和桃子产生了兴趣，有好多颗果实累累的李子，满树拥挤着，青中带黄，李子黄了，就是熟了，在雨中压弯了腰，但雨洗后更加诱人，光滑晶亮，摘了就可丢进嘴里大啖。这李子真甜，没有一丝酸涩，在原始森林中，在完全无人打扰的环境中铆着劲儿长的，清甜爽脆。还有桃子，他说这是本地桃子，个儿小，但好吃，你来得不是时候，还要等半个月就成熟了，吃起来有一股酒香味。

他用石棉瓦盖的棚子里，整齐堆放着砍来的树棒，他们叫"放倒料"，林中朽木。有大畜栏，里面有几十只羊，这羊个体大，几十上百斤的样子，一身乌黑，叫师宗黑山羊，这羊生长速度快，肉质细嫩，产肉量高，肥而不膻，远销沿海和香港地区。还有许多鸡，有鹅。还种有香椿，有枇杷，有葡萄，晶莹剔透地挂在架子上。还有他挖的池子里种着慈姑，山上还种着水生蔬菜，也真会吃啊！这还不算奇，他指着山坡下，说他还挖有5平方米的鱼塘，养了鲤鱼和鲫鱼，想吃鱼随时抓就可以了。这还不算奇，他把山崖边挖了好多洞，里面放着蜂箱，蜂箱也是自己做的，这些蜂箱在石洞中可以避雨，冬天还可以防寒。因为冬天这里很冷，雪有时会下一个月，齐膝盖深，蜜蜂会冻死不少，但石洞里就不怕冷了。门口也有一些蜂箱。蜜蜂嗡嗡，鸡鸣狗吠，牛哞羊咩，鹅叫猪哼，这无人的森林中就有了人烟，有了生气，有了家的感觉，人心就定了，一个人可以跟它们说说话。还有森林里激烈的鸟声，每天清晨和傍晚都是鸟的大合唱，还有猴子，这里有3群猕猴。当初他种苞谷，就是想给这几群猴子吃的，感谢它们陪伴他。他说，猴子吃不完的就是我的。他另一个意思是，到了苞谷成熟的季节，让猴子吃他的苞谷，免得下山去抢农民的粮食。猴子不吃老苞谷，吃不完的老了，就自然给他留下了。

他种了许多苞谷，当然，他吃的蔬菜也全是他自己种的。过去他不会，现在全部会了。有白菜、萝卜、西红柿、薄荷、茄子、韭菜、芫荽、扁豆、生姜、葱蒜、洋芋、南瓜、红薯、魔芋，光是魔芋每年就要挖一两吨。他有蜜蜂20箱，准备搞到50箱。每年割蜜有四五百斤。他在与我聊天时打开一个蜂蜜罐，用碗倒了半碗蜂蜜，非得要我喝下不可，说这可是好蜂蜜，真正的百花蜜。我说喝不了这么多，他自己倒去一点儿，再给我，我喝下了。是地道的野蜂蜜，对蜂蜜我懂，毕竟在神农架待过多年。这珠江上游南盘江森林里的蜂蜜，渗透着浓郁的森林气味和独特甜味。

他告诉我，这些蜂子，都是他在森林里收的野蜂（就是掏树洞），而且是中蜂——中华小蜜蜂，产的蜜虽然没有意（大利）蜂高，但品质好，是地道的中国蜜蜂产的蜜。

我跟他一边说话一边吃他的李子，这种李子越吃越甜，清甜，像里面灌了蜂蜜，吃多少也不厌。他说他的枇杷、梨子都是自己嫁接的，他懂嫁接技术。他种的葡萄是玛瑙葡萄，透明像玉一样。他还种了黄精。他说，森林里的野果也多，有野核桃、野板栗、野杨梅，但野杨梅酸。

雨在不停地下，鹅在雨中望着吠叫的狗。他老婆周粉香去放羊了，背着用蛇皮袋子缝制的斜肩包，拿着羊鞭，赶着30多只羊进了森林。她也是今年春节后才来到秃杉箐管护站，陪伴孙应祥的，两个孩子都大了，外出打工了。两个孩子因为缺少父亲孙应祥的照顾关心，都只读了县里的技校。周粉香说，在县城她一个人拖着两个孩子，孙应祥不在家，过春节是旱季，是森林防火的重要时间，护林员不可能下山，所以老孙从来没回家过过春节。每年春节，周粉香为了一家团聚，吃个团圆饭，只好带着两个孩子到山里的秃杉箐与孙应祥团聚。但那时没有路，没有车，坐到丘北县的过路车，丢到半途上，母子3人再步行。中午12点要走到晚上八九点，必须带上手电筒，怕森林里迷路，有时路不好走，孩子摔跤，拉起他们再走。还要带上水鞋，因为雨雪天烂泥路多，有泥水的地方要换上水鞋。

周粉香一看就是个厚道质朴的家庭妇女，她没有工作，一家就靠了孙应祥的一点儿工资。她说话不疾不缓，生活让她能够承受太多，忍辱负重。她说，我不怪他，嫁给护林员都是这样，老孙单位的女人像她这样的太多，就像没有男人一样。他从来不回家，遇到有事会埋怨他，但更多时候是牵挂他，他一个人在森林里，怕他有个什么三长两短，他毕竟是我们母子3人的依靠。埋怨归埋怨，一到森林火险期，防火工作更加紧张，任务更加繁重，孙应祥出门巡山常常是“两头黑”，周粉香就会抽时间上山来管护站帮老孙，给他做饭，料理畜禽，让他巡山摸黑回来能有口热饭吃。

她去了森林放羊，雨雾中，浓密的林子里传来了头羊铃铛摇响的清脆声音，雨雾纯白，漫溢在山间，像童话一样美丽。但每个人的生活不易，护林员和他们的家庭生活更不易，没有谁关注他们的生存。生存不是童话。

他吃着烟，看着地下，反复说他喜欢这里。这儿山泉潺潺，鸟鸣啾啾，云雾缭绕。真喜欢这里的人，一定成了森林中的一分子，比如孙应祥。

他拿出他保存的用过的手电筒，各种各样的手电筒，这是他生活的必需品，从用干电池的，到充电的，有金属的，有塑料的，有大的，有小的，有长的，有短的，各种颜色，各种瓦数。用坏了多少，记不清了，有的就把它们保存了下来，是一种纪念。他说过去没有电瓶的时候，他充电要跑很远，到小羊街或者高良乡街上去。后来买了几块电瓶，可以有电照明了，再后来，单位补贴他买了一台重庆明翰机械制造有限公司产的发电机，还补贴给他油费，可以充电和生活用电了。

他扳着指头算他还有多少年退休，看他的神态，他对这里是依依不舍的，他说，我退休了还是想住这里，还是看着这些树。他眼里的留恋是真诚的，仿佛能看见泪光。

他如何能舍得这里？他现在养了 30 多只鸡，一天要捡 30 个鸡蛋。最多时养鸡 100 多只，养羊 100 多只，牛 3 头，狗 7 条，这些狗给他壮胆。有条狗爱偷鸡蛋，还偷吃鸡，狗到了森林里就变野了，跟狼一样，打了几顿，还是偷，没办法，只好把狗杀了。他还养猫，他说那猫整天爬你身上，扯你裤脚，裤子都扯破，太黏人，后来只好送人了。我问他，你养这么多狗给它们吃什么？他说它们吃苞谷面，我也买心肺给它们吃，但上街太少，主要吃素。可怜的吃素狗。但有腊肉吃时，狗有骨头啃。怪不得狗偷吃鸡，它要打牙祭，狗是不吃素的。

他当过兵，作过战。当兵是在个旧，在成都军区，雷达部队，是空军地勤人员。参加对越自卫反击战时，给他们每人发一个公文包、一把刮胡刀、牙膏牙刷，就上了前线。

他父亲是宣威人，20 世纪 60 年代，和 3000 多名青年一样，从祖国的四面八方来到南盘江林业局，当上了一名油锯手，扛着油锯，进入原始森林伐木。他当了 6 年半兵回来后，先是在林业局保卫科，因为一桩盗窃案，有一根 8 米的大料被人偷走了，有关领导认为他保卫不力，将他调离，来到了锯木厂。“天保工程”全面禁伐，森工企业转型，没有了木头锯，就将他调到了瑶人沟管护站当了护林员，他二话没说只身来到了深山老林。

不管是什么原因将他分到这里，让他成为护林员，他是个随遇而安的人，到哪儿都要把日子过好。

另外 4 个人说走就走了，有的是年轻人，找路子走了，有的是老了退休了。他记不起最后一个人卷起铺盖走的时候，他是一种什么心情。只觉得剩下一个人的秃杉箐多么寂静空落。他没有理由走，也没有本事走，他虽然动过心，特别是家里有事，加上老婆身体不好，经常犯胃病，只要听到家里的消息，他就有坚持不下去的念头，也想找个理由回到县城，不再在这里，孤魂野鬼一个，像他老婆讥笑他的一样，像个野人。

他说刚开始一个人在这里，有点恐慌，这是正常的。好在他已经习惯了在这里的生活，他因为爱喝酒，一个人就喝酒壮胆，喝了酒倒头就睡，一觉醒来，日头红了，百鸟唱了，天地又活了。哪儿都一样，他说，他安慰自己，说不定这儿更好呢。他轻描淡写地比喻说，国家就像一个小家，干什么活儿的人都要有。叫你去砍柴你不去，那就没柴烧了；叫你去挖田你不去，那田放荒了就没饭吃了。

孙应祥有强大的精神战胜森林的黑夜，战胜孤独和寂寞。6年半当兵的经历和强健的体魄，是他面对日复一日的枯燥生活的基础。他用当兵时的军用搪瓷杯喝酒，一次两杯，1斤6两左右。这个掉了瓷的杯子，他一直舍不得丢，这是他军旅生涯的纪念。他说过去每次出山要用50斤塑料桶运两桶苞谷酒回来，一年喝10桶。现在他戒酒了，医生要他戒酒，他听医生的话。

我观察他有极强的家庭责任心，虽然只身在森林，那个在县城的家和妻儿老小，依然是他的牵挂和动力。他笑着说，有几年，他一次没有回过家，再回去竟然找不到自己的家门，记忆力出现了问题，再就是时间太久。另外，他要让自己一个人在这里生活得有滋有味，有家的感觉。他开荒种蔬菜，自己动手。他搭建牛棚羊圈鸡舍鹅栏猪栏，这要蚂蚁搬家的劲头与恒心。因为这些原材料，在当时没有车，全靠他用摩托驮来，雇一辆车，要花钱。这些木工活泥工活，折磨人，但好打发时间。建好了这些，他就去买羊买猪买鸡娃来。为了让畜禽们有吃的，他不得不种苞谷。种苞谷要地，他就刨荒地，荒地不能只种苞谷，他就种树。他种了树，在树中间套种苞谷。牛羊猪鸡鹅蜂闹哄哄的，让这荒无人烟地有了人间烟火。就是这样，他站住了，在这里有了主人的感觉，有了品味自己劳动果实的权利。

他种了46000株树，全是篦子杉。苞谷引来了猴子，先让猴子吃，苞谷老了，猴子不理了，就收回给畜禽们吃。到了冬天，他还给猴子们投食。他种的瓜果吃不完，就分给小羊街的农民兄弟吃。他跟他们关系很好，去小羊街管护所时，会有村人请他喝酒，还给蔬菜他，他也有时候请那些农民来他这儿喝酒。菜不缺，有腊肉，有自己捡的野菌子，有鸡蛋，有鱼。

他养的猪每年都要杀一头，他自己杀猪，一个人杀一头几百斤的猪不要人帮忙。杀了猪给妻儿老母亲带一些去，地道的生态猪肉，还有羊，这是他的劳动果实，让妻儿们品尝，他有幸福感成就感。他说，他管护的这片森林里，有古茶树，他采来自己炒茶，到了秋天，野核桃、野板栗也会采许多，等孩子们春节进山来吃。有各种菌子，他自采自食，吃不完就晒干，拿回家，也捎给老母亲吃。

这深山老林宝贝不少，遍地都是，野生动物也不少，有猴子、野猪、白鹇、白腹锦鸡、竹鸡、眼镜王蛇。

一个人的山林和一个人的世界，使我们想到一个村庄形成的初创期，想到人类在森林中的存在。工作将他变为荒兽，他却使自己成了神仙。

三

守着这么大的森林，还有这么多自家养的鸡、猪、牛、羊，一个人是怎么养的？我对此非常好奇。可他说，很简单，我巡山时，就把牛羊带出去，放在山里，这些牲畜放在林子里你可以不管，就算你晚上不唤它们，它们也会自己走回来，牛羊是识路的，吃饱了就会回来。山也巡了，羊也放了，两不误。我问这森林里面有猛兽吗，不会吃掉你的牲畜？他说老虎豹子是没有，有野猪，但不攻击牛羊，他说他经常碰到野猪，再大的野猪，你不招惹它，你走你的路，它走它的路。他养牛最多时有12头，羊最多时100多只。他是这些汹涌的牲畜的头，他指挥着这一支队伍，有一种在森林里为王气派，而且这些牛羊给他带来了收入。护林员工资都不高，特别是他们这种森工企业，过去父辈风光过，到了现在，都是吃“天保工程”的饭，不准砍树，就没有了经济来源，他才3000多元，所以他当时想养点儿畜禽养点儿蜜蜂种点儿菜，也是为补贴自己和家庭。他在这森林中这么勤快，也是森林有赐予他的资源，有养活他的天地，有让他发挥能力的地方。

森林不仅给我们提供了氧气和水源，还提供了让人成长和创造的环境，提供了勤劳致富的动力。

但他的工作就是巡山护林，每天的巡山是雷打不动的，特别是冬春的森林火险期，孙应祥一把钐刀、一只水壶、一个干粮袋，这是他巡山的所有装备。孙应祥说，每次巡山都要走二三十公里山路，这片林区对外人来说就是迷魂阵，但他天天在里面蹚，旮旮旯旯都走遍了，不是吹牛，闭着眼睛都能走出去。

他说，护林员的责任就是保护森林，保护国家的森林资源不被破坏。这是国家的生态林，不是人工造的，我们护好了，没有烧着，没有整着，看着也好，也是大家的享受。我们护林员凭自己的良心，公家为什么把我们分来看守这些，也就是为了国家的生态安全，这里是珠江源，不保护好，下游的水就不会好。

瑶人沟秃杉箐，自他管护以来，从未发生过一起盗伐偷砍现象，从未发生过一起森林火灾。满目青山，郁郁葱葱，都是像孙应祥这样孤独坚守的护林人换来的。他们守卫着绿色世界的大门，守卫着我们洁净的空气和蓝天，守卫着我们的生态系统，也守卫着我们的江河之源，让青山常在，绿水长流。

在深山老林中巡山护林，危险时常跟随，这里野兽出没，毒蛇游走，山高路陡，冷热骤变，命捏在阎王的手里。护林员其实就是同危险打交道的工作，要有丰富的森林和深山生活的经验，要认识各种动植物，要谙熟每一条小路、每一条兽道，每一条河沟，会辨方位，会自救脱险，会与野兽周旋，要胆大心细，精神强大，无所畏惧，行动敏捷，应对森林里随时出现的危险。

老孙九死一生、死里逃生的故事不是编出来的。2004 年一天的上午，孙应祥去巡山，到了山上，不知是不是眼花了，看到崖沟下白瘆瘆两个树桩子，以为有人砍了树，是新茬儿。他心想这是咋回事，他就顺溜下去看，不是砍的，是雷劈断的，茬口很新，但有雷劈的焦煳黑迹。他再爬上石崖，上来时，那崖有六七米高，正爬着，头上一块大石头被他抓松动了，倏地砸下来，砸到右脚，把他整个人砸下了崖沟。孙应祥一阵剧痛，知道脚出事了。

他疼得昏迷了过去，等他醒来，发现右脚翻转了 180 度，脚尖到后头去了。他用力将脚尖扳到前面，听到嘎嘎骨头锉动的声音，疼痛又一次刺入心脏，按他自己的说法，“疼得胡子都淌水，头发都湿完了，衣裳像从水里捞出来的一样”。他又一次昏了过去。醒来他想喊，但知道这儿怎么喊也没有用，就开始自救。他坐起来，往崖上爬。好在他臂力不错，完全用两只手使力，总算爬到崖顶，用钐刀拄着，基本是跳着走的，汗如雨下，一跳一跳，不知跳了多长时间，竟然跳到了管护站的防火牌那儿，喊他的一个同事，同事听到后，跑来一看，吓傻了，孙应祥的右脚晃荡着，已经断了。好在有一个牛车，同事赶快牵牛，把他放到牛车上，这样颠簸着一个多小时拉到小羊街，去找村支书打电话。当时管护站和护林员都没有电话。

小羊街村支书罗自林对这事记忆犹新，他说："孙应祥拉到我家这个点，当时小羊街都没有手机，只有我有个小烂手机，我马上拿手机打到他们场里，喊他们派车过来，说孙应祥伤得不轻，在哇哇喊疼。他疼得嘴都皱完了，到处都是汗，当时他说要点儿酒喝，我说你太疼了，不能喝酒。他说我不喝酒我抵不住。我没办法就倒酒给他喝，他连着喝掉五碗酒，一碗差不多一斤。"

车终于来了，经过 10 多个小时的路上颠簸挣扎，晚上 11 点半才把他送回了家，竟然没去医院立即处理，他的解释是太晚了，老婆帮他用鞋带扎住伤脚脖子，第二天才去县人民医院住院治疗。一照片子，脚踝粉碎性骨折。医生给他说，必须动手术，先把碎骨头取出来，否则要截肢。孙应祥就是不同意动手术，他当时想的是，如果把碎骨头取出来，就不能站起来了，不能站起来，就走不了路。走不了路，就要离开管护站，离开他辛苦经营的秃杉箐，就只有退休成为残疾人。他死活不签字，让采取保守疗法。

他懂点儿中草药，他说他外公曾是宣威的兽医，他从小跟外公上山采药，看外公行医，虽然是给畜禽看病，但中草药的药理治人治兽是一样的。

医生拗不过孙应祥，也就不管他了，保守治疗了一段，孙应祥就执意出院回家自己治疗。其实他想的是，医院又不自由，又不让喝酒，很难受。回家后他拄着拐杖去寻草药，用榔树皮当夹板，榔树皮本身就是一味中药。到野外扯接骨丹，找白龙兮，找五爪金龙，找开红花的佛掌草，佛掌草用酒炒后包扎在断腿处，只能一小时，一小时后皮肉就会起泡。这都是接骨愈合的草药。

他自己治了一些时间，竟然骨头愈合了，而且没有任何后遗症，走路没有任何影响，让认识他的人啧啧称奇。他在我面前单腿站立，又蹦又跳，真看不出曾经脚尖反转，粉碎性骨折过，我摸他的断裂处，也没有任何异样。

中草药这么神奇，令人难以置信。

他脚痊愈后又回到了秃杉箐，回到了他的岗位上，他多么高兴。又能看到那些树、那些山、那些泉、那些鸟、那些猴，那些他养的狗、鸡、羊、牛。他有重生的感觉。现在他依然每天巡山护林 30 公里，早出晚归。我问他天阴下雨会不会疼痛，他说没有，跟没摔断前一样。我信他说的。

他说这森林里有不少眼镜王蛇，毒性大，咬了之后你若不懂医，必死无疑，因为要按西医的，必须到县医院去打抗毒血清，吃蛇药，但这里离县城山路迢迢，只有自己找药。他说他自己泡有药酒解蛇毒，他的手指头被“青竹镖”蛇咬过，也是剧毒蛇，但没有事，他有药，药酒喝上个把星期就好了。

他说，蛇咬伤还有许多土方，比如烟油，就是抽烟筒里面的油，刮下来敷到伤口上，可解蛇毒。火硝也解毒。有火药，蛇咬后立即用火药泡水喝，3 天就解了蛇毒，用火药烧伤口，把皮烧烂掉，蛇毒就流出来了。还有一种金竹笋草药，也是解蛇毒的好药。

他打开他的老式手机，找了半天，找出他在巡山时拍到的各种蛇，花花绿绿，看着可怕。他找出咬他的青竹镖蛇图片，说被这种蛇咬过后，眼睛看见绿色就是红色，必须赶快处理。他还说，他也被眼镜王蛇咬过，都不怕，先要把咬伤处划开，让血流出来，扎紧咬伤上面的地方，不让蛇毒往上行，再找药嚼碎包扎。他说大森林里，有各种各样的好药，问题是你要认识。在森林里，什么都有，吃的喝的治病的，应有尽有，森林养活我们没有问题，只要不过度地采挖。

孙应祥在森林中找到了他生活的乐趣和保障，找到了自由，他不用与外界打交道，不相信现代科技，比如不相信西医。在他身上，可以看到一个森林中生活的人会发生各种奇迹，森林像神一样护佑他，断腿可治，蛇咬可治。

我跟他在厨房说话时，他的身边就有泡的药酒。他倒出一杯来要我喝，他说，泡的是何首乌、大麻根、桃根。我说这森林里有那么多养生的好草药，你为什么不多泡几味药呢？他摇头说，药酒不要泡多，我就这三味药，足够了。另两味我知道，但桃根有什么作用？他说是消炎解毒的。这药酒治胃病，养生，还防过敏。你两大口喝下去，再吃蜂蛹、吃蝉，就不会蛋白质过敏了。

这酒喝了不掉头发，还生发。他说你喝点儿试试，胃病喝下去就不疼了。我抿了一口，我不会喝酒。这酒味道不错，有点儿苦，也带点儿甜。他给我说，泡药酒千万不要泡多味药，两三样就行了。药分君臣佐使，多了就互相抵消了。

我说不喝酒的人治胃病用什么药？他说大龙胆草，他自己栽的有。他回忆说有一年他回家，见媳妇胃疼，说天天在医院打吊针，花了八九百元，还是疼，饭也吃不下。他就说，你莫怕，我找药。他就去了野外，找到了大龙胆草，切了煎水给她喝，加点儿他带回去的野蜂蜜，一个小时胃就不疼了。再继续喝，胃病就好了，至今没有犯过。

四

冬天，这个管护站因海拔高，雪下得很大，有时候达七八十厘米深，凌有老长。在下雪之前，天气会奇冷，他就开始囤积粮食、蔬菜、酒。柴火早就备下了。到了下雪，这里就与世隔绝了，就是他一个人的世界，还有一群畜禽，还有一群猴子。

除了巡山，就无事可干了，他就做蜂箱，劈柴，在火塘上用豆子煮煮粥，喂畜禽，还给猴子投食。这森林里下雪的景色不知有多美，真正是林海雪原，玉树琼枝。有一个火塘，屋子里暖融融的。人在这里，一年四季真的很幸福开心，也没有与别人争执的事，不去求什么，喝上一杯酒，什么都忘记了，什么都满足了。世界不欠你的，你也不欠世界的。老孙的话很朴实，但是森林让他悟透了生活，悟透了世界。在森林中的人，活得很宽阔很敞亮、很惬意。

"你说一个人孤不孤独？肯定孤独难受，但孤独的时候我就去山上转转，看看那些树长得好啊，还有到处的鸟叫，心里也就没什么难过的了。"他说，他的管护站前后都是他栽的树，一到天亮，树林里就响起急雨般的鸟叫声唤醒他，各种各样的鸟，不同的叫法，长的，短的，高亢的，婉转的，就是他的伴儿。他对这里的一草一木、一山一水都熟悉了，有了很深的感情，日子久了，也没什么孤独不孤独的，感觉人可以这样，人本来就应该这样，森林里是最好的生活方式。

孙应祥还是个疯狂的栽树人，可以想见，46000 棵树栽下去要耗费多少时间。在森林中，他栽树也是一种打发漫长寂寞的方式，但他无意中给森林又增加了一大片绿色。他说在山上有许多古茶树，有上千年的历史了，排列整齐，不像是自然生长的，一定是前人在这山里有意栽种的。这些茶树有一两米粗，说不定有 2000 年了。那么孙应祥就是另一个前人，在若干年以后，人们会说起这片原始森林中谁人栽种的篦子杉，人们会记得这是一个叫孙应祥的护林员在这儿栽下的。

孙应祥实话实说，他说刚开始，局里鼓励大家栽树，免费发给树苗，有一部分树苗是孙应祥自己购买的，当时没有产权一说，“天保工程”才开始，也没有全面禁伐，反正在荒地上种，长大后自己的树可以自己伐。于是，他不仅自己种树，还动员老婆女儿来上山帮忙，有树苗抚育费，包括化肥，一年一亩补助 160 元，树下种苞谷，林下经济也有了。但两三年后，树高了，就不种苞谷了。他是实实在在地栽的，有的护林员没有栽树，报假的，把这 160 元的化肥钱和抚育费给吃掉了，连树皮都没有见着。

10 多年，这些树都成材了。但“天保工程”，珠江上游不再砍伐树木，这些树就等于是归了公。我问他这对你是一大笔收入啊，他算了算这树林至少几百万元。他说，应该公家给他补偿，但这事现在没影儿，归公就归公吧，只当为咱们云南的绿色生态做了贡献。

讲到他这些年来的感受，他说不出，只是说，刚来的时候，周围的树才胳膊那么粗，现在近 1 米粗了，这几万亩森林，看着它长大，就像自己的孩子一样，真的有了感情。他说，这儿雨水好，树肯长，不要栽那么多，只要管得好，森林都会长得旺盛。

我们离开孙应祥的秃杉箐时，天色向晚，而雨还在不停地下，路上传来有泥石流垮塌的声音。

这里是珠江源头，珠江有这么好的水，孕育了珠三角经济和文化的发达，这片美丽的 10 万亩原始森林必须死守，因为是珠江水源地。这句话是我说的，老孙说不上来。但他一个人，在这片人迹罕至的老林里守了 15 年。如果不是我们来说他的名字，他就在这片森林中默默消失了。往大处说，他是中国最伟大的护林员；往小处说，他是一个卑微知足的人，只想把自己平凡的生活过好。他把日子过好了，他就变成了传奇。

我们离开时羊们又沿原路回来了，挡住了我们的车，孙应祥的老婆挥动羊鞭吆喝着羊，羊们受到了惊吓，纷纷让路。挤挤攘攘地往羊圈里奔去。这里是羊的家，也是孙应祥的家。一个人与一座山，一片森林融为一体了。我们是匆匆的过客，来了，走了，而孙应祥还将在这儿待着，待很久。森林是人类最初也是最古老的乡愁，可谁愿意重返森林，被这种远古的乡愁折磨，成为孤兽？孙应祥，让我们遥遥祝福他，让这片森林保佑他，让他越活越开心。

天上的湿地

一

哈尼梯田，这无数世纪哈尼族用血汗垒出的农耕文明的极致风景，在天上云水间耕作的奇迹，矗立云端的立体湿地。

如果从土锅寨的箐口村往上看去，哈尼梯田一直通向天边，也一直通向天上。如果从坝达梯田往下看去，哈尼梯田一直通向大山腹地，也一直淌下红河河谷。

我没有去老虎嘴梯田，因为下雨，道路中断。但在图片上可以看到，从老虎嘴梯田往上看，哈尼梯田漫延至远方蓝色的观音山高峰，直接云彩，往四面看，像一条扭曲狂放的大河奔腾着向下跌去。而你似乎站在大河呼啸的深处，在巨大的旋流中飞升或下坠。

这狂潮般的梯田，这风起云涌的梯田，这挣扎在云水之间的梯田，这用土和水垒成的人类壮观的天梯，聚集着农耕时代的最壮丽造型。这些田，这些水田，这些人们小心围筑起来的一块块小水域，可以看到哈尼族的祖先们，他们要在此生根繁衍的巨大决心。这是一个伟大的决定，也是一个伟大的工程，他们一定得到了上苍的神示，哈尼人的天资和聪慧让他们在漫长凶险的迁徙中找到了一方梦寐以求的乐土。这里的高山全是肥沃的土质而不是刮不出一寸泥土来的满坡乱石。这里流水奔泻，森林阴郁，鸟语花香，鸟儿们叼着野生稻在枝头狂啖欢唱。

红河穿过滇南的群山，这条河流古时被视为文明与野蛮的分界线。红河北岸习惯称为江内，是文明教化风俗淳厚之地。而南岸俗称江外，是一个人烟绝无、狼奔虎蹿、瘴疠弥漫、蛮夷居住之地。有唱“江外”的民谣：“江外河底，干柴白米、小谷饭、芋头汤，有命快来吃，无命归西天。”

如今的“江外”，比如，红河州的元阳县哈尼梯田，却是震惊世界的秘境，壮美的梯田告诉世人，在这块外人很少踏足的地方，这里生活着一群哈尼人，竟然用十几个世代的不懈奋斗，创造出了让世界惊叹的大地奇观。

生存之难，可以想见，生存之美，让人仰止。

19万亩，这只是一个县域的数字，但在红河哈尼族彝族自治州境内，梯田规模宏大，气势磅礴，全州有100万亩梯田，绵荡在红河（元江）南岸的红河、元阳、绿春以及金平等县，只是，元阳县的哈尼梯田最为壮观。其19万亩的梯田是红河哈尼梯田的核心区。

元阳除了有哈尼族种植梯田外，还有彝族、瑶族、壮族、傣族等多民族种植梯田，实际上，元阳哈尼梯田是由哈尼族为代表的，其余6个民族（彝、苗、瑶、壮、傣、汉）共同耕种的结果，而其中当地傣族种植水稻的历史和耕作水平尤为久远。

2007年11月15日，红河哈尼梯田被国家林业总局正式批准为国家湿地公园，系云南省第一个国家级湿地公园。

2010年6月14日，哈尼稻作梯田系统被联合国粮农组织正式列入全球重要农业文化遗产保护试点。

2013年5月3日，红河哈尼梯田被国务院公布为第七批全国文物重点保护单位。

2013年5月21日，红河哈尼稻作梯田系统，入选首批中国重要农业文化遗产，成为19个传统农业系统中的一员。

2013年6月22日，在柬埔寨金边举行的第37届世界遗产大会上，红河元阳哈尼梯田被成功列入世界文化遗产名录，成为我国第45处世界文化遗产，同时也是云南省第五处世界文化遗产，中国首个以民族名称命名的世界文化遗产。

发现哈尼梯田的桥段有多种版本。有一个版本是说，1995 年 10 月，在哀牢山的深处的元阳县攀枝花乡一个叫作老虎嘴的山崖边。汽车到达这儿时，突然一个急转，有一块巨石突兀横亘在眼前，一般开车时司机会小心翼翼，往悬崖边往下看，万丈深渊，狂风呼啸从山谷底冲天而起，可在这山谷之中，竟然奇景显现，这儿有一大片广阔的梯田，层层叠叠，起伏连绵，错落有致，铺向四周的群山，爬上山顶，布满天际云端。

据说刚好车上有个法国人让·欧也纳，博士，人类学家，浪漫的法国人。也许是浪漫惯了，也许是见多识广，也许是少见多怪，看到脚下的梯田时，竟然雷打痴了一般，嘴唇嗫嚅，久不能语，身体颤抖，突然跪倒在岩石上。过了一会儿，终于双手举起，惊叹道："哦，上帝！这怎么可能！我的上帝呀！"

以上说法的后续是，让·欧也纳博士将元阳哈尼梯田介绍到西方，轰动一时。此后，法国有个著名影视自由摄制人杨·拉马，两度来到元阳拍摄哈尼梯田。杨·拉马制作的专题片在法国巴黎上映后，元阳哈尼梯田一时间风靡法国，被法国媒体称为"人类第七大奇迹"。

从此哈尼梯田名扬天下。

那天上的湿地，云雾中的镜子，破碎的田畈，艰难在山上开凿的赖以生存的稻田，太小，对我这个平原上长大的人来说，那一望无际的平原，大到可以忘记地平线，而哈尼人在这山上开辟的水田，可以说像是小孩子"办家家"一样的游戏，一块最小的田只能插几蔸秧，一平方米一棵。没有规则，陡峭，随意。可是，年深月久的垒砌，一代又一代人，将一座座山岭全部拢成田埂，挖成水田，关上水，种上谷子。这固然是一种奇观，但这样的奇观是一个民族艰难困苦生存的记录。想起"学大寨"年月垒梯田的镜头，每一块小田，都是汗水与血泪合成的。

天上的湿地，天上的梯田，天上的稻谷，天上的劳作者，天上的歌声和天上的生存。这个民族是我国最独特的民族，是最让人敬重的民族。把群山弄成良田，勤扒苦做，愚公移山。水田的活儿是最苦的，何况是在大山之上。

又没有大路，听说下一次田有的要在梯田间的田埂上走十好几里地，要是赶着牛，要是挑上100斤稻谷，要是背上100斤稻草，上山，下山，这耕种和收获多么艰苦，这日子多么没有趣味。壮观的梯田是在泥水里挣扎的生活，而且这水田里的收成很低，一亩才三四百斤，简直比平原上的稻子少了1000多斤。这样的劳作是不是得不偿失？

奔流直下的水如何被这个高山上的民族拦截？他们在山顶的栽种是如何获得成功？他们怎样利用这恶劣的生存环境让自己真正像住在天堂？

在我们发现哈尼梯田之前，这个民族的劳作被忽略在我们的视线之外，他们神秘的存在就像是森林中的传说，若隐若现：有一个高山上种稻的民族，有一群人，总是把那片挖得看似百孔千疮的山体弄得稻花飘香，稻谷金黄。这个民族从遥远的西北旷野，历经了七次大的迁徙颠沛流离，历经九起九落的数万里艰难跋涉，即使在灭族灭种的危难关头，还保存了他们的稻种。哀牢大山和红河湍流，挽留了他们，并让他们聆听到祖先和神灵的暗示，学会在云雾深处开辟高山，蓄藏流水，耕云播雨，金谷满仓。

哈尼人认为，这天地间有3个世界，这3个世界繁华而圣洁：高穹的天空是神灵居住的地方，广袤的大地是人和动物生存的地方，深邃的水底是龙蛇水族游弋的地方。哀牢大山山脉高齐云天，气贯长虹，云雾蒸腾时，几与大地相连，而他们开垦的梯田中，云水相映，蜃气涌动，分不清天上人间。山上禽飞兽走，水中鱼跃波欢。哈尼人正生活在这天、地、水3个世界之间。

谷穗在秋天爆响的时节，整个大山向外界传诵着这种沙沙的声音，这是生命在大山间的美妙绝响，是一个民族延续的方式、讲述的方式、宣示的方式，是他们心中的歌声。

二

箐口村属土锅寨村委会的一个自然村。村头的一块关于“箐口民俗村”的牌子上介绍，因为这儿位于老箐边而得名。“箐”在云南到处都是，也许这是一个云南专用的字，箐是一种小竹，意指树木丛生的山谷，但云南人说的是山箐，就是山沟旁的意思。这牌子上还有文字说："该村落是哈尼族长期生产生活与大自然和谐发展的典范，集中展示了'森林—村落—梯田—河流—云海'融为一体的人文与自然景观，堪称'世界一绝'……"

在箐口村的村口，土锅寨村支部书记李学在等着我们。有人介绍他是这个村的书记，管 5 个自然村，我以为是一个司机或是一个村民。李学朴实，憨厚，黑胖，平头，穿着短裤、拖鞋，没有多的言语，只是陪我们走，也不像有些主人拼命向客人介绍情况。从公路往下走，石级，在石级边一个老人背着背篓在歇息，可以看到下面的村庄，有政府帮着修建的蘑菇房，小广场，卖旅游产品的商铺，比如，有手工艺品、纺织的，有银器店。老人八十多岁，戴着哈尼人特有的草帽，穿着橡胶水鞋，背着一些从山上打来的猪草，他没有放下背篓，而是将背篓靠在高高的石坎边。这是一个哈尼老人的活雕像，我们想象他在梯田的泥水中滚了一辈子，现在他从泥水里爬起来，做一点儿力所能及的农活，他的生命已经渡过了难关，到达平静的晚年，虽然眉宇间有一点儿对风霜雨雪的忧郁。

一个小孩在村里的一眼古井边爬，不知要干什么，那古井是引的山上的泉水，有 3 个用石头雕的出水口，年头久远，那小孩就踩在一个伸出的出水口上，李学书记见状赶忙跑过去将小孩抱下来，以免他栽进水井中。

我在想，这样的高山上会有泉水？我对哈尼梯田的无知马上将要结束。我还想，一个梯田中的村庄，能有多大呢？可是，我在箐口村穿进穿出，在村巷里忽上忽下，这么多石板小路，这么多流水沟渠，这么多参天大树。古老，用在箐口村太准确了。那么大的水不知从哪儿流来的，奔流直下。一个桥，发亮的石板桥，桥下水花四溅，水声嗡嗡，一个哈尼妇女在淘沙，旁边的道路正在修补。我们上了很多石级，是多少代哈尼祖先为后代铺就的？这里的人也说不清了。但一个古村落所要求的，这儿全有。

李学书记带我们去的地方，是不会让游客走的路。是村后，是哈尼人真实生活的地方，也是梯田的中心部位。我不敢提出要求让他带我看看箐口村的寨神林，但我看到了箐口的神泉——白龙潭。这个白龙潭用石砌的，潭中一处翻着水花，有两棵树歪长在水中。水清澈见底，不深，水底有绿色的藻蔓，有游鱼。李学书记说这处白龙泉外，还有一眼长寿泉。二泉有名是因为泉水很灵，不会生孩子的人饮了白龙泉的水后就会生儿育女，喝了长寿泉的水后会长命百岁，我相信这里的水好，这二神泉是梯田稻子的水源之一。

而在旁边，我们一路走过了几条从山上奔流而下的溪河，李书记告诉我，他们土锅寨有 3 条溪河，一条是土锅寨河，一条是箐口河，一条是大鱼塘河。这些溪河是从观音山流下的，四季不断，这几条河，就是箐口这片梯田的水源保障。我在村里经过了 3 条小溪，都可以称作是河。站在箐口河边，水势更大。这么多的水，日夜不停地流淌，多少田地不可以蓄满呢？所谓山有多高，水有多高，在这里应验了。涵养水源，就像种植粮食一样，种下树，保护树，水就有了。同行的朋友说，这里哈尼人爱种的树，是水冬瓜树，就是桤木，这种树根系发达，是涵养水源的主要树种，在哈尼族的村寨上面，都种有大量的这种树，不消耗水，却制造水。哈尼人是属于大自然的，他们尊崇自然的规律，在自然循环的系统里生活，不逾越自然，不欺骗自然，不亵渎和榨干自然，而是养育自然，弄懂自然，让自然乖乖为我服务。

在龙潭旁，几个年轻人坐在精制砌好的石坎上，将脚放进奔腾的泉水中濯洗和消暑解热，十分悠闲。下面是一个水塘，都不大，可是围养着一些鸭子。这是一个叫卢同沙的村民的，他正在这儿看管他的鸭子。我问他养了多少只鸭子，他说有 60 只。我们讲话时，正站在几棵大树底下，旁边也有水塘，但秧田就在眼前，梯田就铺展开了。从我们所处的脚下看，这水田，跟江南的水田无二，也是泥埂，也是水沟，也是一样绿得似翡翠的秧苗。但这水沟的流向却比平原上的复杂，高高低低，四面散去，田呈扇形展开，给人感觉好像这些梯田没有图片中展示的梯田那么陡峭，是在一个丘陵地带，身在梯田中心，你会产生这种错觉吧。还有那些鸭子，那些浮萍，那些小池塘倒映着哀牢山蓝得像画片一样的天空，上面点缀的白云，鱼的游动也会使人产生错觉，这是在海拔 1700 多米的高山之上吗？这些鱼虾是如何翻山越岭从红河里爬上来的？还有水中大量的生物，不会是高山上的“原住民”，山上只有森林和陆地生物生长。想想世界真的太神奇，这天上的梯田，涵养着多少世界的隐秘。在田埂上，有一大一小两头水牛，这里只有水牛，耕水田的，它们安详地在田埂上吃草，它们的影子也倒映在水中，煞是好看。

我们再继续行走，路边有大量的绿蒿、解放菜、鱼腥草、水芋和一些开花的不知名野草。无论山有多高，有水的地方就会有水生植物，水生生物。不只是有房舍，不只是有梯田，村里还有许多大树，田畈间也有许多树木。那些大树都是几百年的，树上长满青苔，有的叫油油树，有的叫毛毛树，有的叫盐树果（就是盐肤木）。在蘑菇房的前面或后面，每家都有一块水塘养鱼，也围着些鸭子嘎嘎大叫。我看到了稻草盖顶的水碾房，听到了沉重的水碾被水推动的声音，看到了水碓、水磨，水磨轰轰的磨面声、水碓咚咚的舂米声，像来自远古。水流中截取它们的冲击力，建立起一劳永逸的水能作坊，这跟截取水量让它们进入梯田的智慧一样。水太珍贵，不能白白流淌浪费，每一滴上天赐予的水，对哈尼人都是有用的。在水碾、水磨的转动声中，这农耕时代的桃花源向我们扑来，这箐口村的美妙生活，这鸡欢鸭唱，这清泉石上流的风景，这秧苗漫山遍野摇曳起伏的碧绿与壮丽，不能不说让人为之倾倒。

村子里的房屋与街道弯弯曲曲，但都是石头石板精心铺成的，村子整洁，污水进了管道，有垃圾箱。有的屋檐的木梁上，搭晾着干枯的扁豆，有的堆着稻草垛。有鸡成群在踱步，也在牛卧着反刍。从山上流来的水经过每一家屋旁，水是洁净的。水在山上的村庄里绕来绕去，绕进稻田，再在3000层的稻田里绕来绕去，让稻子吃饱喝足，再流下红河。水的绕弯艺术，令人眼花缭乱。

李学书记说，他们土锅寨的梯田有1371亩，占耕地面积的一半，主要种红米，养殖业是稻鱼、鸭、猪、牛、鸡。村子海拔1700米。高山上种稻，产量都不高，现在他们主要种红阳3号，亩产有400多公斤，当然是红米。

我们一路看到的秧田漠漠，鸟飞鱼跃，溪水潺潺，牛哞鸭叫，恍如来到江南水乡，这里有江南的情调。但过了一处湾田，到达敞开处，是一个村里的制高点，观景台，突然山风呼呼，树摇竹撼，寒意袭人，高山之气回荡于村寨田野，我才回到现实——这里是海拔近2000米的高山，这里是天上的梯田。

的确是生存的奇迹，哈尼人把一座山挖成水田，用了十几个世纪，说白了，这是一种艰难的讨生活，如果他们能够占有平原，也不至如此吧。

哈尼祖先来源于 2300 多年前春秋战国时期的古代羌族，从青藏高原往四川盆地，在今四川省大渡河（哈尼语“诺玛阿美”）一带游牧，哈尼族迁徙史诗《哈尼阿培聪坡坡》，说到他们曾经住在平坝：

从前，哈尼爱找平坝
平坝给哈尼带来悲伤
哈尼再不找平坝子了
要找厚厚的山林
和高高的山场
山高林密的洼塘
是哈尼亲亲的爹娘

平坝战乱太多，与其他民族的征战一定让他们损失惨重，倍尝欺侮。哈尼先民带着庞大的族人，为了生存，只得翻山越岭，在翻越哀牢山时，他们渴望的山高林密、河流澎湃的山坡，可以让他们养精蓄锐、安居乐业、与世无争。传说中，是吉祥的白鹇鸟带他们找到了这个地方，这就是哈尼人的亲亲爹娘。

我继续到坝达梯田采访。在坝达观景点能看到的梯田，哈尼语称“欧补奇冲乡等”，即箐口、全福庄梯田。这部分梯田坡度较平缓，一般在 25°—35°，故田块水面稍宽。据说冬末初春观看此田最佳，每天早晨、中午和下午都可以向游客展示不同的景观。当地人说，箐口梯田看的是云海，坝达梯田看的是落日。在箐口，云海没有看到，但清晰的视野让我对哈尼梯田有了更直观的感受。看落日的坝达梯田，我不仅看到了落日，还在梯田旁吃了一顿梯田红米饭。在坝达几个观景台，可以看到包括箐口、全福庄、麻粟寨等连成一片的 14000 多亩梯田，这里境界更加阔大，气势更加壮烈，仿佛哈尼人排兵布阵的雄风凛冽。在六月风吹稻浪绿潮奔涌的时节，虽然梯田的立体感不是太强，但梯田巨大浩荡的面积、弯曲柔美的线条、陡峻峭拔的风姿，大起大落的气魄，叹为观止。往往一坡就有成千上万亩，它从海拔800米的麻栗寨河沿山而上，山岭连绵，四通八达，互相勾连，一直爬伸蔓延到海拔2000多米的山头。这儿的梯田有3500多级，简直是万架天梯，盘旋直上，飞入天际，矗立云霄。在梯田上面，浓云奔驰，如湍如潮，大气淋漓，浓云笼罩下的1万多亩坝达梯田，呈现出壮怀激烈的诗情，耕耘大地的豪迈。把天地间的所有山冈变为良田，这种凌云壮志，只有哈尼族的先人们才能具有。

傍晚，西天云彩燃烧，通红一片，背着“长枪短炮”的摄影发烧友成群结队地进入坝达梯田，开始捕捉夕阳下梯田的光影。我们在略有些寒冷的坝达观景点旁的哈尼农家乐用餐。全福庄村委会钱正康书记和李文家副书记的到来，为我们讲了许多关于梯田的故事。

我们吃着红米饭，吃着哈尼腊肉、稻田鲤鱼，喝着古树茶，吹着从梯田里漫上来的风。五十多岁的钱书记无比怀念小时候的梯田生活，他给我说，他们村有梯田1080亩，稻田里养鱼、养鸭。小时候有趣的生活记忆就是捉泥鳅，捉鱼，捉黄鳝，捡田螺，放鸭。他说小时候的水比现在大，螃蟹在树下到处爬。稻田里养的本地鲤鱼，8年才长3寸，不像现在的鱼，不过割大稻时抓的鱼很好吃。最好吃的是稻田的螺蛳，打汤，煮45分钟。他说他什么汤都不喝，就喝螺蛳汤，实在太美了。他讲述的50年前的情景，现在只能凭想象，螃蟹到处爬的过去肯定是回不去了。但他说水比现在大，这是让人忧虑的，水少是气候的变化，还是因为乱砍滥伐？他的解释是说现在杂树种多了，所以水就少了。也许，这只是原因之一。

我问他稻田鲤鱼一亩能收获多少？他说看养什么鱼，本地的传统鲤鱼一亩只能收获60公斤，要5公斤鱼苗，而外地的鱼苗，一亩收获100公斤鱼，但没有本地的鲤鱼好吃。

养鸭，稻子扬花时是不能放的，扬花后放入稻田。这里的梯田是稻、鱼、鸭共生，历来如此。

他说哈尼人种的梯田水稻有香糯、紫糯、冷水谷、小红谷，都是红米。

他们小时候吃的一种米叫月亮谷，亩产只有300多斤，那个口感，现在没了，很少见到有人种。我说既然那么好吃，为什么不种呢？他说主要是产量低，能找到有人家种一两亩就不错了，都是自己吃。

关于梯田水稻的收入，钱书记说现在一亩地有2800元左右，不是很高。村里的年轻人还是以打工为主，在这里种稻太辛苦，全是人工，没有任何机械。如果打了谷从田里背回来，一天只能两趟，最多三趟。打工两三年，就可以回家建房，而种梯田，建不起房。过去哈尼族种田的主要是女人，因为这里有句老话：男人造田，女人种田。梯田是男人造的，种田自然是女人，但现在男人也下地干活，毕竟时代变了。过去哈尼族女人在家地位不高，禁忌很多，女人受了许多苦。哈尼族女人大多偏瘦，服饰复杂，因在高海拔地方种稻谷，紫外线强烈，皮肤都有些黝黑。在梯田中插秧割谷包括从数里外的山上山下挑稻草回来，都是她们的身影。当然，没有这些禁忌，包括这些梯田的种植，是不可能保持下来的。

在我们吃饭时，落日下的梯田，风吹稻浪，绿波起伏，仿佛山妖奔跃。一些人拍夕阳梯田拥挤着找镜头，一些人在夕阳下的稻田里牵牛背草回来，他们现出劳动者的沧桑和疲惫。因为成了世界文化遗产、国家湿地公园、全国重点文物保护单位，这些田也就只有停留在原始的农耕文明中，不能动一草一木，成为被人观赏的对象。美则美矣，但这样的牧歌与诗意，让哈尼人不能承受命运之轻，显得有几分残忍……

三

刻木分水是哈尼族天才性智慧的表现。3000多级梯田的水能利用，精心算计，不让一滴水浪费，不让它们直接进入红河。

哈尼梯田的灌溉，是一种复杂的依山势埂堤迂回曲折的土建工程，纵横交错的沟渠引的是森林、箐谷间的山泉、溪流来灌溉，水源属于大家，纷争在所难免。

元阳县有两个哈尼族早期开垦梯田的遗址，有一个在全福庄村，这里有一块巨大的“分水石”，据村里哈尼人的家谱记载，这块分水石是他们的第47代祖先安放的。一代如果按照20年计算，这块分水石至少也有1000年的历史了。这是哈尼梯田的古老见证。

哈尼族是个守规矩的民族，有史书上称他们“其性柔畏怯”，在开垦出来的梯田上耕种，首先解决的是分水的纠纷，是为了族群的安宁、公平和公正，为此，聪明的哈尼祖先想出了一个绝妙的办法，在水沟处放置一根横木，横木上刻着宽窄不一的凹槽，根据各家梯田的多少和开挖水沟时投入的多少来分配水量，这样就不至于发生任何扯皮争斗，听闻农村各族各村各地界，为争水历史上的争斗异常惨烈，死伤无数，至今还在上演，无休无止，哈尼人在1300年前就解决了这一问题。木刻分水的科学性，让任何人无话可说，没有挑剔之处。分水木刻，哈尼语称“欧斗斗”。选用的刻木一般用不易腐烂、结实、耐浸泡和磨损的板栗树、黑果树木做分水器，木刻分水器上的开口以沟长的右手掌四指根部宽度为一个用水单位。在沟长的监督下，由寨子里最好的木匠，依据约定分给的几个用水单位数量，在横木上凿刻出来。对于用不了一个用水单位宽度的水量，可以进一步使用一指、二指、三指宽度细分，但不得使用小拇指宽度计量。因为木材长期在水中还是会腐烂，久而久之，分水木就改为石头的了。

全福庄村这块分水石是村与村之间的分水，全福庄与箐口村相邻，两村有几千亩梯田，为了合理地分配来自山林的泉水，两寨人就协商着在全福庄立下了这块分水石。村中还专门设立了一个官职——专职管理水沟的沟长，这沟长在全国是独一无二的，也许就是“河长”的雏形，是最早的河长。

以刻度缺口给你灌水，如果你急需水或用水量增大时，必须经沟长批准，才能增加用水量或堵塞水口，否则，整条沟的用水户就会惩罚私自加大水口的农户。平日里，沟长负责巡察和维修水沟，保证沟水畅通能流进各家的田块，管理维护分水木刻器，严查挪动、破坏分水木刻行为，监制生产分水木刻器。如果分水木刻被人擅自挪动和毁坏，进行偷水，一经发现，必然受到惩罚。哈尼人的惩罚比较人性化，通常的惩罚是罚款加罚物，情节较轻的罚

“三块三、六块六、鸡一只、酒一壶”。情节特别严重的要拖猪杀牛，这种情况几乎很少发生。

水沟的管理关系到全村的利益和一年的收成，因此沟长要全村投票选举，沟长要没有私心、正直公正、责任心强。沟长的责任就是巡查和维修水沟，保证沟水畅通，所以他们身份的标志就是肩膀上永远扛着一把锄头。看见扛锄头的，你喊“沟长”就对了。

刻木分水在哈尼古歌《四季生产调》和《哈尼哈吧》中有记载，也是指导后代分水的圭臬。“沟长制度”一般由村里德高望重的老者牵头协商，根据各家各户需灌溉梯田面积的大小，约定每条水沟应该分得的用水量。如今，为传承保护哈尼梯田，元阳县已投资修建引水沟渠有 590 多条，灌溉面积约为 22.2 万亩，有力地保障了梯田的用水。

刻木分水是第一步，是总的分水规范，相当于总干渠，还应有支渠之类，为此哈尼人还有“卫重”“嘎斗”“欧黑玛博”等分配水源的方法。“卫重”意为轮流引水或分段引水。在用水紧张的农忙期，为使每家每户都能顺利耕种，协商沟渠分段引水顺序，一般由下到上轮流放水，或以抽签方式决定分水顺序，没有轮到的区域要关闭分水口。“嘎斗”含义为切断水尾。每条水沟开挖时就有一定的灌溉区域面积，沟尾以某个山梁或山坡为界限标志，这个界限以外的田不经同意不得引用该沟渠的水。“欧黑玛博”含义是没有进水沟，指的是有些田离分水沟渠比较远，不能直接从沟渠分水，而是通过其上方的田引水，上方田主将田水口扒开，流到下家梯田中。

另外，哈尼族的流水冲肥法，是世界稻作农耕史上仅有的施肥法。哈尼族村寨里都有公用肥塘，每家有私人的肥塘。平常把牲畜的粪便积存在肥塘里，至了初春，哈尼梯田翻犁泡水时，每家引水进自家肥塘，把肥料搅拌成肥水，顺水沟流淌进自家梯田。在这种流水冲肥的过程中，因耗时短，至多一天，需要冲肥的农户，只要跟沟长打个招呼，堵上各户水口就成。

鱼鸭稻共作，是哈尼梯田的特色，更是哈尼人的创造发明。稻田养鱼在我国已有 1700 多年的历史，有人以为，稻田养鱼仅仅是为了给农民增加点儿收入，如今的“虾稻连作”在南方稻谷产区十分流行。但这一传统耕作技术隐含着大智慧，既可以解决稻田除草也可以解决杀虫问题。

稻田养鱼可减少水稻种植投入，少施化肥、农药。通过养鱼对害虫、杂草都有控制作用，鱼的粪便也是天然肥料，灭稻螟的效果也明显。梯田的鱼鸭稻共作，这3种东西都成了有机食品，提高了价值。

哈尼梯田中养殖的鱼类主要以谷花鱼、鲤鱼、鲫鱼、江鳅、墨鱼为主，梯田中养鱼不喂食，依靠森林中淌来的常流水中浮游小生物和稻花粉为鱼饲料。这种鱼因为是泉水与云雾养大的，清甜细腻，少鳞少刺。

水稻田作为湿地之一种，是最富生物多样性的系统，一亩水稻田可能栖息了几十甚至几百种的动植物和微生物。稻田养鱼正是利用了生态系统生物链的道理，保证了稻田生长的生态平衡。如今，农业部门推广的“稻鸭共作”就是借鉴了哈尼梯田的经验。

在箐口和坝达，在梯田中不时传来鸭子们欢快的嘎嘎声，这不仅是一种生产耕作方式，也给梯田带来了欢乐和热闹。禾苗还没有抽穗灌浆扬花，它们在稻田里尽可以玩耍，稻田里有螺蛳，有小虫，有鱼，有杂草，有害虫，这些它们像环卫工一样，将稻田打扫清除得干干净净，它们不爱安静的啄食划水，每天用嘴巴啄动水稻根部和泥水达数千次，促进了水田养分物质的流动，刺激了水稻的生长发育，虫没了，杂草没了，农药化肥也就没用了，农业的面源污染在梯田从来没有，流下红河的水是洁净的。

哈尼梯田作为世界自然文化遗产，不是死去的文明，始终是一个永远鲜活的生命大系统，生命大循环，世界农耕文化的典范。一个活态的、正在进行时的文化遗产，我们在哈尼梯田中会得到更多的生态观念与启示，哈尼梯田的古老智慧是一个宝库。

湿地难得，这块将整个山脉垒成为人工湿地又兼有自然属性的梯田，更是世界湿地的独特标本。在耕种的全球梯田中，秘鲁1600万亩，只有200万亩在生长庄稼。梯田种水稻的寥寥无几。中国的哈尼梯田是顽强存在的范例，而且生机勃勃，年年丰收。

哈尼梯田，成就了梯田红米。

中国的南方和西南地区，都是以吃米为主，稻谷的种植在我国至少有7000多年历史。我国也是水稻品种最早有文字记录的国家。《管子·地员》中就记录了10个水稻品种，现在我国保存的水稻品种有3万多种，它们是几千年来变异选择的结果。1300年的哈尼梯田，一定有1300年的稻种。在滇南哀牢山上哈尼族培育栽种的传统稻谷品种达数百种，仅元阳县从红河谷到海拔2000米的观音山脚使用的品种就有42个。

哈尼梯田种植的传统稻谷品种45个。如海拔145—800米炎热河谷地带耐温品种有：大谷、芒糯、扁米谷、麻糯、小谷、大白谷、小白谷等。海拔800—1400米，下半山区耐热地带稻谷品种有：花谷，曼车谷，车然，高山谷，车卓，丫多谷，箐口谷，黄草岭谷，大瓦遮谷，狗爪谷，大老梗，红脚老梗，老梗白谷，阿党寨谷，滇阳二号，楚梗17号、18号、19号、20号、21号，芒糯等。1500—2000米高山区耐寒品种有：黑壳谷、冷水谷、冷水糯、抛竹谷、月亮谷、雾露谷、皮条香、真红天杂、阿楚车、锣锅谷、早谷等。

哈尼梯田分布区，地质、地形、气候会有完全不同，所以大多数稻谷品种适合栽种的梯田面积往往不超过几千亩，有很多品种只能在几百亩或几十亩梯田中适宜栽种。这种情形在我国许多地方也有表现，有的一块田中稻米的口感、色泽、软硬会与众不同。稻谷在种植中的神秘奇异，千姿百态，是土地赐予的丰富性。而梯田稻作农业的复杂性，哈尼族世世代代在哀牢山脉与大自然的相处中，摸得清清楚楚，并得到大地的神示。

哈尼梯田中红米的栽培与流传，是哈尼梯田的伟大贡献。写这篇文章时，我在网上购买了一袋哈尼梯田红米，5公斤为120元，听说最贵的红米在上海的超市中标价120元一斤，大约是留胚红糙米。这些生长在海拔1600米甚至2000米水田中的冷水稻，是中国稻米中的精华，是野性未泯的粮食，是哀牢山上的奇珍。它在森林、山泉、云雾的熏蒸和滋养下，在高高的山冈上成长。它也许被驯化过，但它的野生品质历经数千年，没有退化。

元阳这地界，明明崇山峻岭，没有一块平地，却是稻米生产大县，就在于梯田基本是水田。在梯田上种植红米，这也是哈尼人自己的口味和饮食习惯千百年选择的结果。根据哈尼族口传史诗，元阳梯田红米发源地在元阳县马街乡乌湾禄蓬村，自有梯田就有了红米。

我在坝达梯田吃的晚餐正是红米，这红米饭黏糯成团，饱涨红润，香气袭人，有森林和山泉水的自然气息。我食欲大增，吃了足足两大碗。加上在梯田中生长的鱼，满口哈尼梯田的神秘气味。

对红稻米的选择，造就了无数品种，在关于哈尼梯田的研究中，我少见对哈尼红米的研究，可是我得知的红米品种就有许多个。据研究，红米的基因多样性指数是现代改良品种的 3 倍，具有适应性强、需肥少及抗虫害的优良特性。但因为它保存了远古的稻谷基因，产量较低，在当今亩产双千斤的稻谷产量面前，一亩三四百公斤的产量，才是我国稻谷栽培史上的宋代水平。但好的东西因品质的超群，还有它的独特性，哈尼梯田红米，正在成为珍稀的养生食品，价格是一般稻米的数倍甚至几十倍。元阳梯田红米营养丰富，富含人体所需的 18 种氨基酸，人体所不能合成的 8 种氨基酸中，哈尼梯田红米就含有 7 种。

红米不是现代农业技术的产物，它固守古老的品质，使用古老的稻田耕作方式，在 1300 年前的泥坣里，在同样的山泉和木质犁耙中，在牛哞声中，在高山之巅，经历着繁缛、漫长、细心的梯田稻作过程：挖头道田、修水沟、犁、耙、施肥、铲埂、修埂、造种、泡种、放水、撒种、薅草、拔秧、铲山埂、割谷、挑谷、扳谷、晒谷等 20 多道工序。还加上“积肥塘”冲肥，加上夏季雨水从森林中冲刷出的腐殖质引入梯田，营养秧苗，而水是各种矿物质极高的森林涵养泉水，种出的米有泉水的品质，是真正的山珍。

我住在元阳老县城新街镇的云梯大酒店，看到房间里有当地的宣传册，宣传当地的红米产品有留胚红糙米、精制红米、精制水碾米。还有红米糊、红米茶、红米黄酒、红米酱油、红米醋、红米糖等。

哈尼梯田，是一片被哈尼人血汗浇灌出来的神田，1000 多年来它默默无闻，但它养育了一个民族，成了穿越时间的农耕时代的不朽经典。

野生菌王国

鸡枞菌、松茸菌、松露菌、羊肚菌、黑牛肝菌、白牛肝菌、干巴菌、青头菌、铜绿茵、鸡油菌、虎掌菌、红葱菌、白葱菌、荷包豆菌、皮条菌、离窝菌、谷树菌、煤炭菌、刷把菌、奶浆菌、见手青、大红菌、香喷头、珊瑚菌……

菌太多。在云南，蘑菇叫菌子，不叫蘑菇。我在云南的许多时间里，在吃菌子的季节，只听到一种菇，叫茶树菇，其他全是叫菌子，我也不知道这是什么原因。但叫菌子，我揣摩，会亲切些吧，山野的气息浓些吧。在大棚不经风雨人工培育的菌才叫菇，说“野生菌”三个字，就有一种森林中的腐殖质散发的气味，还有雨雾的味道，有山泉的味道，有菌子神秘拱出大地的诡谲氛围。这些带着土腥味，又满含森林清香的、吸收了天地灵气的精灵，这些不要撒种，年年会冒出地面的尤物，这些肥胖的、丰腴的，裹着些微泥土和腐叶的、色彩各异的菌子，放在鼻子下闻闻，真是沁人心脾，就像在吸吮地底深处的森林和大地的体香，而且是深藏的，被它们不小心带出来的。

云南到处是菌子，楚雄尤盛，楚雄被称为野生菌王国。

楚雄有大型真菌540多种，其中可食用和药用的300多种，一年野生菌产量达2万多吨，产值15亿元，每个农民仅野生菌收入就有近千元。经常食用的有10多种，跟青菜萝卜一样普通平常。有福的云南人，有福的楚雄人。

有一句话是：世界野生菌，精品在楚雄。楚雄野生菌，极品在南华。世界四大名菌：松茸、块菌、羊肚菌、鸡油菌。中国十大名菌：大红菌、干巴菌、鸡枞菌、鸡油菌、块菌、牛肝菌、松茸、松乳菇、羊肚菌、榛蘑，都是楚雄的常见菌。

到楚雄的第一顿，文联的李主席就带我们去吃菌锅。“菌锅”这个名字也是第一次听说，更是有生以来第一次见到火锅里煮的全是菌子。身穿鲜艳彝族服装的服务员将鸡油菌、红葱菌、青头菌、荷包豆菌、皮条菌等倒入有鸡肉的汤锅，就这么一锅，必须煮半个小时才能食用，否则中毒不管。但李主席说这些菌无毒，闹不死人。

楚雄之“楚”与楚国有关，楚将庄蹻，在此开滇，并带来了汉地的文化与习俗。“庄硚开滇略地，至此曰楚。明以楚雄名之，殆取楚雄威远播之欤。”我在楚雄还多次听说当地考证的古云梦大泽在楚雄，作为云梦泽所在地的湖北人，我不想发表意见，多出一个云梦未尝不是好事。这云梦在混沌之中，似与野生菌有某种神秘的联系。在如云似梦的原始森林中，一朵朵菌子像精灵一样钻出地面，它们披着云梦似的轻纱，带给森林魅惑的景色。

这家“山菌美食苑”一定是楚雄最好的菌锅，服务员手拿着手表，坚称要煮30分钟后才能开锅。但我们已经等不及了，菌子在鸡汤中煮沸的味道勾引我们的味蕾。我现在明白菌锅就是不点别的菜，菜在一锅中，每人先来一碗菌子加上鸡。吃了，再来一碗菌子。喝汤，菌汤，天下第一汤。吃完再煮谷树菌、香根、铜绿菌、沙老包等。吃3碗菌子，饱了。

我满口菌香，看了这个店的菌子，还有白参、九月菇、羊肚菌、牛肝菌、干巴菌等菌子。热炒的菌子菜有红烧羊肚菌、火腿烧菌块、蛋黄虎掌菌、羊肚菌焗鲍鱼、干椒炒红葱、鸡枞汤……这家的是大众菜，听说菌子可做出高档的全菌宴。不过，我还是觉得菌锅最鲜美。

晚上在双柏县吃饭，又是一大锅菌子，还炒了干巴菌、牛肚菌，凉拌有野生木耳。干巴菌的确好吃，800元一斤，昆明卖到1000多元一斤。人工培育的羊肚菌也有180元一斤，野生的500元一斤。又是一碗一碗地吃菌子，太过奢侈，主人不让吃饭，说，现在是菌子上市的季节，这些菌子都是大众菜，大家尽管吃。我认为最好吃的还是青头菌，可他们说这里也就10多元钱一斤。在云南以外，这一定是不可能的吃法，至少在城里，这种吃法一定是败家子儿吃法。

楚雄彝族的菌锅，简单，丰富，好吃。也因了他们的锅底老汤，据说有7种以上野生菌干片，加上猪骨熬制7小时以上，加入当地的乌鸡为野菌提鲜，异香扑鼻。再加上煮的各种野生菌，这汤就是汤王了。吃过几碗野菌子之后，再喝上一碗汤，这汤中的营养已是满当当，浓酽味醇，这世上到哪儿找这么好的汤去？

噢，满街是吃菌子的人，满街的菌子，满街的餐馆人满为患，老百姓也能点上一个菌锅，三五好友，喝上一壶苞谷酒。这生活，赛神仙。

菌子属林下经济，只有森林保护好，空气湿润，才能生长菌子。在当地的画册上看到一个小孩抱着一个直径1.5米以上的巨型灵芝，还知道了他们每年都要评菌王。当地人告诉我，在双柏，松茸很多，虎掌菌不少。平常人家不会吃很贵的，像青头菌、鸡油菌、九月黄、谷熟菌都是大众菜。吃菌时节为6、7月，一直可吃到10月。事实上，3月春雷响，春雨下，菌就钻出来了。

在云南特别是楚雄，我听到的采蘑菇，叫赶菌子。最繁忙的菌子季，就是雨季，雨季的雨一来，赶菌子的人就全往山上跑，趋之若鹜。到了周末，城里人都会携家带口地到乡下或郊外的山上去赶菌子，等于郊游，又饱了口福。为什么叫赶？因为菌子会跑，菌子是有脚的。它来无影，去无踪。必须迅速赶到它，将它逮住，收进我们的篮子或袋子中，否则三四天就会腐烂生虫。

五月端午，鸡枞拱土。五月十三，鸡枞喷汤。菌子在雨水和温度的呼唤中，在清风中，在草丛中，在腐叶里调皮地探出头来，伞状、喇叭状、火把状的菌子漫山遍野。“要吃鸡枞找旧窝，要赶菌子满山跑。”比如，松茸、干巴菌，就常躲在松毛下面，发现有松毛凸起的地方，扒开松毛，必有收获。鸡枞菌常常在惊雷中破土而出，顶开泥土，你只要小心翼翼地剥开泥，鸡枞的骨朵就露出来。松露就是块菌，黑坨一样的像是煤块，据说母猪拱后的地方才能找到，因此俗称猪拱菌。珊瑚菌橘黄色的肥大菌块，粉嘟嘟的，在雨水过后，显出玉感，就像水中摇曳的珊瑚。

采菌子不用走很远的路，李主席说，他住在楚雄市中心，但离他家不出3里路就是原始森林，信不信由你，事实如此。这个原始森林叫紫溪山，紫溪山是云南省面积最大的森林公园，距昆明最近的一片原始森林，滇中最大的天然植物园、滇中植物基因库、滇中林海花山、茶花之乡，历史上曾以“六十六座寺，七十七座庵，八十八座林”闻名云南。但紫溪山已经是楚雄市的城中山。楚雄市民只要走十几分钟，就可以进入原始森林。名副其实的森林城市，森林覆盖率达84%，有半城山半城水之说。整个楚雄市是全国森林城市、国家级生态示范区、全国200个最适合人居的中小城市、云南省首批文明城市、省级园林城市、核桃油之乡，700万亩核桃树。有“滇中绿海”“滇中翡翠”“西南氧吧”等各种美称，2018年，楚雄市被国家林业局命名为国家森林城市。

要搞清楚菌子的生长环境，像香菌、黄菌、白参、木耳、灵芝只会生长在枯朽的树干上，岩木耳是长在悬崖上的。虎掌菌、喇叭菌、扫把菌是根据菌子的形状来叫的，铜绿菌、谷黄菌、青头菌是根据颜色，香喷头、干巴菌、鸡枞菌是根据味道、口感来说的。金黄色的松毛菌，大的有几公斤重，北风菌小而成簇，运气很好才能采到。2018年菌子上市，在楚雄瑞祥农贸市场就出现了5大朵连在一起的野生菌，像5个亲兄弟搂抱一起。这朵“兄弟菌”重达2.5公斤，是菌子界的“扛把子”。楚雄有张姓兄弟在山上采到马皮泡菌，菌重3.08公斤，白嫩嫩的，是菌子中的霸王菌。每年楚雄南华县五街镇的开山节上，都有“菌王争霸赛”，2018年的松茸王，800多克，一朵就被商家以11000元买走。还有干巴菌王、牛肝菌王、块菌王、虎掌菌王、杉老苞菌王、云芝菌菌王、灵芝菌菌王、鸡枞菌菌王。其中，云芝菌菌王达9030克。有的炫耀者将菌子当伞打在头顶，大得出奇，只能说，这山里野菌长疯了。

在茫茫哀牢山、乌蒙山、百草岭三大山脉的原始森林里，在金沙江、元江（红河）流淌的水域，野生菌前仆后继，蓬勃出土，像是地底下有源源不断的山中精灵被唤醒一样，要破土而出。

在野菌上市的日子里，楚雄各家餐馆也推出千奇百怪、琳琅满目的野生菌菜肴。什么爆炒牛肝菌、蒸青头、油炸鸡枞、土司干巴菌、松茸炖乳鸽、掌上明珠、五彩山珍、雪中送炭、凉拌松茸、块菌、脆制沙老包、腌制刷把菌。在野生菌全席中，有什么松茸戏龙虾、雪花羊肚菌、金盏干巴菌、干煸红见手、牛肝菌炒牛柳……“山珍过桥”是用食用野生菌烹制过桥米线的汤，配料也改成松茸、鸡枞菌、竹荪等。还有什么都督山珍烧馔、牛仔骨铁板野生菌、块菌鹿筋鲍汁捞饭、野菌煲、香酥野菌排、牛肝菌爆牛柳、将军神功羊肚菌汤、青辣椒炒牛肝菌。虎掌菌炒青椒、北风菌炖鸡蛋、鸡枞蒸火腿。

菌子还能加工成各种产品，松茸酒、块菌酒，油炸菌子、风干菌片、冻干松茸、盐渍松茸、菌子酱。看这些个性张扬的山野精灵，走上人们的餐桌，让山珍成为寻常菜，这得益于大自然的慷慨馈赠。

在楚雄这个野生菌王国中，讲到经常食用的菌子，可记下供美食家饕餮客们参考。

松茸，又叫松口蘑、松蕈，长在松栎等树木下，有独特的浓香，是世界上珍稀名贵的天然药用菌，还是我国二级濒危保护物种。烹饪后口感有如鲍鱼，润滑爽口达极致。松茸在日本被奉为“神菌”，日本人信奉“以形补形”，这点与中国人一样。也被奉为抗癌奇菌，据说广岛、长崎遭原子弹轰炸后，多年寸草不生，但却神奇地长出了松茸。他们就认为这是松茸抗辐射、抗癌的铁证。楚雄松茸闻名日本，到了采挖季，日本人购买后空运回国。松茸是日本人接待贵客时必定配备的一道佳肴，是身份的象征。而欧洲人也爱松茸，还爱块菌，据科学研究，块菌（松露）能抑制癌细胞的扩散。

牛肝菌是云南特有的一种野生菌，有白、黄、黑 3 种。喜欢生长在青冈树、宽叶麻栎树下，菌体大而肥，菌柄粗壮，营养丰富，是治疗不孕症的良药。

虎掌菌，俗名虎巴掌菌，为菌中之王，国宝珍品，是云南向历代朝廷进献的贡品之一，被誉为“香茸”。异状、奇香是虎掌菌的两大特点。虎掌茵无盖无柄，菌体上长满一层纤细的茸毛，呈黄褐色，并有明显的黑色花纹，形如虎爪而得名。新鲜的虎掌菌都有浓郁的香味，制成干品后香味更加浓厚持久，但此物稀少。

大红菌散布着妖魔的红色，一看就是毒菌，外地人不太敢品尝。但当地人告诉你，在云南和楚雄这里，你只管放心大胆享用。红菌是珍稀菌，全国年产红菌只有4万多公斤，而且是无法进行人工栽培的。红菌口感特别好，尤其富含抗癌物质硒，有明显的养血抗癌功能，提高免疫力，对产妇乳汁减少、贫血、儿童佝偻都有奇效。每年雨季一到，来收购菌子的外地商人，首选这些个头饱满、口感鲜美的大红菌。

干巴菌，又名绣球菌、松毛菌、对花菌、马牙菌。但长相奇丑，蔫蔫巴巴，无菌盖，无菌裙，更没有其他菌子的肥美丰腴，采时有清香，烹调后更是鲜香无比，是云南独有的菌种，价格昂贵，为至味绝品，干巴菌宜炒不宜煮，与青椒、火腿同炒，为人间难得美味，吃后终生难忘。

奶浆菌，我在云南一圈转悠下来，农民到处摆放着这种菌子出售，掰一点儿则有白色浆汁流出。因浆液中含有异性蛋白质，蛋奶过敏和海鲜过敏者须谨慎食用。

青头菌在菜市场中虽然比较便宜，但味道柔和，入口细嫩松软，味道醇长。采青头菌，要在阔叶橡树林或松杉混合林中，它们大多群聚生长，你采了一朵，旁边不远一定有第二朵。

鸡枞菌是菌中之冠，长在松林、白栎、杜鹃、滇椎栗等混交林里。因纤维结构、色泽近似鸡肉，食用时又有鸡肉的香味，故得名鸡枞。采鸡枞的特点与青头菌同，只要你采到一丛，附近还有两丛，据说它的生长与白蚁窝有关。楚雄的做法是煮汤和油炸，鸡枞油的做法是将撕成小条的鸡枞加入花椒、干辣椒，放到油里炸，将鸡枞里面的水分榨干，最后加盐调味。这种炸鸡枞，可以长时间保存，做下饭佐菜，还可以用它煮面。如果用此油烹饪炒菜，更是异香扑鼻。我在楚雄菜市场看到那么多菌子，鸡枞菌那么粗那么长，楚雄山林的肥力非同小可。

见手青被称为难以抗拒的美味。因为有毒（含乌头碱），会产生腹泻、幻觉、昏睡不醒的症状。“生拌见手青，天上小飞人。”据吃过的人说，会看见闪烁的物体、飘浮在空中的小人、四周水波荡漾、密布的面孔。不及时送医院救治，有生命危险。但吃见手青的人多，要处理得当。一般来说，烹饪菌子时必须加入大蒜，如果蒜瓣保持白色就相安无事，若蒜瓣变黑，这一盘菌子有毒无疑。另外，任何一种菌子都要彻底烹熟，多煮些时间，让毒素分解。如果菌子中毒，危及生命则不可取。有个作家给我说，他家来客，有小孩吃了见手青，就老说许多人在她面前跳来跳去，后到医院输液才好。开车的师傅说他吃过一种叫“滑肚子”的菌子，也是出现幻觉，眼前有人又跳又蹦，用手去拍打又没有，这种菌要多煮几遍后再炒。

香喷头，称为野生菌中的贵妃，金黄美丽，肉质细嫩，硕大丰美，雍容华贵。可以长到草帽那么大，每朵有一两公斤重。香喷头破土后，周围会有浓郁的香味，逃不掉采菌人的眼睛。

没有森林，就没有山珍，在哀牢山和乌蒙山中生活的彝族人，十分懂得保护他们的家园，对山林是满满的敬重与感激。在每年的开山节上，彝族人盛装华服，举行祭祀大典。先祭天，因为天上住着各路神仙。再祭地，大地孕育和养育所有生灵。更要祭祀古树神灵，是古树让他们每年有赶不完的菌子。参与祭祀的人肃穆虔诚，菌农纷纷杀鸡宰羊献给山神树神，祈求年年风调雨顺，多出菌子，多找松茸。祭祀过后，才能进山找菌采菌，是神灵给他们打开了山门。

“借此山水鲜，饱我烟霞腹。过时无人采，含香萎空谷。”云南清代诗人师范的这几句诗把吃菌子的俗境提升了，以山水之鲜，饱烟霞之腹。其实，对菌子这类森林与大山的精灵之物，真是吃过之后可以有烟霞缥缈，云水空灵的境界。

李方村

我被响亮的锣声惊起。我的耳膜，我的身体。我刚刚在村里巨大的古树下行走，再顺着古石阶爬往祭天山的祭天平台。这响亮、震撼、短促、沉重的锣声，在这个古老彝族村寨震荡，打破了它的寂静。这个古村的底色是寂静的。

李方村，在原始森林密布的白竹山下，它是“三笙”之一大锣笙的发源地。三笙指彝族的老虎笙、大锣笙、小豹子笙。笙是舞蹈的意思，这是一种古老的傩舞，一种图腾之舞，是彝族在自己的生活历程中创造的独特的艺术语言，独特的生命舞蹈，它与火有关。

彝族是一个崇拜火的民族，村里的男人们穿着草衣，草衣是用稻草编织的，像编女人的辫子。裤腿上绣有火焰，锣上也画有火的图案。李方村的彝族人，因久居森林，他们的大锣笙有着森林的庄严、肃穆和神秘。大锣笙叫“跳锣”，又叫“捂锣”，击锣后又急捂。敲，敲得山摇地动；捂，捂得寂寂无声。当他们把锣敲起又迅速捂起的时候，这里面肯定有着深藏的东西，虽然他们说这里面的故事是祖先与一个落难的皇帝有关，但我认为没有这么简单，这里有一个民族的内心隐秘。他们顿着脚，跳着脚，仿佛地上有火。这固然是在他们火把节上的跳动，但他们的节奏就是在这一顿、一敲、一捂中表现出彝族先民的图腾崇拜和禁忌。他们要尽量将这些后人打扮得怪异、凶猛、狂野、强悍，与鬼神近，与人族远，与天地神祇一起欢呼生命的冲动和激情，一起向生活中的磨难困苦宣战，蔑视命运、疾病、灾难，让族人和村庄祛除阴暗秽气的东西，让火光冲腾、照耀每一个角落，包括人的内心的角落。草衣、草裙，裸臂、赤足，癫疯、夸张、但又庄严、神圣。

李方村的这一对现存吞口木质面具，为明时制作，有人想以百万买走，村里人不为所动，这可是村里祖传的宝物。

农历六月二十四日是彝族祖先的难日，不可进行娱乐活动，故跳锣要到二十五日才开始。

二十七日，所有跳锣的男人绕寨而行，跳锣起舞，祈求诸神保佑，驱害除疫，全村风调雨顺。

二十八日要送火神归山。昼夜狂欢，直至旭日东升。

在这个古树成荫的村庄里，我看到了彝族人在他们的森林中，宁静生活的图景。进村就撞见了两棵千年的大树，这样的树大得太令人震撼了。猪栗树，它们的每一个枝条都长成了大树，每一个枝丫都庞大无比，长着茂盛的寄生植物，而且这些寄生植物也枝繁叶茂，也如一个小树林。这两棵古树不是简单的造型，仿佛是四面八方都被它们巨大的枝叶占满了，还爬满了藤蔓。仿佛一棵树就是一座山，就是一片森林，就是一个村庄。没有见过如此庞杂的大树，我往祭天山爬去的古台阶路上，两边又是一棵棵古树，爬上祭天山广场，山上还有更多的古树，广场被古树围绕着，这里像是过去和前世的感觉。进到村里，每家每户、屋前屋后还是古树。一口古井旁边，一个大树蔸上长着两棵完全不同树皮、不同树叶的古树。一棵叫云南山楂，一棵叫厚叶梅，又名酸梅子。它们身上的苍苔也是百年前的苍苔，厚，旧，沉。寄生植物是它们的浓密体毛，是它们的胡子。

关于大锣笙，双柏的县委书记李开平写有一篇《大锣笙赋》，刻在这个村的景观长廊里，赋不错，意境开阔浩荡，古文功底深厚，李书记不愧是一个诗人，他在赋中写道：

……彝民山居，自然之子。日月星辰，举头聊叙。飞禽走兽，串亲认戚。天地父母，山水兄弟。花草姐妹，石木夫妻。山中鬼魅，毕摩调协。山中生机，天地人谐。……落难王子，潜回城池。受教罗娄，以德化义。施舍济众，追随人密。振臂一呼，扫纣除桀。夺回王位，改旗易帜。天佑此王，丰衣足食。王威远荡，声望远弥。堂上王子，常思恩遇。委派重臣，入山访亲。山高水长，衷牢腹地。白竹山下，祥云翱集。李方村民，日作月息。不愿侍王，不做附丽。大王喟叹，真乃神彝。苦荞醮蜜，心忆髓记。药到病除，妙手仙医。和善怡乐，宽胸大志。特赠大锣，灾消祸离。话音未落，天乐齐起。晴空丽日，鲜花随雨。天外大锣，缓降寨子。百鸟齐鸣，虹贯天际。山欢水笑，长幼盈悦……

大锣笙的来历就是这样的。自然之子的彝族，与日月星辰来聊叙，以飞禽走兽为亲戚，天地是父母，山水是兄弟，花草为姐妹，石木为夫妻，山中鬼魅由毕摩去打理，于是山中有生机，天、地、人和谐一片。

在村里的一个村史展览中，我看到了这个民族对大自然的崇拜，看到了祭山神的供品有猪蹄，有腊肉，毕摩的手杖是一根古藤上缠绕的蟒蛇皮，神秘诡谲。他们漂亮的院墙取自当地的黏土成干打垒，这种房子冬暖夏凉，坚固美观。整个村庄都在古树荫庇之下，就像有祖先的手为他们遮挡着风雨骄阳。

李方村因为先天的禀赋，深厚的根底，天生丽质，国家投入了1000多万元，让李方村更加美丽，成为人们乡愁的触点，灵魂的寓所。休闲广场依然在古木环抱的山上，路灯在浓密的古树阴影里摇晃，景观亭、景观长廊、大火塘、青石板路面，依然古风犹存，彝族风格的红墙青瓦，整洁的街巷道路，鲜花古树，山水相依。

在村里我拜访了这里的毕摩张成兴，我们到他家里去的时候，他正在门口卸自己农用车上的饲料。他把我们迎进他的院子，他的院子和楼房在村里都是一流的，干净漂亮。他的屋檐下的笼子里有一对少见的山斑鸠，家里有密密匝匝的灯笼花，三角梅占满了整整的一面墙，鲜艳夺目。水管前有一口巨大的古凿水池，他说这都是他的祖父传下的。这么大的长方形水池，用一整块石头是如何凿出又如何毫无破损地运回村子？

张成兴看不出有六十八岁，他双手粗大，眼珠发绿，似从神灵世界归来。毕摩本来就被当地人看作一半是人，一半是神，在人神之间来回穿梭，知人识鬼。他说，他干的事就是生死事，婚丧嫁娶，人畜生病，都要去消灾祛病祈福。

他是毕摩的第四代了，一个毕摩必须经过数十年刻苦钻研学习，掌握大量的彝文经典，能主持重大祭祀活动，才能成为职业毕摩。毕摩无所不能，精彝文，背经书，懂鬼神，识谱牒，会占卜，识百草。更要有爱心，行道义，轻钱财，不杀生。

毕摩的法器主要有法帽、鹰爪、铜铃、“切克”（法扇）、“拉图”（马缨花木雕刻的黑虎头）、神签等。

张成兴说他平时一样跟大家一起种地，到了火把节，在农历二十三日就要到祭天山上带着男人们去接火种。两户出一个男人，山也叫杀牛山，到了山上，杀牛，用牛祭火神，再煮牛。过去使用砧木取火，也有用竹片、火镰取火。这种向大自然取火的方式，也是对大自然的一种还愿和感激。取火后煮牛肉，家家会拿来盐巴、酒、油。村人们在山上吃牛肉，祭天。烧几块大石头，洒酒，洒净水，祈求五谷丰登、无灾无病、六畜兴旺。再就是把火从山上取下后往每家每户送火种。火种放进火塘后是永不熄灭的，当天烧完将火炭埋在火堆下，第二天又继续用。

我问他：“你见到了神吗？”他说：“我没有见到过。”

我好奇的是，这个村为什么留下了这么多古树？在与跳大锣笙的几位村民交谈中，他们语焉不详，有说是因为留下了这些古树，来当诱饵的，等豺狼虎豹走到这儿的时候，休息躲荫，然后村里的猎人就来打，在与毕摩的交谈中我才弄明白。张成兴说，他们彝族人有许多禁忌，比如，大树不仅不能砍，就是树上掉下来的胡子（寄生植物）也不能动。如果树上有喜鹊窝也是不能动的，它象征着吉祥。树上的胡蜂窝就算对人有危害，也不能烧，烧了是不吉利的。松子不能捡，同样捡了不吉利。为什么这么多大树？因为这座山是杀牛祭天的山，大树下有一个土主庙，土主庙管这边的土地和森林，所以在这山上不能动刀斧，否则家破人亡。土主庙是他们的天神，哪家母猪生了小猪，添了牛犊，生了小孩，要去烧香拿酒给土主报喜、还愿。

这就是彝族人敬畏自然得到的大收获，想一想吧，没有这些古树，这个村也不能成为古村，没有这些古树，这个村子也就散了。树把一个村子的族人聚集在一起。

我们从村子旁边上了白竹山，才更加感知到彝族兄弟对山林的一草一木都不能动，是千百年形成的规矩。

白竹山原始森林的特点是它离大路和村庄太近，跨一步就进入了。

白竹山自然保护区，海拔 2554 米，是我国除西藏墨脱外，纬度最北的热带季雨林分布区。这里有许多罕见的树种如国家一级保护野生植物长蕊木兰，国家一级保护野生动物豹子、黑颈长尾雉、林麝、蟒等。走进去，立马古木参天，密林如网，在一条通往李方村的牧羊小道的两边，没有任何树枝折断的痕迹，苔藓如古生，倒伏的大树无人动它，据说这是大雪压断的。更多的大胸径的树一棵连一棵，树上的苔藓和寄生植物竞相生长，郁闭度如此之高，森林之神没人敢惹，也就躲过了一代又一代的兵燹、灾害、政治狂热，就连 1958 年的“大炼钢铁”都没有动它秋毫，这真是一片被上苍保护的森林与土地。

一路上有许多野菌，长在腐草间的，长在朽树蔸上的，长在倒伏树上的，有红色的，有绿色的、白色的，有的在一棵死树上长着一簇一簇，竟然没有人摘它们。我们爬上高处，看到了森林中有一大片马樱花古树，马樱花是双柏县的县花。

一只鹞鹰在森林的上空悄然飞翔，天蓝得毫无道理。天蓝则高，云白则净。在这片彝族人居住的森林里，大自然始终保存着童贞之状，这是宗教、习俗和禁忌守护的大地，人们的心中供奉着一座神山，山中的草木鸟兽都有着绝世权威。

在回来的路上，我们经过了白竹山的万亩茶园，太养眼了！每座山头每条沟壑都是整齐美观的茶垄，它们的垄头，种上许多雪松。这里的云雾茶，除了有云雾的气味，还有雪松松脂的香味。我站在垄头，有牛在哞叫，还听见茶垄里有青蛙的叫声，神秘诡异。云彩在这里悠长懒散，鸟鸣声像是在嘀咕。有了茶园，白竹山就变得端庄丰腴，仿佛新妇出浴。黑羊、黄牛，在山道上大摇大摆，唯我独尊，它们才是这里的主人。

我们在茶场小憩，喝了他们最好的白竹山云雾茶，果然有松脂的香味萦绕在杯沿。汤色清碧明亮，香味馥郁绵长。在云南能喝到这么好的绿茶，太感意外。我以为云南人只喝普洱，只生产普洱，但在楚雄，却只喝绿茶。茶场的人说，这么好的茶叶我们不会制成普洱。这哀牢山脉生产的绿茶，几千元一斤，比普洱价值高，也是真正的有机生态茶，不上化肥，不打农药，比如，茶园用的是粘虫板来除害虫。

我们品着茶，看着风景。这儿视野开阔，云淡风轻，听林场的人说着这儿仙人桌和精怪塘的奇诡故事，这高山上满坡满畈的茶园，有一种森林童话般的魅力。

森林和村庄，在千年的童话里鲜亮地活着。

把床移到星空下

·在湖北省第三届青年作家高研班的演讲

恩施利川的山水是大山水，大山水只容得下大胸襟。我在《恩施大峡谷》里有这样一段话："往高峰远路，看大气象，得大境界，赚大胸怀。神惊一回，百世不悔。人与山似，不喜平庸；人与谷肖，爱做深吼。有麓泉之乐，可常相忆，万念耿耿，系于一山，情眷在兹，魂倚不倒。常想从酒池肉林，入清风大野，万壑一开，涤我心尘。人有时真可遽然以他景之境，让心与天地契，襟与大荒合。倏忽之间，可以壑为喉，以谷为歌，以山之骨为脊，以云之态为臆。神笔一柱，浩浩写我大风。"我自己是从山水中才悟出写作的道理，所以我希望青年作家也如此。将你们带到大山大水的地方，想你们也跟我一样，精神得到完善的发育，境界得到插翅的提升，写作基因也会突变。好像在追寻某一种生命中最重要的东西，一步步走向你真止意义的写作。

能吗？当然能。我能，你们一定也能。当走上真正意义上的写作，各种权宜之计就不会出现了，对文坛就冷对了，只有血和心是热的，从此开始与天地的对话，你会明白，写作的确是为天地立心，为生民立命的事。这是宋代思想家张载说的。也是替天行道的事。所谓传道者，就是这个道。

现在我们已经明白，文学是小众的，时代的变迁已经让它不可挽回地寂寞下去。但是，曾经最疯狂的电视也在挣扎。文学因为极端个体的劳动不可能像电视以巨资来拯救一个行业，何况文学不是技术主义的玩意儿，文学在任何时候保持着一个读书人的教养、矜持、安静和高贵。好像没有抵抗，也没有焦虑，更不会改弦更张。文学可能将要成为“非物质文化遗产”，要寻找它的继承者和传承人。这种情况不会出现，你们的存在就是证明。我看了河北作家张楚发我的几个“90后”作者写的小说，我很惊叹，真是后继有人。不仅是热爱写作的趋之若鹜，而是在这中间，有一些有着与一个民族的智慧相称的后来者，他们是旷世的天才，就是为了继承文学而生的。这毫不奇怪。我们的“新屈原人才培训计划”已经进行了3年。需要申明的是，我们不是来普及文学知识的，也不是培养文学爱好者的，我们是来培养作家的，而且是培养好作家、大作家，也是为了发现湖北有潜质的青年作家的。没有领导的安排，不是上级的旨意，完全是我们文学院出于一份对文学的感情，寻找资金，以文学义工的形式来每年举办一次文学青年的聚会，文学的大型嘉年华。

有人把这个时代文学的式微归罪于万恶的互联网，一个作家不在自身找原因是一个悲剧，在这个人云亦云的时代我们应该冷静独立地思考和分析，找到文学被冷落的根源，这样才能看清我们身处的位置，找到对付的办法。

这个时代有人称为信息时代，信息大爆炸，每个人获得了过剩的信息而使他无所适从，不能安静地思考某一小块世界的意义，众神喧哗。也有人说这是一个新机器时代，一切都是以代码呈现的。我认为，我们正处在一个疯狂的“瓜分时代”。

30年前的新时期文学是从政治和娱乐里分出来的文化的精华。特别是政治的剧变，导致文化管理的彻底改变。但随着人类生活向计算机微晶片时代的大步挺进，人们生活的必需品的淘汰更新是以天来计而不是以月和年计。这种速度在人类历史上是前所未有的。我想问问你们，你用过多少种手机？你在使用录音机之后，用过多少种视听产品？你的电脑从286开始，换过多少茬儿了？

有这样一个段子：

唐僧师徒一行经历九九八十一难终于见到了如来佛祖求取真经。如来问：“你们带U盘了吗？”唐僧师徒：……如来又问：“移动硬盘呢？”唐僧师徒：……如来继续问："iPod 也可以啊。”悟空挖起耳朵来。如来叹了口气："那你们就原路回去吧，我用 QQ 传给你们。”唐僧："早知道加你 QQ 就完了，我们还走这么远干吗？”4 人将要走的时候，佛祖忽然问道："你们带 PSP 了吗？”4 人回答："没带。”佛祖惊讶："那多无聊呀，你们怎么过来的？”4 人相互看看说："我们一路打怪升级过来的。”

唐僧回去以后，加了如来 QQ，发现很慢。如来一个电话："喂，小唐，你铁通 56K？”唐僧："是，去年才装的。”如来："网络太差传不过来，你还是再来一趟吧。带上 U 盘。”

于是，唐僧师徒带上 U 盘一行再次经历九九八十一难终于见到了如来佛。如来问："带 U 盘了？”唐僧师徒："带了。”如来继续问："多大的？”唐僧师徒："2G。”如来深深叹气："真经太大，U 盘太小，回去带个 4G 的。”

于是，唐僧师徒回去之后又带上了移动硬盘，还是 1000G 的。想："这次有多少经都给你带回去。”一行再次经历九九八十一难终于见到了如来佛祖。如来问："你们怎么又来了？”唐僧师徒："你不是说让我们带大点的 U 盘过来吗？我们带了个 1000G 的硬盘。”如来继续问："你们回去没有开 QQ 吗？”唐僧师徒："我们回去之后就直接买了硬盘就过来了啊。”如来深深叹口气："我给你们在 QQ 里留了言，经书已经放在我的服务器里了，你们随便下载！”

唐僧师徒回去后打开如来的服务器下载，发现服务器中了木马，不能下载。于是，带上 1000G 的硬盘继续上路，想："早知道这样，就复制回来，这次无论如何得复制回来。”

经过九九八十一难终于见到了如来。如来问："带纸了没？”唐僧师徒："……”如来继续问："唉，这次服务器中了木马，电子版的经书全毁了，我看你们还是手抄一份吧！”

回大唐去拿纸。唐僧师徒这次学乖了，买好纸，带上硬盘上路了。之前还用 QQ 给如来发了个信息确认。经过九九八十一难又见到了如来。为防有变，唐僧先说话了："木马破解了没？"如来："没。"唐僧："那我们可以抄了吧？"如来："可以。"唐僧师徒花了10年的时间终于把经书抄好了，准备去跟如来告别。唐僧："我们花了10年时间把经书抄好了，现在跟佛祖告别回大唐了。"如来："有复印机干吗不用？"

我们作家就是唐僧师徒，这个时代就是不动声色地把你整个半死的如来佛祖。传统生活技巧几乎难以适应当代的生活，一个传统型的人，哪怕是八十岁的老太太，也得学会使用高尖精的科技产品。

文学的范围被科技瓜分，技术主义的瓜分是相当温柔的险恶。略萨说，人类总体的丰富性和生活智慧，只能在文学中找到，人文科学如哲学、历史、艺术的其他门类找不到了，"他们已经无法维持这种全局性的视野和普遍性的话语"。如果其他艺术门类都无法与文学交流和共生，与文学隔得更远的知识就更加瓜分了文学本来应该存在的空间。知识分子在现代社会的细微分工，导致智慧、知识的碎片化、语言的专业化。从而形成一个个互不往来的孤岛，没有舟楫相通的荒岛，在岛上的人各自求生。如今的世界也就是一个停建的语言的巴别塔，上帝就是要把大家的语言搞乱。人们不再使用共同的语言，用同一种语言交流的方式越来越远。你可以想象，一个学计算机的跟一个学量子力学的人，他们会有共同的语言吗？当然喽，一个学维稳专业的，跟一个作家肯定也没有共同的语言。他们因为无法交流，使他们的距离越来越远，心灵也越来越远，甚至成为敌人。

以我的孩子为例，他在高中很爱好文学，四大名著读了数遍，发表了不少作文，还写过一个长篇的开头。但大学他学的是计算机，出国深造并工作，他已经对文学没了兴趣，从不读我的书。他现在是一个非常优秀的计算机工程师，他使用的语言叫C语言。

文学成为一种珍稀遗产之后，只有作家在继续使用那些最古老的字眼儿，一遍一遍地用故事、细节、情感来书写演绎它们，比如，爱情、死亡、生存、忧伤、悲痛等。它成了我们这个行业的特殊标志。

在技术主义者手里，连这几个词汇也消失殆尽，全是就事论事，分析论证。而且过去称为书生的大学教授的论文现在也规范到千篇一律，你能读大学学报吗？我说的是社会科学版的，全部不忍卒读。就连各地的志书，听说也有规范，不能使用描述性的语言。志书是一种本来可以尽情发挥的，显示编纂者才华的史志，现在沦落到了公文的下场，干巴巴的，冷冰冰的，这究竟是怎么回事？与古代文人们编的志书，完全天壤之别！

娱乐生活虽然也想与文学套近乎，但因为它们的浅薄无聊搞怪，对这种文学语言失去了敬畏感，简直是亵渎。比方说，某位小品演员在小品中说过悲哀呀悲哀，他说的悲哀丝毫没有悲哀的本意，没有悲哀所包含的痛苦与绝望。但是一个好作家要写悲哀，一定是旷世的悲哀，肝肠寸断的悲哀。全民娱乐把我们祖先优美伟大的语言给贱卖了。

网络对文学的瓜分是更为惨烈的，甚至把真正文学要表达的内容和语言完全解构掉了，网络轻而易举的交流与文学没有关系，三百多万个网络写手大多与文学也没有关系。网络充满着不假思索的表达、无聊、恶搞、性暗示、流氓气息、偏执、虚情假意的情感交换，遍布像诺言一样的谎言，像滥情一样的爱情，啰唆，充斥着语言的扩张症、狂热的表达和海量公共场合式的勾引与性幻想。因为是毫无节制的语言愤青而最终成长为生活的愤青，偏执、不讲道理，到处是小妖怪和老妖精，没有一个人想好好说话。抱怨、责难、倾倒内心的垃圾和阴暗成长，肆意扩大内心深处的扭曲，让语言成为炸弹。哪有什么真诚可言！说“亲爱的”时没有情感的加入，说“悲摧”的时候不会有撕心裂肺的痛感，大量的表情图案仅仅是图案，如果真是他的表情，这种表情百分之百是虚假和不负责任的。文学时代遭遇到的信用危机空前绝后，但是真正的作家和诗人又没有能力突入其他固若金汤的领域，他们的命运就像我们楚国那位献玉的卞和。卞和是现在的南漳人，在荆山里得到一块璞玉。他捧着璞玉去献给楚厉王，厉王命玉工查看，玉工说这只不过是一块普通的石头。厉王大怒，以欺君之罪砍下卞和的左脚。厉王死后，楚武王即位，卞和再次捧着璞玉去见武王，武王也是命玉工查看，那玉工仍然说只是一块普通的石头，卞和因此又被砍去了右脚。武王死后，楚文王即位，这个没了双脚的卞和抱着璞玉在楚山里痛哭了三天三夜，哭干了眼泪又哭泪血——泪水全是血水。文王得知后派人询问为何，卞和说："我并不是哭我被砍去了双脚，而是哭一块宝玉被人当成了石头，忠贞之人被当成了欺君之徒，无罪而受刑辱。"于是，文王命人剖开这块璞玉，果然是一块稀世之玉，这就是和氏璧和卞和献玉的故事。只叹那个时代没有识货者和知音。

但当下发生的事情也在加速文学的专业化与精英化，很多写作者退出了这个地盘日益狭小、技巧越来越高、成名越来越不易的行当。虽然文学永不能成为科学，但它会以纯粹的口味考验人的判断力和鉴赏力。而且它比科学的疆域更加开阔，获得快乐和真理的机会更多。一首诗的创造看似很简单，但一首好诗的创造却要加入一个世界，加入你整个的知识结构和基因水平。看起来没有标准，可是人们能读出标准，读出一个人的高度和胸怀，读出他是不是历史认定的那个继承人。这种参与的过程比科学更加有魅力。它也许不宣称掌握真理，文学总是表达作家的困惑，表达对世界和人生的不可知。但是有一种真理就在这里。有一种真理是不会让瓜分者最后得逞的真理。它接近于宗教，是有神灵贯穿其中的。福克纳说："艺术家是恶魔驱使的生物。他不知恶魔为什么选中了他。"

文学的确不像其他的学科，环环相扣，有强烈的逻辑力量和运动轨迹，有时候不是鼓舞你，是加重你的不良情绪，让你悲伤、郁闷、痛哭。文字的跳跃就是神灵舞蹈的轨迹，是神灵在操纵语言的出现。有些"80后"作家掌握了它的穿越性，写出了穿越小说；掌握了它的神秘性，写出了惊悚小说；掌握了它的私密性，写出了情感小说。但是文学深处是如何与神灵相通的，它的那只灵巧的手，是怎么触到神灵的，一个作家永远不可能知道。一个优秀的作家，他越是写，越感到最好的一部小说或者最好的一首诗至死，都还没有写出来。这究竟是谁的暗示呢？

文学是在继承人类情感表达的遗产，让语言能够完整地、丰富地、准确地、经典地、细腻地表达我们人类在精神世界的超级渗透能力、领悟能力和认识能力。美国作家詹姆士·梭特说："世界的美，生存的美，或者假如你认为是哀伤的话，少了语言它们就都表达不出来了……没有文学的语言，也许上帝存在，但你却无法描述出来。”我说，如果没有文学语言，上帝根本就不存在。可以想一想，没有美妙的非常文学性的《圣经》，上帝存在吗？没有司马迁的《史记》，中国历史真的存在吗？只有一个书本的历史，而没有一个存在的历史。在《陈涉世家》里，司马迁写到陈胜他们因雨和泥泞误了时间，陈胜说：“今亡亦死，举大计亦死，等死，死国可乎？”后来陈胜他们杀了两尉。召令徒属说：“公等遇雨，皆已失期，失期当斩。藉第令毋斩，而戍死者固十六七。且壮士不死即已，死即举大名耳，王侯将相宁有种乎！”司马迁是西汉人，写这文章时是在公元前 80 多年吧，而陈胜起义是在秦二世元年，公元前 209 年。100 多年前的人，当时说的话这么多，你当时在场？这就是历史，历史就是司马迁的话，真实的历史现场谁也不知道了。在文学中，生命是由语言编织出来的，这是略萨说的。你可以在文学所使用的语言中，跟人分享一种文学描绘出来的各种各样的精致美妙、有血有肉的生命，英雄和小人。

接下来我要说四个词：

拒绝

文学不能瓜分他人的地盘，为什么？原因是多方面的。那些瓜分者在用其他方式完全能满足自己的生活与欲望之后，他们不再需要文学。他们宁愿相信装神弄鬼的人，比如所谓大师，其实全是骗子。因为他不缺钱，不缺名，不缺权。他也不需要什么文学的按摩与滋养，他想的是永远在位，上升到更显赫的位置，长生不老，最好是活一万年。当权力与金钱到了太大、太多的时候，多到花不完、用不尽的时候，会让人变得非常空虚无聊，生命中所有的刺激都玩遍了，什么都享受到了。文学和真正信仰的宗教是用来整理人心和灵魂的，而这些人的灵魂一片空白，近乎沙漠，物质和享乐在炙烤着他们。有时候他们会要一点儿伪文学来平衡一下心情，是那种浅层次的、立竿见影的东西，比如心灵鸡汤之类。

最有资格熬制心灵鸡汤的，肯定是作家，但是我们看到一些所谓心灵鸡汤的熬制者，却又不是作家，是一些披着作家外皮的人，他们熬制的不是土鸡汤，是饲料鸡汤。还有像王林这样的骗子，竟然成了一些人最解馋的心灵鸡汤。有些所谓作家正是在从事这种熬汤赚钱的写作。不客气地说，是不走正路。我们反复提倡作家要走正路，这种心灵饲料鸡汤，会有一点儿哲理，是大家都知道的哲理；会有一点儿感动，却不是大感动。那你真不如王林大师骗子，一下变出一条大蛇来，吓死你，让你因惊吓而服气。

在这里，网络作家作为取悦网络读者的一些技巧，可能伤害到作家本人。让你失去了大格局的爱和思考，对世界整体的认识，对词语和生活敏感性的夺取。

一个真正的作家，不能在语言上、形式上迁就普通读者，满足自己的虚荣。纵然你十分贫穷，纵然你太想出名。我喜欢这样的一类作家，他们从不屈服，内心坚定，好像生来就有很高的境界，他们语言干净得像泉水洗过一样，写作的姿势不声不响，从不滥用词汇，保持一个作家下笔应有的节俭。他们的表达，与真理和上帝关心的事情有关，连表现爱欲都那么干净，内心没有粗俗和混乱，更不会妄想，注重作品中表达的名节与操守。

危地马拉作家阿斯图里亚斯说："我们的小说完整地保留了人的价值。"好的文学是让人类进步的，抵抗技术主义的短视和乏味，抵抗政治的谎言、迫害和对人的起码尊严和生存权的粗暴蔑视。让政客们的祸心暴露在真理和语言之下，使得蒙骗不会太过长久，禁锢和奴役不会那么轻易得手。在文学家的良心的写作中，某种不近人性的制度会慢慢在笔下的楔入中出现裂缝，最后摇摇欲坠甚至崩溃。

让商人和金钱在这个社会变得不是那么荣耀和牛气冲天，政客和资本家在文学面前不那么嚣张，这是文学的尊严和杀气造成的，是文学的功劳。文学有时候也有不动声色的杀气。文学提倡的一种高雅的生活方式，让贫穷者也会有尊严。纵然，财富、金钱、欲望有着吞噬一切的力量，但文学也有着约束人的行为的力量。

一个好作家在语言的节俭上面，表现的是对文学的敬畏，过分的言说是在败坏文学的声誉。表达也是一种欲望。你既然在严肃地传承那些被现代道德轻率抛弃和玩弄，甚至被政客活埋掉的词汇，你就应该用你的生命和强烈的情感来修复这些词语的高贵和完美的造型，让它们重获生机。

语言所代表的一个思想体系，一个伦理体系，一个民族生存的密码，在近几十年是断裂了的，人们已经找不到它们。想一想，谎言是怎样在我们的生活中道貌岸然地横行着，几十年如一日，不动声色地改变着一个国家的道德底线和人性好恶。人们知道政治对语言的强暴，它最后的下场就是遭受戏谑和恶搞。于是，网络上新词不断，表达人们对当代语言的轻狂。你们中有人知道“人艰不拆”“喜大普奔”“男默女泪”？“人艰不拆”——人生已经如此艰难，有些事情就不要拆穿；“喜大普奔”——喜闻乐见、大快人心、普天同庆、奔走相告；“男默女泪”——男人沉默，女人泪奔。我们的祖先们真正表达喜悦是怎么表达的？“剑外忽传收蓟北，初闻涕泪满衣裳。却看妻子愁何在，漫卷诗书喜欲狂。白日放歌须纵酒，青春作伴好还乡。即从巴峡穿巫峡，便下襄阳向洛阳。”杜甫如此优雅优美地表达他手舞足蹈，惊喜欲狂的心情。被称为杜甫“生平第一首快诗”。现在的人如果得到一场类似于七八年的安史之乱结束的消息，看到一条微博，你发表你的感慨，跟个帖，4 个字：“普大喜奔”。这是现代语言的悲哀。

抵抗

文学创造的独特性在于，需要充沛的激情和安静淡定的内心完美结合。作家不能活在流行文化的热闹中，不要沾染流行的习气，要懂得沉浸。沉浸在他所信仰的世界之中，他需要另外一种力量来获得自信，比较理想主义，他不可能在世俗世界里跳来跳去，不可能成为生活中要风得风，要雨得雨，左右逢源的那类人。除非，他是一个假冒的作家或诗人。

索尔·贝娄分析过 20 世纪的文学：“20 世纪文学巨著的作者，大部分是些没有把大众放在心上的小说家。普鲁斯特和乔伊斯的小说是在文化的薄暮中生成，他们并不打算成为灿烂炫目的流行焦点。”所有的好作家写出的作品都是小众小说。你如果在内心里隐隐羡慕琼瑶、罗琳或者郭敬明的影响，那么你不会有他们的好命，而且还将被真正的文学抛弃。你可以生存，你可以风光，你可以有大笔的稿费，生活滋润，但你得不到文学的尊重。

学会克制自己，也是一种抵抗。生活是可以朴素的，在城里你可以像一个老农，你可以对麻将和网络一窍不通，你可以住在高楼大厦里就像住在乡村一样，你可以对生活要求不高，没有嗜好，交际圈子狭窄，甚至没有几个朋友。这有什么要紧呢？他只爱伟大、崇高、华美的文字，无任何奢求。美国自然作家瑞克·巴斯言说那些真正的作家："那是流动在某人血液里的本质，是他被传唤到这世界的原因。"

拒绝和抵抗就是坚守。

敬畏

有的人是怀着一种怜悯文学的态度走进文学的。他选择了玄想和虚构，或者摆弄文字来发泄自己的内心。仅有热爱是不够的，对文字，对你描写的对象，因为文学是有着十分悠久的历史传统的，有着庞大的家族，从一开始，这个家族就占有了人类最优秀的人群，各个时代的天才都以著书立说为荣耀，他们在生活上可能不尽如人意，如屈原、李白、杜甫、苏轼、曹雪芹等，但是他们一次次把文字、语言推举到人类智慧的最高处。随便引几句："柴门闻犬吠，风雪夜归人。""采菊东篱下，悠然见南山。""大漠孤烟直，长河落日圆。"普通的字句，组成深邃辽阔的意境，登上精神的高峰，人人向往之。你动辄来一首诗呀词的，连平仄对仗都不会怎么行？《红楼梦》已经把人世生活的所有绝望、幻灭都写尽了，你却还在那儿写什么先进人物，歌颂什么莺歌燕舞的太平盛世。我说你无聊说重了，我说你对文学没有敬畏感是可以的。

文学不是文字工作，有许多写手，只是没有事了，就像老年人没事了用一些难嚼的蚕豆磨磨牙打发时光一样，他们退休了，从领导岗位退下来无所事事，就想以前是秘书出身，写点儿诗词或者散文或者小说吧。有的竟写长篇小说。你看他的诗：今日喜迎中国梦，太平盛世写华章。又是太平盛世！怎么您老人家这么好的福气，竟赶上卖几个西瓜也会被秤砣砸死的太平盛世？写长篇小说的，胆量大，我真的佩服。啰里吧嗦的，不知他在写什么，前面写了老长，交代了一大堆，也没小说味。因为他没说过话，有太多的话要说，又怕看的人（不能叫读者）不懂他想表达什么，恨不得一上来什么都交代清楚。小说哪是那样写的啊！小说要单刀直入：张三在李四的门口，看到王五朝他得意地怪笑着。这才是小说。他们的不能叫小说，也不能叫回忆录。因为他们不敢袒露自己。要是写的什么文章，依然是一口官腔，他们所有的生活、词汇、思维、情态、语态，全是过去与文学八竿子打不着的生活。

关于网络写手的作品，大多表现出对当下生活特别是政治生活的冷漠、隔膜、麻木。没有责任意识，不想知道一个作家肩上应该负担的重任。他们的作品与时代的风云际会、风云诡谲没有半点关系。政治是一个大概念。争论很多，有的认为不需要政治介入，文学就是文学，但更多的作家是要介入政治，表达他们的政治立场的。没有一个好作家在他的作品里面是不涉及政治并对此表态的。"控诉""宣判""公审"这些词太猛烈，也可以用"起诉""声援"这样的词。如果我们在这样的时代不对压榨底层的公权保持警惕并发声，比我们小说所描写的更加恐怖和血腥的事情就会在我们的生活中不断发生，用小说拦截泛滥的欲望、恶行，弘扬正义与美德，是对文学伟大传统的尊重。因此，我们的作品不应该像甜腻的猫昏昏欲睡。要保持临战状态，要有敏锐的触角，要有内心的撕裂感，要有献身精神，要敢于表达心中的痛。为什么小说和诗歌人们不读不看？法国作家莫里亚克说："小说的崩溃是因为这种基本观念给摧毁了，即对善与恶的认识。由于对道德良心的这种攻击，语言本身已经贬值，并失去了其意思。"略萨的小说看起来没有马尔克斯的激烈，但他说："所有伟大的作品都表现出煽动性的倾向。"尼采说："在所有文学作品中，我最喜爱以血写成的文学。"我在长篇小说《猎人峰》的卷首，引用了智利诗人聂鲁达的诗："凭借我的血管和我的嘴。通过我的语言和我的血说话。"

文学是需要有热度的，要充满火焰和悲痛，就像宗教的受难感，为自己也为这个世界赎罪。所谓"赎"者，我的理解就是交换，就是把你心爱的东西拿出去，献祭出去，再换回你更心爱的东西，以你的生命做抵押。献祭在基督教那儿也叫燔祭，燔，就是烧烤，让你的肉体与灵魂为神而炙烤。佛教也有燃指供佛的故事。你若对佛虔诚，请把你的手指当蜡烛点燃供奉给菩萨。

难道写作不应该有这种起码的宗教虔诚？文学真的是在阳台、客厅和咖啡厅就能轻而易举完成的？与他的人民的忧虑、痛苦没有关系？

另一种敬畏，是对他书写对象的尊重。感动，热爱，这当然是必须的。在这个瓜分利益也瓜分资源、瓜分精神也瓜分肉体的时代，作家的资源看起来是贫乏的，但写作的空间却变得无限大了。一是官方对作家的限制相对少了些，允许你在不挑战它的执政地位的前提下，花样翻新。二是时代进入了天天创造奇闻的大混乱之中，作家的想象力跟不上时代的变化。欲望在暴涨，阶级在分化，掠夺与窃取不择手段，耸人听闻，到处都在进行着明的或暗的分赃，化了装或不化装的强盗四处打劫。你可以挺进其中，也可以退避三舍，到你认为值得生活和热爱的地方去。你可以不写官场，你可以写小人物；你可以不写混乱的城市，去写安静的乡村，写让你敬畏的一切。那些未知的世界和风景，比如，对你的家乡不仅热爱，要保持永不可企及的谦逊、神秘和敬畏，热爱和赞美，不是熊抱，要冷静，带有审视的距离感。特别对你描写的东西，河流、山冈、村庄，要慎重，要提升它的高度，最好到神灵的高度。我不希望对我的书写对象太过亲切，仿佛老朋友，我要让它像一个高人，一个千年不遇的隐士，一个象征出现。

最好的资源应该是在被瓜分者所抛弃的现场，一片狼藉的地方，还有被忽略的地方，包括被精神强暴和肉体凌辱摧毁后的现场，这个现场丢弃有大量的悲伤、哭诉、思念。作家有可能是一个收尸者、一个救护员、一个掩埋者、一个唱安魂曲的牧师，也有可能是一个历史悄悄的记录者，如此而已。也只有作家能做吧。趁他们举杯庆功，或者躲在一个地方擦洗刀上的血迹，或者趁着夜色销赃灭迹的时候，我们还将回到另一个被时代歪曲的、掩饰的、淡化的、压制的词汇的现场，拾起这些词汇，有时是高举，让人们从这些词汇中知道真相，知道它包含的真理。这些也只有我们作家能做，我们应该义不容辞。

擦拭

我认为，作家可以乐意成为一个古墓的挖掘人。因为那里面有我们祖先埋藏在里面的宝藏。语言的宝藏就是一把越王勾践剑，只要经过我们的手，稍微擦拭，依然锋芒逼人。现实是在几千年的演变中将语言异化掉了，程序的、表演的、糜烂的、乏味的技术主义和享乐主义时代，将把人类拖入一个深渊，等爬起来时，可能要很费劲。当如今连笔也不需要的时候，很难说这是一种进步，很可能是一种失魂落魄的退化。也许用不了多久，人类将不用走路、吃饭不用嘴，传宗接代也不要肌肤之亲，人类的听觉、味觉、嗅觉、触觉将全面退化，人与人之间完全不要面对面的交流，智商上可能人人是天才，在情商上将个个成为白痴。

瓜分时代就是利益、欲望的割据、扩张和分割，一些更小单位的生活和生命，将被标准化，进入精制的笼子，但人类是一个命运共同体，作家艺术家也许是各个最小单位的黏合剂。只有爱和美以及宗教才能承担起人类未来的延伸，技术主义哪怕鞭辟入里，只是人类生活欲望膨胀的发酵剂。美国作家辛格说："技术越发达，越会有人对人脑在没有电子技术帮助下创造的东西产生兴趣。"因此文学的存在和生命我们应该有巨大的满满的信心。

如果稍微用文学化的语言来说，我们可不可以将一个杀人狂擦拭出一点儿人性？可不可以将一个冷漠无情的官员擦拭出一点儿温度？可不可以将一个丑恶和肮脏的环境擦拭得美观和雅致一点儿？也就是擦拭被文明和时间的灰尘遗忘与生锈的词句与情感，不能让我们太快地成为机器的奴隶，不能让我们人类从石头到龟甲到竹片再到纸张上刻写文字的经验成为遥远的记忆。我有时担忧，如果我们的文字全在一块芯片上，如果到时没有了电力，是不是我们的历史就成了一片空白？现在的情形就是这样，只要断网，我们的邮箱是不是一片空白？我们的微信、QQ，是不是跟不存在一样？打不开。但我们用笔、用书籍记下的文字，只要有阳光，它就永远存在，焕发出迷人的光芒。

文学会有一批一批的殉道士，这是文字的魅力感召的结果，是人类与山川自然、万事万物的默契和互相依存献媚取暖的结果。如果“没有语言，上帝就不存在”这一命题是成立的，那么没有作家和文学，连历史、爱情、河流和星空也是不存在的。美国诗人罗宾逊在临终前，让家人将他的床抬到星空下面，他希望自己咽下最后一口气时，在繁星满天的天空之下闭上他的双眼，进入永生。这就是一个诗人之死，只有作家和诗人才能有这种伟大浪漫的情怀。

文学的参与

·在韩国“中韩作家对话会”的演讲

中国是一个在急剧变化中的国家，用日新月异这个词来形容，是最贴切不过了。以我居住的武汉市为例，近几年就出现了亚洲最美的江滩——汉口江滩；城市上空的建筑塔吊常年保持在至少1000座，也就是说，总有1000幢高层建筑在施工。据说有工地1万个。在武汉市的长江上，现在已有多座长江大桥。在长江上建桥就像玩儿一样，甚至大桥开工都没有什么报道，是一件非常非常平常的事。比如轻轨建设，比如过江隧道，比如地铁，几乎开工后市民都不知道。如果后退30年，这样其中的一件事就是一个城市的大事，甚至是国家的大事。社会的变革真是翻天覆地，30年来的进步是中国历史上绝无仅有的。当然，我们的生活，我们的价值观，我们的道德体系被摧毁和重建的程度，也并不比任何一次战争的惨烈低多少。

因此，在中国，作为一个作家，是十分辛苦的，不说站在时代的前面，就是跟着时代跑，你还跑得气喘吁吁，上气不接下气。如果你不参与整个社会的进程，不与现实同步，你几乎无法创作，因为你摸头不是脑，你会掉队，你会处于“不知有汉，莫论魏晋”的无所适从的状态，你就会被时代淘汰。仅仅凭着作家的才华，凭着童年的记忆，虽然极个别能写出好小说，但大多不会成功。也就是说，你只能在生活的外围，隔靴搔痒，你的作品无法进入到我们的社会深处，与时代形成了厚厚的隔膜。

写作在如今变得如此艰难，特别是小说家。他不像古代的诗人，只是采撷大自然，吟一吟风花雪月就可以成名。也不可能像他们，很早就能成名；或者用几句诗几十个字，就被历史送上顶峰。初唐四杰之一的骆宾王，七岁就写出了千古名篇《咏鹅》:“鹅鹅鹅，曲项向天歌。白毛浮绿水，红掌拨清波。”另一个唐代诗人白居易，相传十六岁就写出了《古原草》:“离离原上草，一岁一枯荣。野火烧不尽，春风吹又生……”魏晋时期的曹植有一首《七步诗》:“煮豆燃豆萁，豆在釜中泣。本是同根生，相煎何太急。”7步之内，20个字，他就可以什么都不写了，在文学史上永久留下了自己的名字。这首诗当然是他的哥哥曹丕逼出来的，因为不写出就有掉脑袋的危险。但现在无论怎么逼，一个诗人仅靠一首诗进入文学史，已经是不可能了。一个作家想让自己的作品在历史中站住，他要付出比古代文人多100倍、1000倍的努力。他除了要不停地书写外，重要的是要参与整个社会的进程，在现实生活中汲取灵感，也汲取营养，还要汲取激情、思想。

以我为例，我是写乡村生活的，这是一种内心的召唤和选择，无法改变。但是，我已在城市生活了20多年，乡村基本没有了亲戚，我的乡村生活的记忆几乎是在知青时代。凭着一些记忆，我写过一些乡村小说。但当今乡村的发展我一概不知，或者说知之甚少。听乡下亲戚断断续续地说三提五统、农特两税和什么集资，使得种地不赚钱，只好到城里打工来了。乡村现在流行的名词，我完全不知道是什么意思，更不消说农民生活的现状、乡村的政治结构、春种什么秋收什么、有哪些新的农作物品种、新的生产方式、整个农业的结构性调整、乡风民俗的变化、农民心中所想所盼，都如同在遥远的传说中。特别是在中国目前这种作家体制中，所谓专业作家，很容易脱离我们的现实生活，脱离我们的人民。文学本来应该是和人民一道来分享这个时代的痛苦和欢乐的，然而我们的作家因为衣食无忧，躲进书斋，成了完全靠想象和编造写作的一些人。

我本人是在世纪之交的时候，感到了这个问题的严重性，因为我感觉到我的作品苍白无力，江郎才尽，写出来的东西缺乏激情，没有思想。于是，我想亲临现场，体验当代乡村的一切。我去了湖北省一个最偏远的林区，它叫神农架，很有名的，风景很美，传说有野人，但那是深山老林，人民相对贫穷，环境相对闭塞。我在那儿差不多待了一年，吃住在农民家里。因为与乡村建立起了感情，建立起了一种关系，这几年常到那里，来来往往，于是我亲身经历了许多我们乡村变革的历史瞬间。比如，在世纪之交时，农民依然要交特产税，你家里种一棵桃树、一棵板栗树，也要交税，养蜂自吃也要交税。这种税很低，几块钱而已，但我亲眼见过连两三块钱也交不起的农户。可是，前年，我也见过戏剧性的结束几千年农业税的时刻。我看到了农民们那种喜悦的表情。这是在城里看不到的，也是在城里感受不到的。前些年，我在乡村跑时，看到那些残疾人、呆傻人，基本上没人管他们，自生自灭，他们没有劳动能力，靠家人养着，有的自种自吃，艰难度日，这让我无比忧心。可是，这几年，他们不仅享受到了乡村低保，更是完全转入了城镇低保，一个月有了 100 多元钱。这在山村，完全可以对付一个人的生活。

变化就是这么悄悄地来的，而且来得很突然，很神速，在各个方面，我们的社会都在发生深刻的变革。你不投身进去，你怎么知道？你不亲临其境，你没有感情投入，没有过关注，没有过那种揪心的忧虑和思索，你依然不能在当今找到自己的位置、你扮演的角色。就算你能通过互联网和报纸找到一些骇人听闻的故事，比如乡村的故事，但你还是很难写出具有较高艺术水准的作品来。在我们的周围，确有这么一批写手，比如电影电视的写手——他们并不是真正的艺术家，他们脱离生活，挖空心思，胡编乱造，一切向钱看。还有一些较年轻的作家，对我们的现实和社会漠不关心，在幻想世界中消耗才华。加上商业的介入，使这些年轻人误入歧途，甚至造成了文学创作和成名是十分容易的错觉。我们面临的是这样一个现实：我们一方面在充分享受社会进步带来的舒适；另一方面却又远离我们的社会，失去了与人民的血肉联系，以及我们所应承担的良知和责任。我们的作品自然而然地就失去了震撼人心的力量，缺少了鲜活的人物形象，让人思索的空间，变得轻飘，没有重量。我们的文学也就失去了读者，失去了社会的关注，被边缘化。文学在 20 世纪 80 年代的那种轰动效应一去不复返了，这是十分悲凉的事。其实，你不关注社会，有什么资格要求社会来关注你呢？这是一种双向选择。当然，另一个让我们颇感悲哀的是：正是因为社会的进步，互联网和电子媒体的兴起，将曾独霸传媒几千年的纸质文学无情地挤到了角落，它的传统优势不再，人们的生活丰富多彩，不会仅仅靠书籍来打发时光，来获得知识和快乐。但我要说，我们遇到的根本问题还不在这里，根本的问题是我们的作家没有与他的人民同呼吸、共命运，丧失了一个优秀作家应有的写作立场。作家写什么，坚持什么是非常重要的。当一个社会不再需要你，它的人民也不再需要你时，这个作家或者这个行当就被无情地抛弃了。

我在山区的这几年，我写的小说基本上是我们真实的生活，反映了当前乡村遇到的一系列问题，比如农民的负担过重，比如老年农民的赡养问题，比如农民看不起病的问题。可是短短的几年，我的这些问题正在解决，或者已经完全解决了。那么我的这些小说是否就过时了，没有意义了呢？不，我认为它依然留下了我们国家“三农”问题某一阶段的足迹。而另一类作品，揭示的却是比这更隐蔽的问题。我在网上看到一个帖子，大意是说我陈某人是一个小说预言家，有未卜先知的能力，用小说预言了我们的现实：我的中篇小说《松鸦为什么鸣叫》中写到了一个人为了一句诺言，将同伴的尸体从远方背回故乡。小说发表后，果然出现了千里背尸回乡的新闻。我的中篇小说《马嘶岭血案》写的是因为人与人之间的隔膜，无法沟通，导致 2 个农民杀死了 7 个技术人员的悲剧。小说发表后不久，就出现了马加爵杀人案，这位内向的大学生因为内向与同学产生了隔膜，最后将 4 个同学杀死了。

我不是预言家，也不能未卜先知。可是我的写作立场和我对现实生活的敏感使我担心这个社会将会发生什么。我是根据那股我能感受到的社会生活的潜流、它的流向推断的。因为我关注它们，盯紧它们，思考它们。

社会生活的变化，不仅要占领作家们的写作空间，还在强迫更改作家的思维。作家应该携着他的作品，时刻与国家和民族前进的每一个过程相伴，这样，他的作品才能在历史中站住。说到底，小说是现实的投影，是政治的回声。

本土·乡土

·在首届中俄（哈尔滨）文学交流会上的发言·

在托尔斯泰和陀思妥耶夫斯基的时代，或许没有像如今这么多的文学名词和概念，把作家折磨得鼻青脸肿、无所适从。那时的作家只是想尽情地表达他的理想，表达他的世界。但是现在，随着全球化时代的到来，强调视野和哲学深度。在“世界性”的蛊惑之下，人们转向本土经验寻找属于自己的世界性元素。作品的自我意识越发膨胀，每个人都企图在自己的脚下征服全球的读者。中国作家在近 30 年来，受到的影响主要来自美国的福克纳和哥伦比亚的马尔克斯，这两位作家，以狭小的写作空间成全了他们成为世界性作家。在一小块虚构的土地上书写一个时代，或者一个地域，或者一部历史。在中国，莫言的道路助长了作家在世界格局下的本土意识，刺激着更多的作家效尤，这股潮流方兴未艾。

本土，是针对世界而言的；乡土，是针对城市而言的。对中国的作家来说，这两方面都至关重要。这是一种觉醒意识。这表明，当代作家知道在使用本土语言和故事的时候，能找到不同肤色、种族和年龄的知音，写作的野心变大了。本土小说是写给本土之外的人看，乡土小说是写给城里人看。

对我来说，本土是乡土的外延，而乡土才是本土的核心。

我这些年虽在城市，却尽量躲避城市，我的乡土意识是在城市的生活中煎熬，它的冷漠、亢奋、混乱、无情，在浓浓的终年不散的雾霾中被唤醒的。

我写的是中国中部湖北省的一个山地，叫神农架。对此我有持久不衰的热情。我喜欢她的高度、遥远、鬼魅氛围、偏僻、寂静、美丽、阔大、捉摸不透，还有时时撞击着我的想象力的传说与神话。我书写的对象离我内心的渴望越来越近。乡土是我的梦境。但因为时代赋予了乡土另外的含义与隐喻，她的象征意义已经完全超越了“乡土”的本意。除了是我们的梦境，也是我们书写的现实，而且是非常真实的现实。不是怀念，不是乌托邦，是当下我们社会烟尘滚滚、热气腾腾、善恶恶斗的前沿阵地。因为乡土是底层的生活，是社会弱势的一方，对于作家来说，它代表的是一种价值取向，一种精神向度的关注，接近于我们文学的本质，我们国家向何处去这样一些重大的命题。底层是我们国家历经改革开放 30 多年之后的一碰即痛的创伤，有着许多难忘的挣扎、守望和坚韧，美丽动人。

我比较喜欢山冈和森林，也喜欢峡谷中的河流。喜欢群山之间的阳光与雾气，更加喜欢即将沉入黑夜的夕阳。喜欢农民、庄稼和畜禽，还喜欢野草，喜欢在树影和村庄之上的月光，喜欢那些不声不响地让人头脑清醒呼吸畅通的风。喜欢他们用很偏远的方式演绎的生活。在我看来，他们虽然不是这个世界的主角，但是文学的主角。他们虽然穿着古旧，但是作风正派。可以和作家做局，充当作家的“托”，在繁华世界隐匿、消歇和疲惫的尽头，成为文学中重要的、正式在夜半上场的人群，就像传说中的众神狂欢。

一个作家表达他对世界的看法需要有一个假托的场景，这个场景对他来说，是可以调遣许多熟悉的人和物的。在这里，他可以获得鲜活的、让人信服的帮腔。所有的环境就是他的世界，为了写得更像真的，他有时候必须让故乡说谎。故事也许不发生在自己的乡土之上，写作者内心的语言却是真诚无欺的，他的坦诚是应该得到尊重的。为此，故乡是他最好的“托”。

乡土的一切包括恐怖的字眼儿也是美好的，特别成为文学之后。比如，坟地、鬼魂、荆棘、泥泞、黑夜、小路、荒芜……我喜欢将作品泡在泥土和野草之中，让文字表达在沼泽中跋涉，踩着气味浓烈的腐殖质艰难行进。并且在写作中带着一点点自己制造的恐惧，与那些遽然出现的山川和人物相遇。写作是充满惊喜的事情。因为我并不是太熟知他们，所以我会创造机会与他们交谈和生活。让他们出现在那些几乎绝望的环境里，成为绝处逢生的奇迹。

中国作家对土地的偏爱似乎更甚于其他民族，可能是土地在这个人口众多的国家，显得特别金贵。加上城市扩张对土地的掠夺，逼得农民退守到最后一小块乡土，在那里喘息、生存与终老。对乡情的迷恋，对农耕的陶醉，是许多中国作家的嗜好。20 世纪 80 年代，批评家们就警告说中国的先进符号在城市，乡村将注定衰败和落后下去，乡土写作是一种过时、落后、陈旧的写作，作家要书写城市，紧跟时代潮流。事实证明这种观点是对中国的无知，是对作家复杂情感的轻视。为什么乡土不屈地在中国作家的作品中闪光?有多种原因。但这也与写作的职业非常有关。写作者是手工业者。帕慕克说，写作是一门中世纪的手艺。这种手工操作的特性是人的最原始的劳动，跟田间劳作无异，这就注定了作家的恋旧本性。乡土是恋旧的归宿地。作家写作的对象从来没有先进与落后、时尚与土气之分，恰恰相反，作家应该逃避先进与时尚，成为传统的紧守者。

我知道，俄罗斯作家——无论是 19 世纪还是 20 世纪的作家，不经意中就写出了俄罗斯大地深厚沉重的苦难，这完全源于作家的良知和悲悯，是他们对自己国家和大地的热爱所致。我到过托尔斯泰的故乡图拉和他的雅斯纳亚·波里亚纳庄园，他对土地和人民的热爱让我感动。他说过，我的愿望是脱光了衣裳在田野上耕种。

我自己，我希望我会在大地的气息中老去，因为我的生活脱离大地太久。这种气息对出生在乡村的写作者，就是精神和力量的支撑，并且可以安放他的灵魂。把乡土搬运进作品，就像把我们一生的智慧搬运进作品。

图书在版编目（CIP）数据

滇中纪闻 / 陈应松著 . -- 南京 : 江苏凤凰文艺出
版社 , 2021.4（2023.7 重印）
（陈应松文集）
ISBN 978-7-5594-4434-9

Ⅰ . ①滇… Ⅱ . ①陈… Ⅲ . ①演讲 – 中国 – 当代 – 选
集 Ⅳ . ① I267

中国版本图书馆 CIP 数据核字 (2020) 第 004290 号

滇中纪闻

陈应松 著

出 版 人	张在健
责任编辑	张　倩
特约编辑	王美元
装帧设计	WONDERLAND Book design 仙境 QQ:344581934
出版发行	江苏凤凰文艺出版社
	南京市中央路 165 号，邮编：210009
网　　址	http://www.jswenyi.com
印　　刷	三河市兴国印务有限公司
开　　本	650 毫米 ×920 毫米　1/16
印　　张	16.25
字　　数	240 千字
版　　次	2021 年 4 月第 1 版
印　　次	2023 年 7 月第 2 次印刷
书　　号	ISBN 978 - 7 - 5594 - 4434 - 9
定　　价	58.50 元